UNE NUIT AVEC LE DUC

JODI ELLEN MALPAS

Traduit de l'anglais par Patricia Laforest

City
Roman

Publié pour la première fois en Grande-Bretagne par Orion Books,
une marque de The Orion Publishing Group Ltd, sous le titre
One Night with the Duke.
Couverture : © Lee Avison / Trevillion Images

ISBN : 978-2-8246-3745-7
Code Hachette : 34 5749 7
Collection dirigée par Christian English & Frédéric Thibaud
Catalogues et manuscrits : city-editions.com

Dépôt légal : Mars 2023

1

La vue depuis la fenêtre du boudoir ne ressemble pas à ce que je connais. Pas de collines aux pentes douces, pas de champs où mûrissent les prochaines récoltes. Où sont ma jument préférée, les baies chargées de mûres, les étables ?

Et l'odeur.

Je renifle, inspirant ces nouveaux parfums. Ce n'est pas l'arôme du crottin de cheval ou de l'herbe que je sens, mais d'étranges senteurs brutes. Brique, mortier, peinture. Les effluves de notre nouvelle maison. Une grande demeure neuve, entourée d'autres résidences plus impressionnantes encore, toutes disposées autour des jardins d'un vert luxuriant de Belmore Square. Une fontaine, quelques bancs et des rosiers sont enfermés derrière des grilles en fer forgé de l'autre côté de la rue pavée. Pas un paysan en vue à des lieues à la ronde. À leur place, ici, à Londres, les membres de la haute société baguenaudent sans un souci au monde, les hommes en redingote cousue de fil d'or et les femmes aux effets de dentelle offrent une palette de couleurs éclectiques auxquelles je ne suis pas habituée. Hauts-de-forme, cannes, calèches. L'argent suinte de chaque brique, de chaque pavé, de chaque buis taillé à la serpe. C'est un autre monde, dans lequel je ne suis pas tout à fait sûre d'avoir ma place. Ni d'en vouloir une.

Une nouvelle saison commence, ma toute première. Les hommes politiques vont faire leur travail au Parlement et les hommes d'affaires conduiront leurs affaires pendant que les femmes enrichiront leur garde-robe en planifiant la vie sociale des prochains mois. Il y aura des fêtes, des dîners à foison, des ragots à colporter. Maintenant, je fais partie de ce cercle dont j'entendais parfois parler. Et dont je n'ai jamais rêvé. Peut-être même le craignais-je vaguement. Je ne peux pas dire que je sois enchantée par ce que j'ai vu de Londres jusqu'à maintenant, et, pire encore, je suis privée de la liberté dont je jouissais dans notre ancienne vie.

Je grimace.

Ces robes modernes m'empêchent de respirer confortablement.

Par-dessus le marché, je suis en panne d'inspiration. Je n'ai absolument aucun sujet sur lequel écrire, sauf bien sûr à m'épancher sur les vaines absurdités qui font la prospérité de nouveau partenaire financier de mon père, Lymington, duc de Cornouailles. Ce que je ne ferai pas, et tant mieux puisque de toute façon je n'ai pas le droit d'écrire dans le journal de Père à Londres.

Une moue boudeuse aux lèvres, je me souviens quand j'apportais une histoire à Papa et qu'il s'asseyait près de la cheminée, une cigarette entre les doigts, marmonnant son intérêt. Et son sourire en coin chaque fois qu'il disait : « Sais-tu, chère Eliza, que ce n'est pas mal du tout ? » Puis il se penchait sur moi, et me plantait un baiser sur la joue avant de me congédier. Le fait que toutes les histoires que j'ai écrites et qui ont été imprimées dans le journal de Papa étaient signées du nom de mon frère, Frank, était un petit prix à payer. Je ne courais pas après la reconnaissance, même si, bien sûr, je l'aurais appréciée. C'était surtout la liberté dans l'écriture que je désirais, sans me soucier de ce que les gens voulaient lire. J'écrivais des articles factuels, informatifs, pour éduquer les lecteurs à la vérité.

Hélas, le journal de Père n'a plus de place que pour les nouvelles censurées et les publicités, et Lymington ne manque pas une occasion, parfois même sans chercher l'ombre d'un prétexte, pour rappeler à Père que c'est son nom et son appui qui ont permis à mes parents d'acheter le dernier lot sur Belmore Square pour construire cette grande et belle cage.

Je ne suis certainement pas la seule demoiselle des beaux quartiers à sentir qu'elle suffoque. À moins que si. Les résidents des environs sont de drôles d'êtres humains, qui ne semblent pas s'intéresser au monde autrement que par la position qu'ils y occupent. Les femmes doivent être obéissantes, bien apprêtées, sans avis sur rien d'important. L'image est tout. L'argent et le pouvoir ne font qu'un.

Mon père est devenu un homme riche et, par conséquent, très puissant. Je ne suis pas tout à faire sûre d'aimer ce que lui fait le pouvoir. Être puissant occupe tout son temps, et il paraît épuisé en permanence.

Comme je désirerais revenir à cette époque où ses affaires boitaient et où Mère cuisinait toute la journée. Il était de peu de conséquence que j'aime me noyer dans les mots, en les lisant ou en les écrivant, ou que je m'exprime peut-être trop souvent sur des sujets qui ne me concernaient pas. N'ayant personne à impressionner, mon père gâchait rarement son temps à me faire des sermons inutiles. Je crois même qu'il aimait que je lui morde un peu les mollets et que je lui soutire toutes les informations que je voulais. Il me laissait m'asseoir sur ses genoux tandis qu'il travaillait. Il répondait à mes questions quand je lui en posais. Il me donnait des livres à lire, peut-être pour que je me tienne tranquille. Et chaque fois que j'étais plongée dans un de ces livres, Frank venait en douce me tirer l'oreille. Je lui donnais un coup dans le biceps. Il me jetait un regard faussement noir. Père souriait en maniant la plume. Je tirais la langue. Alors Frank me poursuivait en courant autour du bureau de notre père, je criais à pleins poumons et Père éclatait de rire malgré le pauvre état de ses finances.

Aujourd'hui ?

Aujourd'hui, nous habitons Belmore Square, Mayfair, Londres. Le journal de Père est bien parti pour devenir le plus grand d'Angleterre grâce à la presse à vapeur, et je songe à cette époque où Père riait, même si nous avions du mal à joindre les deux bouts. Jouer au piano me fait mourir d'ennui, et les leçons de latin me semblent une corvée sans intérêt puisque je ne serais pas autorisée à voyager dans un endroit où j'aurais l'opportunité de parler cette langue.

À travers la vitre, mon regard morose se porte, de l'autre côté du square, sur le coin de Bentley Street où se dresse une maison dont l'architecture, singulière, tranche nettement avec celle des autres résidences de Belmore Square. Elle me fascine depuis que je suis arrivée ici à Londres. C'est l'ancienne demeure des Winters, jusqu'à ce qu'un incendie la réduise en cendres l'année dernière, décimant toute la famille. J'ai lu le rapport écrit par Mr Porter, un journaliste qui travaille pour Père, sur le tragique accident qui a emporté la famille Winters. D'après les rumeurs, ce n'est pas un accident en réalité mais le fils aîné, Johnny Winters, qui aurait déclenché le feu. Aurait-il agi dans un accès de rage après un désaccord avec son père sur… quoi ? Nul n'en sait rien. Il est facile de farcir la tête des imbéciles lorsque l'accusé est mort et ne peut se défendre. Sauf que Mr Porter est un journaliste, et, bizarrement, un journaliste *respecté*. Je dis que c'est bizarre, parce que je ne comprends pas comment quiconque doté d'un peu de jugeote peut respecter un homme aux mœurs aussi dissolues. Il est tempétueux, abrupt, égocentrique, c'est un monstre, je dois dire. Et un monstre assoiffé de pouvoir, qui plus est. Il maltraite sa femme, l'ignore en public et la bat en privé. Et c'est un conservateur enragé.

Quoi qu'il soit, la maison des Winters a été reconstruite et quelqu'un va emménager.

Mais qui ?

Quelqu'un d'audacieux, j'en suis sûre. Et qui n'a pas peur qu'on le remarque. Il y a treize maisons autour de Belmore Square. L'ancienne demeure des Winters est la seule dont la façade ne suivait pas l'apparence uniforme des autres résidences, censée garantir un effet de perfection formelle identique à celui du jardin en leur centre. En fait, le nouveau propriétaire semble même avoir cherché à ce que l'ancienne maison des Winters soit aussi différente que possible des autres. Qu'elle les surpasse en grandeur et en beauté. C'est un avertissement. Une déclaration de suprématie. Ces dernières semaines, depuis notre emménagement, j'ai vu d'immenses plantes exotiques être acheminées dans la propriété, ainsi que les lustres les plus énormes et les plus étincelants, des meubles imposants et sublimes avec leurs boiseries gravées, lesquels, comme me l'ont aimablement expliqué les hommes à qui le transport de ces pièces avait été confié, viennent tout droit d'Inde ! Celui qui fait ainsi aménager le numéro un de Belmore Square est donc un voyageur affirmé. Qu'il doit être excitant de découvrir d'autres pays, loin de l'Angleterre.

Pendant que la touche finale est mise à la décoration, que des arbres se hissent le long de la façade, soutenus par des cordes de chanvre, moi, comme tous les résidents de Belmore Square, j'attends en retenant mon souffle de savoir qui habitera ce nid grandiose.

Un membre de la famille royale, peut-être ? Le temps nous le dira.

Je reconnais soudain le duc de Cornouailles, Lymington. Sa chevelure grisonnante et poudrée est un phare qui éclaire la rue mieux que les nouveaux lampadaires au gaz que j'ai vus à Westminster. Il vit lui aussi à Belmore Square, au numéro deux, avec son fils Frederick, que je n'ai pas encore rencontré, ce dont je ne me plains pas attendu qu'il est d'après ce qu'on m'a dit un indécrottable raseur. Lymington s'arrête brusquement, et je le vois observer Lady Dare – elle habite au 6, Belmore Square, et elle était veuve à vingt ans, s'étant mariée à dix-neuf à un vieux lord décrépit –, laquelle s'avance vers les jardins, vêtue d'une robe sublime et d'un bonnet sophistiqué. Cette femme ne marche pas, elle flotte. Le menton toujours levé haut, les lèvres toujours prêtes à esquisser un sourire suggestif et entendu, comme si elle avait conscience de la désapprobation secrète des dames de Belmore Square et de l'admiration muette des hommes qui font mine d'ignorer sa beauté. À l'exemple de Lymington à cet instant, qui est immobile, presque en transe à voir passer ainsi Lady Dare. On la dit de mœurs libres, ce qui lui vaut la condamnation sincère des femmes et moins sincère des hommes. Cette rumeur n'est pas sans fondement, je le sais pour avoir vu plusieurs fois des hommes entrer et sortir du numéro six en pleine nuit, quand le sommeil me fuyait et que j'étais assise sur le rebord de la fenêtre, à rêvasser d'un retour à la campagne. Lady Dare est un oiseau libre, le décès de feu son mari l'a tôt libérée des contraintes d'un mariage arrangé, et elle refuse désormais de se plier aux attentes sans pour autant faire étalage de non-conformisme.

Je passe la langue sur mes lèvres et baisse les yeux sur ma robe d'intérieur, boutonnée jusqu'en bas, où dentelles et broderies dessinent d'impressionnants motifs. Elle est symbolique de notre statut, et voilà tout. Comme la maison, les domestiques et les soirées organisées presque tous les soirs par l'un ou l'autre membre de la haute société, cette robe n'existe que pour afficher notre richesse et notre position, ce qui a quelque chose d'ironique, puisque je la porte lorsque je suis seule.

Je soulève ses pans trop longs pour pouvoir marcher sans trébucher. De la cuisine me parvient le bruit de ferraille des marmites et casseroles. L'heure du déjeuner. Le petit-déjeuner a eu lieu il y a quelques heures à peine, et dans quelques heures ce sera le dîner, puis le thé, et enfin le souper. Manger cinq fois par jour est semble-t-il une nécessité quand on est riche. De toute façon, qu'y a-t-il d'autre à faire dans cette grande demeure, pour moi qui étouffe dans ma robe d'apparat ?

Je traverse le salon, où un domestique installe les couverts sur la table d'acajou, avant de descendre l'escalier en direction de la cuisine. L'odeur du pain flotte dans la pièce souterraine, où règne une chaleur étouffante à cause des fours et réchauds qui fonctionnent en permanence. Mais ça me rappelle la maison. Je trouve notre cuisinière, Cook, penchée sur une table parsemée de farine, en train de pétrir de la pâte, probablement en vue d'un des trois autres repas de la journée. Je lâche le bas de ma robe sans m'inquiéter le moins du monde que le sol crasseux ne tache les froufrous de mousseline blanche. J'ai très envie de plonger les mains dans le mélange et de me salir.

— Miss Melrose, s'écrie Cook en levant en l'air ses mains farineuses. Vous n'avez rien à faire ici !

Je m'empare d'une prune dans un panier et y enfonce les dents. Un livre familier attire mon regard. Je fais le tour de la table.

— *L'Art de la cuisine*, lis-je doucement en regardant la double page ouverte. Maman avait le même quand on vivait à la campagne.

Cook s'essuie les mains sur son tablier et s'approche en me faisant signe de déguerpir.

— Je crois qu'il est à madame votre mère, Miss Melrose.

Ma respiration se fait plus lente, je suis à nouveau envahie par cette tristesse qui me semble perpétuelle depuis que nous avons quitté la maison. Mère n'a plus le temps de cuisiner pour nous. Elle est trop occupée à être une Lady dans son grand manoir.

— Ouste ! me lance Cook. Nous devons servir le déjeuner.

Je pars sans rien dire, laissant Cook terminer son pain, et remonte l'escalier, tenant d'une main le bas de ma robe pour éviter de m'écraser tête la première sur les marches, de l'autre, mon fruit. Le temps d'arriver dans le salon, j'ai des saletés sur tout le bas de ma robe et une tache de jus sur le devant de la poitrine.

— Mon Dieu... dis-je tout bas en frottant la tache avec frénésie.

— Eliza, on dirait que tu reviens des faubourgs, s'amuse Frank en levant le nez du journal qu'il lit, assis au bout de la table. Voire que tu es tombée dans le caniveau.

— Je manque de dignité, frère, dis-je en terminant ma prune, ne voulant rien perdre de sa chair juteuse, tout en me plantant devant un miroir.

Je m'essuie la bouche, me penche en avant, fixe ces yeux que mon père a toujours décrits comme des améthystes et ces cheveux qu'il dit noirs comme du cacao. Je tiens les deux de ma mère. Mais aujourd'hui, ils ont l'air tous deux beaucoup moins... vivants.

— Je suis sûr que ton esprit est suffisamment diverti par les nouvelles de grande qualité et de haute valeur éducative sur Londres et ses habitants, dis-je en détachant les yeux de mon reflet et en me retournant vers Frank, lequel, ironiquement, a des cheveux blonds et des yeux bleus, comme notre petite sœur Clara et notre père.

Il plie son journal et le met de côté.

— Bien sûr, puisque c'est moi qui écris ces nouvelles de grande qualité et de haute valeur éducative qui font la substantifique moelle du journal de Père, répond-il en penchant la tête comme pour me mettre au défi de le contredire.

Je ne le ferai pas, et il le sait. Frank a à peu près autant envie d'être journaliste que moi de vivre à Londres.

— Et comment se portent les ventes ?

Il plisse les yeux.

— Tu ne devrais pas te soucier des ventes.

— Oh, ça pourrait aller mieux ? dis-je en sentant naître un sourire que je camoufle en mordant ma prune. Je connais un très bon écrivain qui pourrait vous aider à augmenter le lectorat. Tout le monde n'a pas envie de lire des absurdités politiques censurées et des bondieuseries.

— Ne veux-tu pas t'asseoir quand tu manges ?

— Si je le faisais, cher frère, je serais toujours sur mon derrière.

Je m'installe sur une chaise, le dos bien droit, le menton levé. Cette posture m'est devenue naturelle après des années à monter à cheval.

— Quels trésors vais-je trouver dans l'édition d'aujourd'hui du *London Times* ? dis-je en tendant la main vers le journal. Les catholiques menacent-ils de prendre le contrôle de l'Angleterre ? Quel complot ourdissent-ils pour tuer le roi George III ?

Frank soupire, goûtant peu mes sarcasmes, et s'empare du journal avant de se diriger vers le cabinet de verre près de la fenêtre.

— Tu es trop caustique, Eliza, commente-t-il en ouvrant la porte et en posant l'exemplaire du journal sur une pile contenant une copie de chaque édition imprimée depuis que Père a investi ses sept cents dernières livres sterling dans une presse à vapeur.

La décevante moyenne de deux cents copies par édition n'est plus qu'un lointain souvenir, même si, je m'empresse de l'ajouter, Papa vendait toujours plus quand j'écrivais dans son journal.

Accepter que mon père fût présenté comme l'auteur était un prix à payer fort raisonnable. Je ne recherchais pas les accolades, mais la satisfaction et le sentiment d'accomplissement. Aujourd'hui, le lectorat du *London Times* grimpe petit à petit, mais je ne peux m'empêcher de me demander si cette progression n'est pas trop lente aux yeux de Père et de Lymington. D'autres journaux leur mordent les mollets, et tous cherchent à mettre la main sur l'une de ces superbes machines à vapeur.

— Papa devrait me laisser écrire.

Je prends un petit pain dans le panier au milieu de la table et commence à en manger des petits bouts.

— Cela ne me dérangerait pas que tu t'arroges la paternité de mes articles.

— Tu sais que c'est impossible, répond-il en se rasseyant dans son siège, bras croisés sur sa redingote droite.

Elle est neuve, cette redingote. *Encore*. Alors que je me débats pour trouver ma place dans ce monde, Frank s'est tout de suite fait aux us de la bonne société : il dépense, boit et fréquente le monde avec aisance. Et je sais qu'il aime jouer les séducteurs entre deux articles pour Papa. Sachant que l'écriture ne lui plaît pas, la situation me paraît ridicule. Je pourrais le libérer de ce fardeau.

— Ne serais-tu pas retourné voir ton nouveau meilleur ami à Burlington ?

Je pose cette question en mâchant pour dissimuler un sourire en coin.

— Peut-être, répond Frank en passant la main à plat sur le devant de son habit.

— Vingt shillings pour un manteau *de plus* ? Tut-tut-tut, mon frère, dis-je en frottant mes doigts pour en ôter la farine, tu deviens frivole avec l'âge.

— Et toi, ma chère sœur, tu deviens cynique.

— Réaliste, plutôt.

— Comme une épine dans le pied, réplique-t-il avec un sourire sec. Pourras-tu mettre en sourdine ton ambition de sauver le monde et de jouer les pionnières demain soir, s'il te plaît ?

— Qu'y a-t-il demain soir ?

Il hausse un sourcil, perplexe. Apparemment, je n'aurais pas dû oublier ce que j'ai oublié.

— Oh, trois fois rien, simplement l'un des événements les plus importants de la saison.

Je redresse mes épaules qui s'étaient affaissées sous ce coup.

— Ah, oui. Comment ai-je pu laisser une chose si importante m'échapper ?

— C'est évident, ma chère sœur, répond Frank. Tout simplement parce que tu ne veux pas y aller.

— Je n'ai aucune envie de parader comme un cochon gras jusqu'à ce que Mère autorise un lord riche et adipeux à me mordre à pleines dents. Je préfère encore ne pas me marier.

Mes sourcils se froncent. En ai-je vraiment envie ? Je n'y ai jamais vraiment réfléchi, parce que ce n'était pas nécessaire jusque-là. Frank proteste :

— Tu veux finir vieille fille ?

J'enfonce la tête dans mes épaules, décidant à cet instant que je suis totalement convaincue.

— Oui. Je ne vois pas pourquoi les vieilles filles suscitent une telle terreur chez les femmes et une telle pitié chez les hommes.

— Plutôt mourir que laisser ma sœur dépérir ! s'exclame Frank en riant avant de se rembrunir en voyant mon rictus. Arrête donc, tu ne veux pas mordre un peu la vie à belles dents ?

— Oh, misère… dis-je en secouant la tête, exaspérée. Je passe déjà mon temps à manger ici, je n'ai rien d'autre à faire. D'ailleurs, je commence à prendre du poids.

— Tu as besoin de t'aérer l'esprit.

— Mon esprit va très bien. Mon moral, lui…

Je prends la main de Frank avec des yeux larmoyants. S'il y a une personne que Père écoute – la dernière ou presque depuis qu'il est devenu un magnat –, c'est son fils aîné, le plus fiable et le plus respectueux. Son héritier.

— Je ne veux pas y aller. S'il te plaît, s'il te plaît, dis à Père que je ne me sens pas bien.

Mon frère me sourit avec tendresse, referme doucement sa main sur la mienne et, se penchant en avant pour écarter une mèche brune de mon visage, me murmure :

— Des nèfles.

— Quelle expression absurde. Qu'est-ce que cela veut dire ?

— Je ne sais pas, mais je crois que je vais breveter la phrase.

— Tu n'as pas besoin de brevet, cher frère. Tu es désormais l'héritier d'un empire, quant à moi je dépérirai et mourrai le cœur brisé après avoir gâché ma vie entre les bras de mon prétendant, quel qu'il soit. (Je retire ma main.) Et puis on ne sait jamais. Avec un peu de chance, ma première saison s'écoulera sans qu'aucun bon parti ne s'intéresse à moi.

Je sais que c'est faux. Père a lancé la machine matrimoniale avant même notre arrivée à Belmore Square, et il a aussi préparé Mère à tenir son rôle dans *La Chute d'Eliza Melrose*. Je suis condamnée, mais seulement si je laisse faire, ce qui bien sûr ne risque pas d'arriver.

— Il faut juste que je survive à la saison dans la haute société, ensuite je pourrai m'échapper dans notre maison de campagne.

Un petit air coupable assombrit un instant le regard de mon frère. Je me penche en avant, la curiosité piquée. J'entends au loin Mère qui distribue des ordres au personnel, et Clara, notre petite sœur, qui joue du piano.

— Pourquoi fais-tu cette tête ?

— Quelle tête ?

— La tête de quelqu'un qui sait quelque chose que je devrais savoir.

— Je dois y aller. J'ai des articles à relire, et Porter ne va pas tarder pour notre réunion de préparation de la prochaine édition dans le bureau de Père.

— Pour parler des bêtises qu'il mettra dans le journal de demain, tu veux dire ?

Ma réplique lui arrache un petit sourire. Mon frère me comprend, même s'il ne peut pas l'avouer. Je me penche vers lui.

— Oh, Frank, je t'en prie, parle à Papa. Convaincs-le de me laisser écrire, je t'en supplie. Je ne me sens pas à ma place, je ne sers à rien.

— Sur quoi écriras-tu, Eliza ? Nous sommes dans un monde différent.

Il désigne d'un geste la table couverte d'argenterie et de porcelaine, et je soupire. Frank a raison. Sur quoi écrirais-je alors que ni cet environnement, ni les gens ne m'inspirent rien ? Si seulement je pouvais voyager, rapporter des histoires à Londres.

Frank se lève de son siège et enfile sa veste.

— Attends !

Je l'attrape par la manche et l'oblige à se rasseoir. Puis je le fixe, mais il n'arrive pas à croiser mon regard. Je me laisse tomber sur ma chaise, effondrée.

— Mon Dieu, il l'a fait, n'est-ce pas ?

— Fait quoi ? demande Frank en faisant une grimace, comme s'il regrettait d'avoir ouvert sa grande bouche.

— Il a trouvé un homme. Un prétendant.

Frank se relève en gardant les yeux baissés.

— Passe une bonne journée, ma sœur.

Mais je l'attrape de nouveau et le fais asseoir.

— Tu sais de qui il s'agit.

— Je ne sais rien.

— Mon Dieu, Frank, nous ne sommes là que depuis quelques semaines.

— Estime-toi heureuse, dit-il tout bas. C'est la cinquième saison d'Esther Hamsley. On raconte que Lord Hamsley donnera de l'argent à qui la prendra.

Je lève les yeux en l'air. Peut-être Esther ne veut-elle pas se marier non plus, après tout. Tant mieux pour elle.

— Et tu as accepté ?

— Eliza…

Je fulmine. Que tout cela est ridicule ! Pourquoi ne peut-on être accepté et avoir quelque crédit dans le monde qu'en renonçant à soi-même ? Je refuse cette idée. Je ne peux comparer cette situation qu'à un sandwich. J'ai toujours eu un petit faible pour les sandwiches au bœuf. Pourtant, et j'en suis la première surprise, quoique ce soit aussi inquiétant, j'ai développé récemment une aversion pour la viande. Non, je ne peux plus en avaler. Peut-être parce qu'ici, à Londres, dans notre maison grandiose pleine de domestiques, de bonnes et de cuisiniers, nous engloutissons de la viande en abondance. Maintenant, cela m'ennuie. Ce qui était un plaisir est devenu une corvée. Je veux de la variété. Comme quand j'écris. J'écris sur des sujets qui n'ont rien à voir les uns avec les autres, car je suis sûre que je mourrais d'ennui si mon esprit devait continuellement se concentrer sur une seule question. J'imagine qu'on peut dire la même chose des hommes. Je pourrais aimer un homme. Avoir un petit faible pour lui. Mais que se passera-t-il quand l'ennui frappera ? Je serai coincée avec lui ? Non. Dieu du ciel, ce serait l'enfer.

Mais à vrai dire, ai-je le choix ? Résister entacherait tout ce que mon père a construit. Le détruirait. Je suis rebelle, mais pas méchante. Je sais que ses intentions sont admirables. Qu'il souhaite simplement une bonne vie pour Maman, Frank, Clara et moi. Mais c'est exactement ce que nous avions avant que le journal ne commence à grandir. Cela ?

C'est l'enfer pavé de nourriture, de boissons et d'habits trop riches.

Je me laisse aller en arrière dans ma chaise, abattue, convaincue que ma vie est ruinée.

— Frank, Eliza, appelle Mère en entrant d'une démarche théâtrale dans la pièce, heureuse de nous voir, comme si ce repas en famille était un événement rare alors qu'il se reproduit cinq fois par jour.

Elle fait le tour de la table jusqu'à sa chaise, suivie de près par Emma, sa bonne, car depuis que Père est devenu immensément riche, notre mère ne sait plus rien faire par elle-même.

Elle s'installe comme une lady, et Emma lui sert son thé.

— Où est Papa ? finis-je par demander.

Peut-être a-t-il été forcé de sauter le déjeuner à cause d'une nouvelle urgente. Quelque chose de scandaleux et sans doute faux. « Ne nous attardons pas sur des imprécisions mineures », m'a dit Père la semaine dernière comme je lisais l'article de Mr Porter affirmant qu'un vagabond avait saccagé une maison et assassiné une dame endormie dans son lit. Ne pas mentionner le mari violent que j'avais personnellement vu malmener ladite lady dans sa maison non loin de Grosvenor Square ne me semblait pas une imprécision mineure. « Ton imagination te jouera des tours », a-t-il répliqué quand je lui ai proposé de réécrire l'histoire en ajoutant les faits en ma possession, et que je savais vrais. Mais non. Le vagabond sera pendu. Le mari portera le deuil de sa femme quelques semaines, puis il trouvera une jeune épouse qui subira le même sort.

— Il écoute la dernière partition qu'a apprise Clara, répond Maman en faisant un geste vers le bol de sucre afin qu'Emma la serve.

— Charmant, dis-je tout bas, sans être entendue.

À moins qu'on préfère m'ignorer.

Sous la table, Frank, qui m'a entendue, me donne un petit coup de pied pour la peine. Je lui jette un regard noir, qu'il n'aille pas croire que j'aie oublié notre précédente conversation. Il connaît mon prétendant. *Prétendant.* Quel mot grotesque, surtout pour moi. Tout le monde dans cette famille admettrait sans perdre une seconde, sauf en public bien sûr, que personne ne devrait prétendre à moi. Hors de ces murs, le monde croit que je suis une lady accomplie. Mais que Dieu vienne en aide au gentleman qui a eu leur malheur d'être choisi par Papa. Il s'attendra à avoir une épouse serviable. En suis-je seulement capable ? *Qui est-ce ?*

— C'était merveilleux, chérie, dit Papa en conduisant Clara dans la salle à manger. Une pièce ravissante.

— Merci, Papa, répond-elle, ayant déjà compris qu'on attend d'elle politesse et conformité. La semaine prochaine, j'apprendrai Beethoven.

— Formidable ! Vous entendez cela, ma chère ? dit Père en se tournant vers Maman avec un sourire radieux. Beethoven !

Je lève les yeux en l'air en m'affalant quelque peu sur ma chaise.

— Redressez-vous, Eliza, m'avertit Papa d'un ton doux mais ferme tout en prenant place en bout de table. Vous êtes vautrée.

Le demi-sourire persistant de mon frère meurt sur ses lèvres tandis que les domestiques servent le repas.

— Des sandwiches au bœuf, monsieur.

Je baisse les yeux sur mon assiette.

— Je n'ai pas envie de bœuf aujourd'hui.

Papa s'esclaffe, et Maman et Frank se joignent à lui.

— Comporte-toi correctement, finit-il par répondre en mordant de bon appétit dans son pain. Tout le monde aime le bœuf.

Je n'ai pas faim du tout. Pas de nourriture, en tout cas.

Je ne me sens pas très bien, dis-je tout bas, pour moi-même plus que pour ma famille.

Et c'est vrai, j'ai le ventre retourné. Je ne sais pas si ce constant sentiment de malaise vient de ce que je pleure la vie libre et insouciante que j'ai perdue ou de la crainte que m'inspire celle, creuse et contrainte, qui m'attend.

— Eliza ? fait Maman

— Puis-je vous demander de m'excuser ? dis-je en me levant sans attendre qu'on me donne la permission de quitter la table.

L'inquiétude qui se lit sur le visage de Mère ne me fait pas plaisir.

Elle est peut-être devenue un peu rigide et aveugle depuis qu'elle fait partie de la bonne société et qu'elle croit devoir faire bonne figure, mais son amour pour ses enfants n'est pas feint.

Elle désire notre bonheur, même si elle sait que désormais le bonheur passe après le statut. Mon père a travaillé comme un acharné pendant vingt ans, et cet engagement porte enfin les fruits dont il rêvait. Il désirait l'argent, le respect, le pouvoir, et un avenir sûr pour ses enfants. Malheureusement, nos rêves ne s'alignent pas car je rêve seulement de liberté. Et encore plus depuis que je n'en ai pas. Je voudrais voyager et écrire le récit de ces voyages. Éduquer les lecteurs sur le monde au-delà de notre petite île, même si j'ai toujours su que ce rêve était hors de portée. Il faudrait de l'argent, beaucoup, pour voyager dans des contrées lointaines. Seuls les plus riches peuvent se permettre un tel luxe. De façon ironique, maintenant que ma famille a l'argent qui me permettrait de réaliser mes rêves, je suis prisonnière de ma nouvelle vie.

Je sors de la salle à manger avec le sentiment d'étouffer dans cette demeure énorme. Ma robe me fait soudain penser à cet habit décrit dans un livre que j'ai lu. Une *camisole de force*. Pourtant, je ne suis pas folle. Et je n'ai pas envie qu'on m'entrave.

Arrivée dans ma chambre, je me poste à ma fenêtre et regarde dehors quels beaux objets on porte au numéro un, Belmore Square. Cette fois, ce sont des tableaux. Un paysage de campagne avec des collines. Je penche la tête, le terrain escarpé et boueux m'évoque les champs où je chevauchais, cette terre immaculée où j'étais libre comme l'oiseau, heureuse comme un cochon dans sa fange.

Ce tableau rappelant des souvenirs cruels, je m'arrache à son attraction sans le laisser me torturer plus longtemps. Sur le deuxième j'aperçois des armoiries, impossibles à distinguer à cette distance, alors je plisse les yeux, écrase presque ma joue contre le verre, et je reconnais deux licornes, nobles et mystiques, dressées sur leurs pattes arrière.

— Eh bien… dis-je à voix haute, avec une curiosité insatiable. À quelle famille appartient ce blason ?

Entendant la porte d'entrée se refermer, je baisse les yeux. Porter doit être arrivé, ce qui signifie qu'ils vont aller s'enfermer dans le bureau de mon père.

Et que je devrais donc attendre avant de lancer mon opération.

J'ai attendu tout le reste de la journée. Porter est reparti, Frank entrait et sortait, et mon père ne quittait son bureau que pour manger et se soulager, ce qui ne m'a laissé aucune opportunité. Comme la nuit est tombée et qu'il n'est toujours pas réapparu, je me suis couchée, mais le sommeil me fuit. Je me relève, me rallonge, tends l'oreille, guettant le moment où Papa quittera son étude. J'ai l'impression que cette journée ne finira jamais.

Il sort enfin de son bureau d'un pas titubant, plein de scotch, à trois heures du matin, et je le regarde monter péniblement l'escalier. À peine a-t-il fermé la porte de sa chambre que je descends à pas de loup vers son bureau où je me faufile discrètement. Je passe en revue les étagères de la bibliothèque, survolant du regard le dos des livres jusqu'à ce que je trouve ce que je cherche, et, le souffle coupé, je tire l'épais volume relié de cuir à deux mains, aussi lourd qu'il en a l'air, et couvert de poussière.

Les grains m'entrent dans le nez et, en panique car je ne suis pas réputée pour mes petits éternuements timides de dame bien élevée, je me précipite vers la table de travail de Père, y dépose le livre et pose mes mains sur mon nez et ma bouche en fermant les yeux très fort.

At-choum !

Mes épaules se crispent, mon visage se froisse, puis j'écarte doucement mes mains, l'oreille tendue en quête de bruits signalant qu'on m'a entendue. Après avoir laissé passer quelques secondes pour m'assurer que je suis en sécurité, je commence à tourner les pages du livre en les parcourant avec attention, et je trouve.

Je fixe les deux licornes d'argent debout sur leurs pattes arrière, sauf que maintenant, je les vois parfaitement. Le cœur battant d'excitation, je lis le texte qui me dira à quelle famille appartient ce blason, et donc qui habitera tout bientôt au numéro un Belmore Square.

— Quoi ?

J'en bafouille. Je relis, juste pour être sûre que je ne me trompe pas.

Mais c'est bien cela.

Là, sous mes yeux, ce sont les armoiries du duc de Chester.

Les Winters.

Je me laisse aller en arrière dans le fauteuil de Papa, songeuse.

Les Winters sont morts.

Que diable se passe-t-il ?

2

Après avoir découvert que le blason appartenait aux Winters, je suis partie en mission. J'ai fouillé les étagères du bureau de Père en quête de toutes les informations que je pouvais trouver sur la famille. Il était hors de question que j'aille me coucher sans avoir déniché de quoi donner un peu de substance à mes divagations, et, à dire vrai, si je voulais mettre mon plan à exécution, il me fallait ce petit quelque chose dont tout le monde semble faire si peu de cas.

Un élément de preuve.

À six heures et quart précisément, je suis tombée sur une entrée dans un livre d'art, détaillant l'achat d'un beau tableau paysager représentant la campagne anglaise. La peinture que j'ai vue dans la rue et qu'on apportait à la résidence des Winters. L'acheteur n'étant autre que feu le duc de Chester.

J'ai passé les deux heures suivantes à écrire à toute allure, ma main avait peine à suivre mon cerveau, la tâche n'étant pas facilitée par le fait que je devais déguiser mon écriture. J'ai fini juste à temps, au moment où j'ai entendu se lever Dalton, notre majordome. J'ai plié le papier, couru jusqu'à la porte d'entrée, ouvert en gardant la poignée dans ma main. Et quand j'ai senti notre majordome dans mon dos, j'ai refermé et me suis retournée en brandissant le papier.

— Mr Porter a laissé cela pour Père en partant à l'imprimerie, dis-je en feignant de bâiller. Pourriez-vous le laisser sur son bureau, Dalton ?

Je lui tends le papier en passant sans lui laisser le temps de me poser la moindre question.

— J'ai cru qu'il allait réveiller tout le quartier en frappant à la porte.

Je prends un petit air pincé, sachant que Dalton sera mortifié que j'aie dû sortir du lit à cette heure pour ouvrir la porte à un visiteur.

Puis je grimpe l'escalier en vitesse, un sourire aux lèvres.

Bon sang, je n'ai jamais été aussi intriguée.

Après quelques heures d'un sommeil qui ne m'a pas reposée, j'ai passé le reste de la journée à essayer de contrôler mon ventre noué. Demain, peut-être, des gens liront de nouveau mes mots. Assise devant le miroir qui me renvoie un portrait poli de moi-même, tandis que Clara tourbillonne, voltige et pirouette dans notre chambre, je me demande si Papa a déjà lu mon article, ou même s'il l'a découvert.

J'essaye de réduire l'ampleur de mes courtes manches bouffantes avant de me tortiller et de tirer sur le bas du corset qui me semble de trop sous ma robe neuve à taille haute. Je baisse les yeux sur ma poitrine généreuse, convenablement cachée derrière un honorable décolleté carré. Je préférais la version avec le décolleté en V de cette robe, pareil à ceux que j'ai vus dans les magazines de mode, des tenues plus… risquées. Qui eût cru que j'aurais des préférences en matière de mode ? Hélas, on m'a opposé un véto et forcé à prendre cet article plus digne d'une lady.

Je remonte mes boucles parées de bijoux en une masse de mèches acajou ornant ma tête, et grimace en sentant plusieurs épingles en métal érafler mon crâne.

— Clara, tiens-toi tranquille, dis-je, les dents serrées, le peigne me donnant déjà mal à la tête.

— Tu n'es pas excitée ? demande-t-elle sans écouter un mot de ce que je lui dis et sans cesser de tourbillonner, de voltiger et de pirouetter.

Elle me donne le vertige.

— Une fête au palais, Eliza !

Excitée ? Non, je ne peux pas dire que je sois excitée.

— Je suis ravie, réponds-je dans un murmure.

Pauvre Clara. Pauvre petite sœur innocente et candide. Comprend-elle que dans quelques années, comme moi, elle sera jetée dans la société et présentée à tous les gentlemen potentiels ? Cela dit, après le déjeuner d'hier et l'humeur changeante de Frank, ma venue à ce bal est un mystère. Je ne suis pas tant jetée dans la société qu'introduite. Papa a accepté l'offre du premier gentleman notable qui en a eu l'idée. Mon Dieu, que me réserve l'avenir ? Frank sait exactement dans quels bras on va me lancer, à qui je devrais sourire, vouer admiration et parler quand on daignera me parler. Je m'assombris en songeant à la triste réalité de ma nouvelle existence, et dois me forcer à laisser derrière moi les souvenirs de ma vie perdue. Mes rêves si grands. Mon imagination démesurée.

Je gigote de nouveau. Mes vêtements sont inconfortables. Je ne connais pas un couple à Belmore Square qui soit *heureux* en ménage. Je réfléchis un instant. Non, c'est faux. J'en connais un. Papa et Maman, mais ils se sont choisis. Ils n'ont pas été lancés dans la haute société car ils n'en faisaient pas partie. Jusqu'à maintenant. Malgré moi, je m'inquiète que leur bonheur ne dure pas. Papa semble si absorbé par les constantes accolades de ses nouveaux amis. Les louanges permanentes, chaque nouvelle édition de son journal offrant le parfait sujet de conversation lors des nombreux événements où ils boivent et fument. Et maman ?

Son nouveau statut lui plaît. Pourtant, le pouvoir croissant de mon père implique une obéissance toujours plus grande pour ma mère. Elle ne peut pas le défier en public. Plus maintenant. Ainsi, mon sort est scellé. Le combattre reviendrait à combatte Père et Mère, et rien ne me ferait moins plaisir. Je tire encore sur la ligne de mon décolleté, ma poitrine semblant chercher désespérément se libérer. À quoi bon vouloir se battre dans un accoutrement aussi ridicule ?

Je baisse les bras. Que cette vie de contrainte m'engloutisse. Mon consentement n'augure rien de bon.

Après une attente interminable dans une file de voitures qui semble s'étirer sur plusieurs lieues, nous nous arrêtons devant le palais et des valets approchent. Alors que je tends naturellement la main vers la portière, Père arrête mon geste.

— Ce sont des domestiques, Eliza. Tu n'es pas l'une d'eux.

Je hoche la tête, sentant le regard las de Mère sur moi. Je jette un coup d'œil à Frank. Il paraît totalement insensible à la soirée qui s'annonce. Mon frère est bel homme. Grand, athlétique, charmant. Ce soir, il pourra choisir parmi milles ladies qui chercheront à l'impressionner. Comment gérera-t-il la situation, je me le demande, car Frank est, disons, un séducteur impénitent. Dans notre campagne, le moindre de ses sourires faisait courir toutes les donzelles à cinq lieues à la ronde. Elles auraient aimé gagner son affection, mais aucune n'y est parvenue. Certaines ont sans doute eu droit à un ou deux baisers. Sans doute ? Non, certainement. Je l'ai surpris plus d'une fois dans les bois. La première fois que j'ai eu le malheur de tomber sur lui, j'ai sincèrement cru qu'il assassinait la fille du quincaillier. Qu'on ne songe pas à me le reprocher : elle criait, après tout. C'est là, après avoir remonté son pantalon et m'avoir rattrapée pour me calmer, qu'il m'a expliqué d'une voix où transpirait la gêne qu'elle ne criait pas de douleur mais de plaisir. Je l'ai dévisagé avec de grands yeux ronds. Frank a pâli davantage encore. Alors il m'a fait une leçon extensive sur toutes les choses que je n'aurais pas dû savoir, en terminant par un sermon sur les conséquences pour une jeune lady si elle succombait au péché du désir, comme la fille du quincaillier. Ironie du sort, celle-ci est tombée malade quelques semaines plus tard et la fièvre l'a emportée. Pendant deux ans, j'ai cru qu'elle était morte parce que mon frère l'avait embrassée. Puis je l'ai trouvé avec une autre femme dans les bras. Et une autre. Et une autre. Aucune d'entre elles n'est morte, et elles souriaient quand je les prévenais de ce qui allait leur arriver. La dernière, la fille du boucher, a jugé qu'il était bon de me faire asseoir pour m'expliquer la vérité sur toute l'affaire. La fille du quincaillier était morte de la grippe. J'avais toujours trouvé trop tragique l'idée qu'on puisse payer de sa vie un simple baiser. Béni soit Frank d'avoir tenté le coup. Il me croit toujours convaincue que je mourrai si je laisse un homme me corrompre avant le mariage.

Descendue de la voiture, je contemple la façade du palais en prenant une profonde inspiration. J'entends le brouhaha à l'intérieur, les rires et les éclats de voix.

— Arrivez-vous à croire que nous soyons là ? dit Maman en suivant Père et Frank vers les arcades qui conduisent au cœur du palais. Le bal du prince, Eliza.

Elle en a le souffle coupé. Je ne suis pas moins émerveillée qu'elle, mais j'ai peur aussi de la soirée qui m'attend.

— Merveilleux, réponds-je à mi-voix comme nous entrons dans une grande salle.

Je n'ai jamais vu autant de monde. Des centaines de gens, voire des milliers. Lords, ladies, ducs, duchesses et autres, tout le monde semble réuni ici. *Mon Dieu*, pensé-je en restant derrière Papa et Frank, accueillis par le prince lui-même. Il a les joues rougies, et ses gestes démonstratifs envoient quelques gouttes de vin maculer le velours de sa veste. Il semble ne pas même s'en apercevoir. À vrai dire, bien qu'il soit encore tôt, il a l'air déjà ivre. Ainsi, les rumeurs sur sa vie dissipée seraient vraies ? Le prince de la fête. Je parie que ce serait une histoire intéressante à écrire.

— Melrose, votre journal est le seul que je lise, déclare le prince.

Cela n'a rien d'étonnant, attendu que le journal de Père ne publie que des articles politiques et religieux conçus pour plaire au prince et à son fou de père.

Ils échangent quelques mots, le prince rit jovialement, puis la musique commence, il lève un sourcil, nous fait ses adieux et s'en va vers la piste de danse tandis que les invités commencent à frapper dans leurs mains, ravis.

— C'est son préféré, murmure Maman en rejoignant Papa.

— Tu pourrais au moins avoir l'air contente d'être ici, me dit Frank, à quoi je réponds par un sourire. Voilà qui est mieux.

Il recule en exécutant une révérence sarcastique.

— Passe une bonne soirée, chère sœur. (Un petit coup d'œil sur le côté, vers les nuées de femmes.) Je pense que la mienne sera excellente.

Et il s'éloigne sans tirer de chaîne derrière lui.

— Eliza, dit mon père pour attirer mon attention.

Son sourire est hésitant, son regard, implorant.

— J'aimerais te présenter quelqu'un.

De la main, il me fait signe de venir.

— Tant que ce n'est pas un homme que tu comptes me faire épouser, dis-je.

— Eliza… s'écrie ma mère en riant avec nervosité et en regardant autour d'elle si on m'a entendu.

Il y a deux hommes dans le dos de Père, l'un plus grand que l'autre. Je ne vois que le grand. Il a l'air mortellement ennuyeux. Le plus petit, je ne vois pas sa tête, mais il a une canne, ce qui suggère qu'il est âgé. Mère s'inquiète pour rien. J'ai à peine entendu le son de ma voix.

Je fais un pas en avant, cherchant Frank dans la foule. La crapule. Il savait que la présentation était pour maintenant.

— Puis-je vous présenter ma fille ? dit fièrement Père en se mettant de côté, révélant ainsi les deux gentlemen.

Oh non.

Le duc de Cornouailles, Lymington, me scrute des pieds à la tête, l'air grincheux, ses lunettes pendant à un petit ruban, tandis que je découvre celui qui doit être son fils, Frederick, l'ennui incarné, pareil à une prune pas mûre et ne montrant aucun signe de ramollissement. Ce serait mon prétendant ? Le silence s'étire au point que je deviens extrêmement mal à l'aise. Le duc semble disposé à enfiler les lorgnons qui pendent devant sa poitrine pour m'inspecter plus en détail.

Je tourne la tête vers Père, quelque peu confuse.

— Sont-ils muets ?

Ses yeux s'arrondissent tandis que le duc tousse, recule, et, à deux doigts de perdre sa perruque grise, m'asperge de poudre blanche. Cette perruque en dit long sur lui, car personne de sensé ne cracherait la taxe aberrante désormais exigée pour en arborer une. Il doit avoir plus d'argent que de bon sens.

Père, mortifié, se presse d'intervenir.

— Eliza, voici Sa Grâce le duc de Cornouailles, et je te présente son fils, Frederick Lymington, le comte de Cornouailles.

Je néglige de faire la révérence, au diable l'étiquette. *Bon sang.* Je ne prends aucun plaisir à voir mon père s'humilier ainsi.

— Votre Grâce, dis-je en baissant la tête. Je suis enchantée de vous revoir.

Le duc regarde mon père, qui se reprend et affiche un sourire radieux.

— Nous avons une histoire intéressante dans l'édition de demain, dit Père, et je me fige, en alerte. (*A-t-il trouvé mon papier ?*) Je suis certain qu'il piquera la curiosité de beaucoup. Porter me l'a délivré lui-même à l'aube.

Ma gorge se serre, et l'espace d'un instant je me demande à quel point j'ai l'air coupable. Mon père me regarde-t-il ?

— Dites m'en plus, répond Lymington en s'approchant.

— Je l'ai vu ce soir avant que notre voiture n'arrive, afin de clarifier le contenu.

J'essaye en vain de ne pas montrer ma surprise. Père a parlé avec lui ? Pourquoi ? Il n'est pas rare que Porter apporte lui-même des histoires à Père pour avoir son approbation. Pas une fois celui-ci n'a eu besoin de clarification. Aïe, ma couverture est-elle déjà éventée ?

— Il a insisté pour que nous publiions son article.

Ah, oui ? Je souris intérieurement. Bien sûr qu'il a insisté. Je savais que l'*ego* de Porter m'aiderait dans cette affaire. J'espère qu'il continuera dans cette voie.

— Et de quoi parle l'article ? demande Lymington.

— Des Winters.

— Les Winters ? s'étonne Lymington. Mais ils sont morts.

— Peut-être pas, répond mon père d'un air évasif afin d'attiser la curiosité de Lymington, ce qui est le but.

Il y a là un mystère à résoudre, et tout le monde aime les mystères.

Lymington pose sa canne devant lui et se met en marche, et, sans réfléchir, Père lui emboîte le pas, me laissant seule avec… Frederick. Ce *gentleman* stoïque, raide, d'allure inamicale, serait mon prétendant. Non, que Dieu m'entende, cela ne se peut pas. Je regarde mon père conduire Lymington plus loin tandis que Mère se rapproche de Clara, qui observe autour d'elle avec un émerveillement permanent presque agaçant, tout en conversant avec d'autres dames. Je croise le regard de Clara et souffle dans mes joues, signe de mon exaspération, et en dépit de sa bienheureuse ignorance, elle parvient à avoir l'air aussi déçue que moi. Que faire ? Je regarde Frederick, et un silence pénible tombe entre nous. Une minute de gêne muette. Je souris, il sourit. Je regarde alentour, lui aussi, puis je souris de nouveau. Et lui aussi.

— Quel âge avez-vous ? finis-je par bafouiller, incapable de supporter cela plus longtemps.

Il cligne des yeux à toute vitesse.

— Vingt-quatre ans.

Vingt-quatre ans ? Comment se fait-il qu'il ne soit toujours pas marié ? Doux Jésus, ma réalité s'assombrit encore.

— J'ai dix-neuf ans.

Jetant un regard par-dessus mon épaule, je vois Maman m'épier, et elle me fait un sourire d'encouragement qui semble dire qu'elle souffre autant que moi. *Mais pourquoi, alors ?*

— Voulez-vous voir les jardins ? propose Frederick.

Je me tourne beaucoup trop vite et perds l'équilibre dans ce mouvement, la stupide robe m'empêchant de me rétablir. Je titube vers lui, mais au lieu de me rattraper, il s'écarte et me laisse tomber comme une empotée. Des petits cris accompagnent ma chute, couvrant même la musique, et je fixe la mosaïque au sol en sentant la honte m'ensevelir vivante.

— Vous m'avez laissée tomber, dis-je d'une voix accusatrice.

Il aurait pu m'épargner cette humiliation, mais il ne l'a pas fait. Il ne peut pas être vu en train de me toucher alors que nous venons tout juste d'être présentés l'un à l'autre, Dieu l'interdit.

Je regarde à gauche, à droite, tous les yeux sont sur moi, et en serrant les dents, je me relève en faisant preuve d'autant de dignité que possible avant de brosser ma robe du plat de la main.

— Je pense que j'ai besoin de cette promenade, dis-je en baissant les yeux et en partant aussitôt. Seule.

Je m'échappe de l'attention avec le cœur battant. La pression sur ma poitrine est insupportable, je peine à respirer, et cette robe idiote ne m'aide pas.

Quelques femmes s'écartent de mon chemin, choquées, et j'arrive dehors où l'arrivée précipitée d'une jeune lady solitaire étonne et inquiète valets, domestiques et invités. Mon humiliation ne fait que grandir, tel un lierre envahissant.

Quelqu'un s'arrête près de moi, je relève la tête.

— Marchons, me dit gentiment Frank en me faisant signe de le suivre.

J'emboîte le pas à mon frère et, après m'être assurée que nous sommes loin de toute oreille indiscrète, je parle.

— Je vais m'enfuir, dis-je avec fermeté en serrant mes mains devant moi.

— Et t'engager dans un cirque ?

— S'il le faut. Être mise en cage avec un lion dévoreur d'hommes me semble plus charitable que subir des affres au milieu des lords et des ladies.

— Pourquoi es-tu toujours si déraisonnable ?

— Et toi, pourquoi es-tu toujours si content ? dis-je en réarrangeant mon bustier tandis que nous marchons entre deux rangées d'arbres, tous de la même taille, du même vert, et espacés de manière régulière.

Ils ressemblent si peu aux bois dans lesquels je galopais tous les jours. Un fouillis inextricable, imprévisible, sauvage.

— L'as-tu vu ? Mon prétendant ?

— Je pense qu'il n'y a pas un invité qui ne l'ait vu, Eliza. C'est l'homme qui avait l'air mort de honte tandis que tu le fusillais du regard.

— Oh, le pauvre… Et moi ? C'est moi qui étais à genoux ! Il aurait pu me rattraper, il ne l'a pas fait. Je n'ai déjà pas très envie de me marier, alors si c'est pour épouser un homme qui ne me rattrape pas quand je tombe…

— Je ne sais pas grand-chose, mais je sais que ma sœur n'a pas besoin d'être sauvée par un homme, répond Frank en m'adressant un petit sourire. Il y a des choses sur lesquelles nous n'avons pas prise.

— Je veux avoir le droit de dire non. Je veux qu'on me prenne au sérieux, Frank.

Imaginez ça. Un monde dans lequel on aurait le droit de dire non.

Frank s'esclaffe.

— Tu as trop d'imagination.

Je me retiens de grogner. Je pourrais lui montrer. Leur montrer à *tous*. Mais je sais que je vis à une époque où, au fond, mes rêves sont risibles. Tant pis pour moi.

*

J'ai trouvé en moi le courage de retourner dans la Grande Salle. Je n'avais pas vraiment le choix. Nous sommes à une heure de voiture de la maison et il est déjà minuit passé. Je me tiens dans un coin de la pièce et j'aperçois Papa et Maman qui dansent le menuet. C'est un peu désuet. Ils devraient essayer la valse. Mais que pèse le choix de la musique et de la danse démodée par rapport à l'expression de leur visage ? Ils ont l'air ravis. Ils sont nés pour appartenir à ce monde. Ils ont trouvé leur place, et bien qu'elle se fasse du souci pour moi, je vois bien que Maman est rayonnante. Dans son élément, comme Père. Ils méritent la reconnaissance qu'ils reçoivent. Moi ? Je renâcle à me joindre à eux, mais je n'ai guère le choix. Je ne peux pas tout gâcher.

Je rumine mon découragement lorsque Clara me retrouve.

— Eliza, tu es tombée.

— Tu es très observatrice, Clara.

— Tu vas bien ?

— Non, je souffre terriblement, réponds-je en soupirant, puis je lui fais en sourire en lisant l'inquiétude sur son visage. Je vais bien, je t'assure. Mais promets-moi de ne pas vieillir d'une seule année, Clara.

Le même sort attend la pauvre Clara, et je sais qu'elle n'y est pas prête.

Elle rit d'un rire enfantin et doux comme un carillon, bien qu'elle n'ait que trois ans de moins que moi.

— C'est impossible.

— Malheureusement, tu as raison, ma chère sœur, dis-je en caressant son bras ganté. Tu es très jolie ce soir.

Ses cheveux blonds sont bouclés à la perfection et ses yeux bleus pétillent. Je parie qu'elle a attiré l'attention de plus d'un.

— Je trouve aussi, dit-elle en souriant avec malice. Tu aimes Frederick ?

— Tu crois que je devrais ?

— Il est un peu… Elle réfléchit… terne, non ?

Je ris. Oui, terne. C'est le mot parfait pour décrire Frederick. Ce pauvre benêt.

Une conversation entre des ladies à côté de nous attire mon attention, et je fais instinctivement un pas vers elles en tirant Clara pour qu'elle suive.

— Qu'est-ce que tu fais ? demande-t-elle.

Je lui fais signe de se taire et j'écoute, aux aguets.

— Ça aurait dû être démoli, dit une femme.

Naturellement, la curiosité me démange et je fais un pas de plus, discrètement, dans leur direction, en tirant encore Clara avec moi.

— Eliza, qu'est-ce que tu fabriques ? proteste-t-elle.

— Ça gâche la symétrie de Belmore Square, poursuit la femme.

— Qui voudrait vivre là après que le fils du duc les a tous fait brûler vifs ?

— La résidence des Winters ? dis-je, faisant irruption de manière impromptue dans leur conversation.

Le choc sur leur visage !

— Vous parlez bien de la résidence des Winters, n'est-ce pas ?

Une autre dame fait une moue de dégoût en me regardant des pieds à la tête, comme si j'étais une orpheline polluant leur espace. Elle a le visage couvert de poudre, les sourcils rasés et remplacés par ce qui ressemble à de la fourrure animale.

— Et vous êtes ?

— Les filles Melrose, répond une autre, dont le regard passe de Clara à moi.

— Oh, roucoule la première, comme si notre nom signifiait quelque chose pour elle – et bien sûr qu'il signifie quelque chose. Des parvenus.

Elle regarde ses amies avec un sourire entendu, révélant des dents qui ont trop fréquenté le sucre.

— Vous l'avez vue tomber ? dit-elle en s'esclaffant, cruelle, et ses amis l'imitent tandis que je me tiens devant elle, à la merci de leurs jugements. Que Dieu vienne en aide à Sa Grâce et à Frederick.

J'en ai le souffle coupé. Comment se fait-il que ces catins soient au courant de mon sort avant moi ? Que Dieu me vienne en aide, plutôt.

— Si vous voulez savoir qui a reconstruit le numéro un, Belmore Square, je vous suggère de lire l'édition de demain du *London Times*.

Ma repartie a au moins le mérite de leur faire fermer leur clapet. Inclinant la tête, je m'éloigne en traînant derrière moi une Clara médusée.

— Qui a reconstruit Belmore Square ? me demande-t-elle dans mon dos pendant que nous nous dirigeons vers Mère.

— Lis le journal de demain.

— Je ne lis pas le journal de Papa. Depuis que tu n'écris plus dedans, il m'ennuie.

— Hum, fais-je, en essayant de ne pas avoir l'air coupable.

Je ne dois révéler à personne, en aucun cas, que je suis l'auteur de l'article de demain. Jamais. Ce luxe me serait immédiatement retiré et Papa ne pourrait même pas me défendre.

3

Les Winters reviennent à Belmore Square.

Imaginez que le nouvel habitant de la vieille maison des Winters au coin de Belmore Square soit, en fait, un Winters…

Le lendemain, le journal de Père a vendu cinquante pour cent d'exemplaires en plus qu'un jour normal, ce qui, de nos jours, fait un joli chiffre. Naturellement, les spéculations sur l'éventuel emménagement d'un membre oublié de la famille Winters ont renouvelé les rumeurs sur ce qui était arrivé au juste au duc, à sa femme et à leurs enfants. Mais une semaine a passé depuis que mon article a été publié, et si les ragots n'ont pas cessé et se sont même amplifiés à ce sujet, ce n'est pas le cas de ma connaissance des Winters, si bien que je suis dans l'impossibilité d'écrire quoi que ce soit. J'ai appris que le duc de Chester, Joe Winters, était un inventeur renommé, même si je n'ai pas pu découvrir ce qu'il avait inventé et que personne parmi les gens que j'ai rencontrés cette semaine n'a été en mesure de répondre à mes questions indiscrètes. Sa femme, Wisteria, était la fille d'un vicomte décédé au bord de la ruine, et leurs enfants, Johnny, Sampson et Taya, sont censés être aussi beaux que leur mère avait la réputation de l'être. L'aîné, Johnny, l'héritier du duc, était un peu fougueux, d'après ce qu'on dit. Fougueux et rebelle. Impulsif, aimant un peu trop le scotch. Et débauché, avec ça. Un séducteur notoire.

Mais ce ne sont que des rumeurs, bien sûr, et rien qui pourrait éclairer mes lecteurs potentiels. Ce qui ne m'a pas empêchée de coucher sur papier mes notes, ou plutôt de scribouiller d'incessantes théories tout en me demandant si un jour quelqu'un inventera une plume dotée d'une réserve infinie d'encre, car il est incroyablement pénible de devoir sans cesse plonger ce maudit engin dans l'encrier.

Malheureusement, aujourd'hui je ne peux pas écrire, réfléchir ou tremper ma plume. Je dois retrouver Frederick Lymington au parc royal avec ma mère, et nous nous promènerons. Il commence sa cour, et c'est mon arrêt de mort qu'il signe. Je ne me suis jamais imaginé tomber amoureuse, et encore moins faire semblant de l'être.

Vêtue de ma robe la plus belle et la plus confortable et coiffée d'un chapeau simple orné seulement de quelques plis, je rejoins Mère et Clara au pied de l'escalier juste après midi. Emma tend ses gants à Maman, qui les enfile en me scrutant des pieds à la tête pour s'assurer que je suis habillée comme une lady en route pour une promenade au parc royal. Contrairement au mien, le bonnet de Clara est orné d'une myriade de feuilles séchées aux couleurs subtiles, et Emma le regarde avec adoration, son propre couvre-chef manquant de forme et d'intérêt. Je devrais lui proposer d'échanger. Mon accoutrement me pèse.

Dès que nous mettons le pied dehors, je suis saisie par l'activité et le grouillement de Belmore Square, mais mon regard va se poser sur la maison solitaire de l'autre côté des jardins. Toujours vide d'occupants. Comme tous les autres habitants du square, je peine à contenir ma curiosité.

— Qu'est-ce qui attire ainsi ton intérêt ? me demande Frank, qui arrive à mes côtés sur le perron.

— Rien, réponds-je en détournant aussitôt les yeux. Et où vas-tu ?

Il me jette un drôle de regard. Plein de soupçon. Il me regarde de cette façon depuis la publication la semaine précédente de l'article que j'ai écrit et qui a été attribué à Porter. Il a exactement la même expression que lorsque je niais avoir bu quelques gorgées du vin de Papa pendant qu'il regardait ailleurs.

Il penche la tête, je penche la mienne en retour, m'efforçant de rester impassible.

— Je vais voir Porter.

— Formidable.

— Pour voir s'il n'aurait pas une autre histoire fascinante à raconter.

Je me racle la gorge.

— Merveilleux.

— Et pour comprendre où il a déniché les informations qui faisaient la matière de son article de la semaine dernière.

— Je comprends.

Je me mordille l'intérieur de la lèvre en détournant la tête, incapable de supporter plus longtemps le regard scrutateur de Frank. Bien entendu, Porter n'a jamais avoué qu'il n'était pas l'auteur de mon article. Son *ego* en aurait pris un coup.

— Eliza, je…

— Venez, les filles, lance Mère.

— Je dois y aller.

Je descends les marches quatre à quatre et suis Maman qui descend la rue de sa démarche gracieuse en tenant la main de Clara. Je marche légèrement en retrait, peu pressée d'errer sans but dans le parc royal, ou, plutôt, d'être vue, errant sans but dans le parc, mais très heureuse en revanche d'échapper à l'inquisition de mon frère.

Au coin du square, Mère tourne à droite, et nous arrivons à Piccadilly. Des voitures circulent en cahotant, des hommes trottent à cheval, et, comme à Belmore Square, mais à plus grande échelle, des gens sont rassemblés en groupes un peu partout. J'accélère pour suivre Mère qui se fraye un chemin dans la foule, malgré la douleur de mes orteils écrasés dans mes horribles bottines.

— Pourquoi courons-nous ? dis-je en m'écartant pour laisser passer une jeune femme aux bras chargés de boîtes à chapeau.

— Je vous remercie, me dit-elle poliment, le menton calé sur la boîte au sommet de la pile.

Je m'arrête brusquement. Un nom sur l'une des boîtes a attiré mon attention.

— Un instant !

Elle s'immobilise et je parviens à lire le nom écrit à la main, en lettres élégantes, sur l'étiquette : *Winters, duc de Chester.*

Alarmée, la femme se retire brusquement et le garçon débraillé qui l'accompagne, et que je n'avais pas remarqué auparavant, s'avance d'un air à la fois menaçant et hésitant. La sécurité, pour une jeune femme transportant des chapeaux hors de prix comme ceux-là, doit être précaire, surtout avec tous les voleurs en liberté d'après ce qu'on raconte, même si ce ne sont peut-être que des rumeurs. J'adresse un sourire rassurant au garçon, qui me rappelle des souvenirs. Moi aussi, il y a quelques mois à peine, j'étais couverte de crasse.

Je désigne la boîte à chapeau.

— Vous la livrez ?

— Oui, madame, me répond la demoiselle.

Je souris.

— Je ne suis pas une dame. Ou alors par hasard.

La pauvre semble assez perplexe. Moi aussi, d'ailleurs.

— Vous livrez cela à la résidence des Winters sur Belmore Square ?

Elle hoche la tête.

— Mais la maison est vide.

— J'obéis aux ordres, madame.

Elle s'incline avant de partir, suivie par le garçon, et je les regarde quelques instants, perdue dans mes réflexions, jusqu'à ce qu'ils tournent du côté de Belmore Square. Les Winters. Un cousin éloigné, peut-être ? Mais avec toutes les rumeurs qui circulent autour de cette famille, je peine à comprendre pourquoi l'un d'eux souhaiterait revenir. J'imagine que le nouveau propriétaire, le nouveau duc, est imperméable aux ragots. Le mystère s'épaissit, mais grâce à cela je tiens mon nouvel article.

QUI EST LE NOUVEAU DUC DE CHESTER ?

Un sourire aux lèvres, je commence à rédiger l'histoire dans ma tête.

> De nouveaux chapeaux pour le nouveau duc de Chester ont été livrés hier dans sa résidence entièrement rénovée au coin de Belmore Square. Imaginez qu'on découvre aujourd'hui qui est le nouveau duc de Chester.

— Eliza, venez ! m'appelle Mère, qui me tire de ma rêverie en m'entraînant sans ménagement vers l'entrée du parc royal. Nous sommes attendues.

Mon sourire s'éteint au rappel de mes obligations. Un peu plus loin, nous arrivons devant l'entrée du parc, où les rues poussiéreuses et sales faisaient place à de vastes et accueillantes étendues de pelouse.

Mère franchit les grilles dorées et prend une grande inspiration, comme si elle essayait de se détendre avant d'affronter une épreuve. Sauf que c'est moi qui dois la relever. Et j'aurais bien envie de leur lancer à la figure : « Je mets au défi quiconque de me forcer à épouser un homme que je ne connais pas et pour qui je n'éprouve rien. »

— Tiens, regardez, voilà Lady Tillsbury, claironne Maman. C'est une patronnesse d'Almack.

— Je suis au courant.

Je connais tous les habitants de Belmore Square, et Lady Tillsbury est l'une des plus fascinantes. La baronne de Shrewsbury, veuve, occupe une place centrale dans le jeu mondain. Tout le monde veut la compter comme amie car, en tant que patronnesse d'Almack, le salon extravagant où se réduit la fine fleur du pays, où l'on trouve un mari ou une femme, elle a un droit de regard sur ceux qui ont l'honneur d'y être invités. Et ils sont rares. J'ai l'impression que Maman aimerait en être.

— Une femme exquise.

— J'en suis sûre.

— Oh, et elle est avec Mrs Fallow.

Maman salue d'un petit geste de la main Mrs Fallow, accompagnée de sa fille Lizzy, une créature sensuelle, blonde aux yeux bleus, du même âge que moi, et que j'ai déjà vu Frank admirer à plusieurs reprises.

Je regarde Mère s'avancer vers Lady Tillsbury et Mrs Fallow, puis elles s'engagent toutes les trois sur le chemin menant au seul et unique lac du parc royal tandis que Lizzy, Clara et moi nous mettons dans leur sillage. Alors que je meurs déjà d'ennui, Clara fait des grimaces à Lizzy Fallow, qui de son côté adresse des coups d'œil aguicheurs à tous les hommes que nous croisons.

— Comment va votre frère ? me demande Lizzy, d'un air faussement désinvolte.

J'observe Clara, dont le sourire ne parvient pas à masquer l'agacement. Clara n'a pas connaissance des manières canailles de notre frère, elle ne sait pas qu'il ferait des misères à Lizzy s'il prenait à cette demoiselle l'idée de s'approcher trop près. Clara est aveuglée par son adoration pour Frank. Qu'on ne s'y méprenne pas, moi aussi, j'adore Frank, mais je ne me fais pas d'illusions sur son compte. C'est un débauché, et je sais que cela n'a pas changé simplement en quittant la campagne. Sauf que les ladies de Londres n'ont rien à voir avec la fille du quincaillier ou du boucher. Je trouve parfaitement injuste que lui continue de vivre de la même façon, mais vêtu d'habits à la mode, tandis que je dois tout changer de ce que je suis.

— L'affection de notre frère est prise, répond Clara, la mâchoire serrée.

— Par qui ? demande Lizzy sans s'embarrasser de subtilité.

Tout le monde.

— Nous ne sommes pas libres de le partager, dis-je en posant la main sur le bras de Clara pour l'apaiser.

Je vois le feu dans son regard, et même si je trouve cela délicieux, je ne veux pas qu'elle donne libre cours à sa colère au beau milieu du parc royal, alors que nous nous promenons tranquillement. S'apercevant de la situation, Lizzy s'excuse et s'en va rejoindre la fille des Hamsley, celle qui en est à sa cinquième saison. Tout cela pendant encore cinq ans, ou le mariage. Mon Dieu, que la vie est injuste. Lizzy Fallow va sans doute se vanter auprès de la pauvre Eve Hamsley que c'est sa première saison, et sans doute la dernière, d'autant que Mrs Fallow la fera entrer sans délai à Almack, recevoir des propositions de mariage de lords, de ducs et autres hommes lestés de titres et d'argent.

— Ce parc est assez triste, tu ne trouves pas ? dis-je en désignant les étendues d'un vert uniforme. Rien que de l'herbe, pas de fleurs.

Clara fait la tête, et je lui souris en désignant les pelouses pour la distraire de son énervement.

— Il y a cent ans, quand l'arrière-grand-mère du prince régent était la reine, elle a découvert que son amant avait une maîtresse.

— Elle n'avait pas de mari ? s'étonne Clara.

— Bien sûr que si. Mais elle avait aussi un amant.

— Pourquoi a-t-elle fait une chose pareille ? demande Clara, abasourdie. La reine doit être un exemple pour les autres dames.

— Je suis bien d'accord. Heureusement que nous ne sommes pas reines, n'est-ce pas ?

— Je ne sais pas, répond-elle en soupirant. J'aime bien être une lady.

— Nous faisons semblant de l'être.

Nous ne sommes tous que des imposteurs.

— Alors pourquoi une reine aurait-elle pris un amant si elle a un mari qui pourvoit à tous ses besoins ? me relance-t-elle.

— À tous ses besoins ? Que sait ma sœur de seize ans des besoins d'une lady ?

— Tu n'as pas été la seule à épier notre frère quand il allait faire ses affaires dans les bois, rétorque Clara avec un sourire espiègle.

Deux vieilles dames tournent la tête de notre côté, horrifiées par ce qu'elles viennent d'entendre.

— Clara...

— Oh, je t'en prie. Serais-tu prude, Eliza ?

Son effronterie perce sous ses manières de lady, avec son beau chapeau et sa robe à la mode.

— Je ne suis pas prude.

— Tu réagis comme si tu l'étais. Quoi qu'il en soit, quel rapport avec ce parc désolé ?

Je prends Clara par le coude et l'attire à l'écart, loin des oreilles indiscrètes des deux vieilles dames qui continuent de nous lorgner.

— Elle a découvert que son amant avait cueilli des fleurs dans le jardin royal pour les offrir à sa maîtresse. Alors, par jalousie, elle a ordonné qu'on arrache toutes les fleurs et que l'amant soit emprisonné dans la tour.

— Non !

— Si.

Clara, qui frémit d'horreur, tire en même temps sur sa robe.

— Quoi ? dit-elle en me voyant la regarder avec un sourire.

— Rien du tout.

Elle relève le menton.

— Très bien, je ne suis pas à l'aise. C'est ce que tu voulais entendre ? lance-t-elle en me faisant une grimace. Et si on me force à manger encore un sandwich au bœuf, je jure que je vais hurler.

J'éclate de rire.

— Oh, tais-toi ! m'enjoint Clara. Et la maîtresse de l'amant, au fait ?

Je hausse un sourcil en plantant mes yeux dans les siens, et passe une main en travers de ma gorge.

— Il ne faut pas jouer avec la jalousie. Surtout avec une reine qui a un pouvoir immense.

— Oh mon D… (Son attention est attirée par quelque chose.) Eliza, regarde, dit-elle en tendant le doigt. Là-bas.

Je suis son index et aperçois un garçon attachant un cheval à un tronc d'arbre.

— Qui est-ce ? dis-je au moment où le garçon jette un regard dans notre direction.

Il sourit en voyant Clara, et ses joues se colorent d'une teinte rouge discrète mais visible.

— Je ne sais pas, répond Clara en me forçant à continuer de marcher.

— Il faut aller lui dire bonjour.

Je m'écarte d'elle et fais quelques pas pour l'empêcher de m'arrêter. Clara jette un coup d'œil à Mère, mais elle est beaucoup trop occupée à rechercher l'approbation de Lady Tillsbury, et ainsi à accéder à l'Almack, pour remarquer notre absence. C'est une bénédiction.

— Viens, chère sœur, tu ne voudrais pas qu'il nous croie malpolies.

— Mais…

— Mais quoi ?

— Qu'est-ce qui te trouble ?

Les joues de Clara ont maintenant la même couleur que les roses séchées de son bonnet. Je m'approche de l'arbre avec Clara sur les talons et, désignant l'impressionnant cheval, je lance :

— Quelle belle bête !

Le garçon, sous le choc, regarde autour de lui d'un air désemparé.

— N'ayez pas l'air si surpris, poursuis-je en caressant la tête du cheval, nous n'aurons qu'à dire que nous avons déjà été présentés.

— Par qui ? demande-t-il. Je ne suis qu'un garçon d'écurie, mademoiselle.

C'est ce que je craignais.

— Qui vous voudrez. Est-il à vous ?

— Non, répond-il en regardant avec un sourire la jument pur-sang. Je l'amène à mon maître.

— Et qui est votre maître ?

— Mr Fitzgerald.

Ah, l'architecte qui a conçu les maisons de Belmore Square. Enfin, toutes sauf le numéro un. Il vit lui aussi sur la place.

— Je le connais, donc tout va bien. Connaissez-vous ma sœur ?

Je m'écarte et pousse ma sœur en avant. Il la regarde d'un air prudent.

— Je l'ai aperçue à Belmore Square.

— Clara, dis bonjour.

— Bonjour.

— Bonjour, répond-il. Je m'appelle Benjamin.

Je fais les gros yeux à Clara pour qu'elle s'oblige à sourire quand j'aperçois Frederick qui nous regarde tour à tour tous les trois. Mieux vaut en finir vite. Je suis pressée de rentrer à la maison et d'écrire un nouvel article.

— Nous devons y aller, dis-je en le saluant.

J'entraîne Clara derrière moi.

— Il est joli garçon, dis-je en jetant un coup d'œil à Clara, qui a la tête tournée vers Benjamin. Dommage que ce soit un garçon d'écurie.

C'est mon rôle de lui rappeler que désormais, dans le monde qui est le nôtre, les garçons d'écurie ne sont pas acceptables.

— Oui, oui, grogne Clara. Et Frederick est ennuyeux comme la pluie.

— Mais acceptable.

Je vois Mère qui regarde dans notre direction en fronçant les sourcils, sans doute parce qu'elle se demande où nous étions. Clara la rejoint et, cette fois, lorsque je me retrouve en compagnie de Frederick, j'attends qu'il me salue, comme il est censé le faire. Une chose est sûre, je ne plais pas à son père, le duc de Cornouailles, ce qui a le don de m'énerver. D'ailleurs, il ne me plaît pas non plus, si bien que nous sommes plus ou moins quittes. Je parle trop pour le vieux duc, je pose trop de questions, et je trébuche quand le prince régent donne un bal.

— Voulez-vous faire une promenade, Frederick ?

Mère a un petit rire nerveux.

— Pardon, dis-je avant de rectifier : Voulez-vous faire une promenade, *sir* ?

Mère ferme les yeux un instant, mortifiée, tandis que le vieux duc secoue la tête d'un air désespéré, de sorte que des poussières de poudre blanche tombent de sa perruque sur les épaules de son manteau marron. Frederick fait un pas en avant et me tend son bras en se tournant vers le chemin. Je prends son bras et le suis, obéissante, laissant à Maman le soin de réparer mes erreurs auprès du partenaire d'affaires de Papa. Ce ne sera pas la première fois et je doute fort que cela soit la dernière, car je suis une source constante d'angoisse pour mes parents à la fortune toute neuve.

Frederick et moi marchons en silence pendant une éternité. Il a la personnalité d'un mollusque, cet homme-là !

— Qu'aimez-vous ? finis-je par demander afin de rompre le silence.

Si seulement il pouvait apprendre à causer avec moi, peut-être nous entendrions-nous. Ce serait agréable d'avoir quelque chose en commun, n'importe quoi, avec mon fiancé.

— Pardon ? fait-il, me regardant comme s'il avait affaire à une imbécile.

— Faites-vous du cheval, *sir* ?

Je le vois éclater de rire, ce qui me laisse pantoise. Non parce que Frederick a enfin fait preuve d'un brin de personnalité, mais parce qu'à ma grande et bonne surprise, cela le rend beaucoup plus séduisant.

— Je crains que non, Miss Melrose.

Sa réponse m'étonne.

— Tous les hommes ne montent-ils pas à cheval ?

C'est à son tour de me regarder avec surprise. Il semblerait que je l'étonne en permanence.

— Je préfère qu'un cocher dirige ma voiture.

— Oh, dis-je en regardant devant moi. Ce n'est pas aussi amusant pourtant, non ?

— Avez-vous déjà monté ?

— Oui, souvent.

Avant qu'on me force à entrer dans un monde où monter à cheval n'est pas une activité digne du *beau sexe*.

— Seule ?

— Oui, seule.

Quand nous vivions à la campagne, je pouvais monter tous les jours sur nos terres sans que personne ne songe à me tourner en ridicule.

— C'était exaltant, renchéris-je en me rappelant avec nostalgie ma liberté et mon insouciance à cette époque où je pouvais vivre comme je l'entendais. Que faites-vous qui vous exalte ?

Je le supplie en silence de me parler de quelque chose d'excitant, d'admirable, sur quoi je pourrais fonder quelque espoir.

— Eh bien, voyons voir… le bal du prince régent n'était-il pas exaltant ?

Tous mes muscles s'étiolent et je sens mon corps se flétrir de mille ans. Exaltant ? Le bal du prince a été une torture. Je ralentis, m'arrête, et Frederick se retourne, plein de sollicitude.

— Y a-t-il un problème, Miss Melrose ?

— Oui, Frederick, il y a un problème.

Pauvre Frederick. Il ne sait pas quoi faire de moi, comment me parler, comment réagir. Il regarde autour de lui d'un air éperdu tandis que je soupire.

— Si nous étions mariés, attendriez-vous de moi que je m'adresse à vous en vous appelant par votre titre ?

— Ma foi, c'est ainsi que ma mère s'adresse à mon père.

— Vraiment ?

Je suis stupéfaite. Ce serait comme si Mère appelait Père « Mister Melrose ». Folie !

— Frederick, je crains que nous ne soyons absolument pas faits l'un pour l'autre.

J'ai à peine l'impression de lui faire un aveu. Quiconque a des yeux peut voir que Frederick et moi sommes incompatibles. Lui non plus ne doit pas être heureux de ce mariage.

— C'est ce que vous pensez ?

— Oui, Frederick.

Il a besoin d'une lady qui dit « oui ». Ou plutôt, il a besoin d'une vraie lady. Une lady née lady, avec un titre en bonne et due forme, pas une lady de fabrication récente. Et qui donne un exemple pitoyable, par-dessus le marché. D'ailleurs, maintenant que j'y pense, pourquoi un homme tel que le duc de Cornouailles accepte-t-il une fille comme moi ? Je n'ai pas de titre. Et encore mois le sens des convenances.

— Je…

Notre conversation sur notre compatibilité est interrompue par un cheval qui hennit, faisant pousser quelques cris de terreur à plusieurs ladies. Je me retourne et vois un homme arriver au galop vers nous tandis que tout le monde s'écarte sur son passage.

— Il devrait éviter de cavaler à cette vitesse au beau milieu du parc royal, dis-je sans bouger d'où je suis, c'est-à-dire sur l'allée par laquelle il arrive.

Frederick, lui, fuit avec les autres pour laisser passer le dangereux cavalier.

— Miss Melrose ! m'appelle Frederick en m'invitant à dégager le chemin par des gestes frénétiques. Miss Melrose, je vous en prie !

Les vibrations des sabots sur le sol me remontent dans tout le corps.

— Il n'a pas à galoper en plein parc public, réponds-je d'une voix indignée. N'a-t-il donc aucun égard pour la sécurité ?

— Miss Melrose ! me lance Frederick, à l'abri au milieu de la foule agglutinée un peu plus loin. Écartez-vous !

— Hors de question !

Le cavalier fonce sur moi. Lords et ladies me hurlent de m'écarter de son chemin. C'est totalement absurde. Pourquoi ne ralentit-il pas ?

— Johnny Winters ! s'écrie quelqu'un.

Ce nom me fait finalement reculer d'un pas. Johnny Winters ?

— Oui, s'exclame quelqu'un d'autre. C'est lui.

Quoi ? Le fils aîné du duc de Chester ? Mais… il est mort. Johnny Winters. Le débauché, l'ivrogne, le rebelle ? L'homme dont on dit qu'il a incendié sa maison et tué toute sa famille, y compris lui-même ? Je déglutis. Le cheval arrive sur moi à pleine vitesse.

— Eliza ! crie Clara. Va-t'en !

Mais je ne peux pas, mes jambes refusent de m'obéir. Je suis tétanisée, non par la peur du cheval, mais par la présence de celui qui le monte. Et soudain, le cheval est sur moi, ses sabots soulèvent de la poussière, les gens hurlent, et il se dresse sur ses pattes arrière en hennissant. Je regarde, épouvantée, la bête énorme qui me domine de toute sa hauteur, et au moment où il retombe, le sol tremble sous mes pieds.

Je ferme les yeux, le cœur battant, et lorsque je les rouvre, je découvre devant moi deux bottes de cuir noir. Mon regard remonte sur son pantalon crème dont le tissu enveloppe ses cuisses. Des cuisses puissantes.

Des jambes longues, des cuisses puissantes.

Frémissante, je monte encore le regard sur un torse athlétique enveloppé d'un gilet de laine noire et d'une veste coupe raide assortie. Sa chemise est blanche, la plus blanche que j'aie jamais vue, sans manches bouffantes ni jabot. Juste une cravate élégamment nouée.

Et alors je découvre son visage, et mes pauvres poumons éreintés se vident de l'air qu'ils contenaient. Mon Dieu, ai-je jamais vu plus bel homme ? mes yeux me brûlent, mais je refuse de battre des paupières et de me priver fût-ce un seul instant de tant de beauté. Ses cheveux d'un blond sombre, indisciplinés, menacent d'effleurer ses joues. Comme s'il cherchait à déjouer toutes les attentes. Il a la peau mate, il a dû partir à l'étranger et passer du temps à profiter du soleil, son nez est parfaitement droit, son menton, ciselé, ses épaules, larges.

Puis nos regards se croisent et le sol semble se dérober sous mes pieds. La Terre tremble-t-elle ? Et mon souffle, où est-il passé ?

Des yeux verts pleins de ruse et de retenue se posent sur moi tandis que le cheval piaffe et que j'essaye, tant bien que mal, de rétablir mon équilibre. J'ai bien peur d'être perdue à jamais. Je fixe sans vergogne cet homme devant un public de plusieurs centaines de personnes qui nous observent en silence. Peu me chaut. Je l'ai examiné des pieds à la tête, me suis soumise à son regard, et j'ai l'impression maintenant qu'un sortilège m'enchaîne.

Je romps le contact visuel, ce que j'aurais dû faire depuis longtemps déjà, et admire de nouveau ses cheveux, trop longs pour être convenables.

Rebelle.

Enfin je respire, l'air entre péniblement dans mes poumons, et je croise de nouveau ses yeux. Il me scrute, paupières plissées, mais un feu brûle au fond de ses rétines. Et à cet instant, cet instant monumental, car pour la première fois de ma vie un homme me rend muette, je soupçonne que les rumeurs sur Johnny Winters étaient vraies. *Sont* vraies. Ainsi, il n'est pas mort ? Johnny Winters, *duc de Chester.*

Je suis sûre que cet homme, d'un simple regard, pourrait faire rougir n'importe quelle femme d'ici jusqu'en Écosse.

— Votre Grâce.

Ma voix est faible, étranglée, et je le vois qui penche la tête et esquisse un petit sourire. Un sourire diabolique. J'inspire profondément et relâche l'air d'un souffle lent, pour calmer mes nerfs.

Reprenant mes esprits, je bats des paupières et m'éclaircis la voix tout en essayant de reprendre le contrôle de mes jambes flageolantes pour m'écarter du chemin, puisqu'il ne semble pas décidé à contourner ma présence statique. Il semble s'amuser de ma réaction, et je déteste qu'il ait remarqué ma stupeur, même s'il n'y a sans doute pas besoin d'être d'une grande perspicacité. Alors je relève le menton comme pour le défier de… De quoi ? Qu'est-ce que je fabrique, bon sang ? Et de nouveau je suis clouée sur place lorsque son regard, sans aucune hâte ni gêne, m'examine des pieds à la tête.

Je sens ma poitrine se comprimer sous le poids de ce regard qui me jauge.

— Mademoiselle, me salue-t-il d'une voix grave, profonde, qui me donne un frisson.

Mon Dieu, quelle gêne m'envahit en éprouvant une étrange sensation entre mes cuisses. J'essaye de garder contenance, mais il sourit d'un air entendu. Il a compris.

Puis il éperonne son cheval, qui repart au trot, et me contourne sans me quitter des yeux. Le souffle coupé, je me tourne et le suis du regard, perdue pour le monde autour de moi.

Jusqu'à ce quelqu'un arrive près de moi et me tire de ma torpeur.

— Miss Melrose, me dit Frederick d'une voix alarmée en posant une main sur mon bras. Allez-vous bien ?

Je halète, en quête d'air. Non, je suis abasourdie, et pas seulement parce que Johnny Winters vient de me déshabiller du regard en public. *En public !* Je suis abasourdie parce que Frederick me touche. Lui aussi, en public. Et, comme si lui aussi en prenait conscience à cet instant, il me lâche comme une intouchable lépreuse et s'écarte en regardant autour de lui. Tous les lords, les ladies, les ducs et les duchesses, sans parler de leurs servants, ont le regard rivé sur moi. Pas sur Frederick et ses mains malhonnêtes. Non, *sur moi.*

Mon Dieu.

— Il faut le dénoncer au prince régent, dis-je en soufflant avant de m'éclaircir la voix et de me mêler à la foule.

J'ai tellement chaud que mes culottes collent à ma peau moite. Bonté divine, cette situation me fait tourner la tête. En tout cas, savoir qui emménagera au numéro un Belmore Square n'est plus une question brûlante. Le mystère qui entourait mon article vient d'être dévoilé et tout Londres connaît désormais la réponse.

— Tu vas bien, Eliza ? me demande Clara, qui me rejoint tandis que la foule se disperse, Dieu merci.

— Oui, ça va.

Je ris, d'un rire qui sonne terriblement faux.

— Cet homme est atrocement grossier.

Et atrocement beau. Grand, puissant, viril. Je parie que le duc de Chester ne se demanderait pas bien longtemps s'il peut poser la main sur moi en public pour me sauver d'un cheval lancé au galop. *Ou* d'un homme. Je grimace en enregistrant ces pensées salaces, pour mieux les écarter, et m'efforce de reprendre ma respiration. Mais je peine à chasser de mon esprit l'image de cet homme si impressionnant, juché sur un étalon qui ne l'est pas moins.

Un homme qui devait être mort, qui ne l'est pas, et qui aurait tué sa famille.

Mon Dieu, Eliza. Peut-être devrais-je voir un docteur.

— Maman, dis-je en la voyant accourir vers moi. Je vais bien, sois tranquille.

— Pourquoi ne vous êtes-vous pas écartée ?

— Je… Je n'ai pas réussi à réagir.

En tournant la tête par-dessus mon épaule, j'aperçois le duc sur son cheval, qui trotte paisiblement vers les grilles dorées, sans plus se presser. Il a attiré l'attention de toutes les personnes présentes dans le parc, les femmes en ont encore une sorte de vertige tandis que les hommes l'observent partir avec méfiance.

Arrivé devant la sortie, il s'arrête et tourne la tête.

Vers moi.

Le souffle coupé, je détourne vite le regard pour que ma mère ne s'aperçoive pas de ma gêne.

— C'est une plaisanterie ? dit Lymington, qui nous rejoint, en portant ses lorgnons devant ses yeux et en regardant vers les grilles.

— Je ne vois personne rire.

Il tressaille, se rembrunit et se tourne vers moi. Son regard est accusateur. Réprobateur. Je n'ai pas la moindre idée de ce qui m'attend, mais j'incline la tête avec respect en signe d'excuse et m'éloigne avant que ma langue ne me joue des tours. Ou *encore plus* de tours. Toute la ville va en entendre parler, c'est sûr. Oui, cette affaire sera même écrite et publiée dans l'édition de demain du journal de Père. Sauf que l'histoire ne sera pas embellie, car elle n'a pas vraiment besoin de l'être. C'était déjà assez spectaculaire, aucun besoin d'exagérer.

Je me retourne vers les grilles.

Le duc est parti.

Mais mon corps tremblant, la chair de poule sur mes bras et mon cœur pétrifié, eux, sont toujours là.

4

À peine arrivée à la maison, je me précipite dans ma chambre et j'écris l'histoire stupéfiante du retour de Johnny Winters à Londres, en n'omettant aucun détail, sauf, bien sûr, la tension palpable entre lui et moi. Puis je me glisse dans l'étude de Père et dépose l'article sur son bureau avec un message signé Porter.

— Je le savais !

Je pivote. Prise en flagrant délit. Zut !

— Frank, je t'en supplie, ne dis rien.

Je m'avance vers lui, attrape le revers de son manteau – encore un manteau neuf – et prends mon air le plus implorant : les lèvres tendues, les grands yeux ronds irrésistibles, adorables.

— Tu ne peux pas faire ici ce que tu faisais à la campagne, Eliza, et espérer t'en tirer.

— Alors ne dis rien !

— Combien de temps Porter mettra-t-il avant de se faire un devoir de découvrir qui est l'écrivain mystère ?

— Il s'en fiche. Tant que c'est à son crédit.

Frank m'oblige à lâcher son manteau et ferme la porte derrière lui.

— Non, Eliza.

Je lui donne un petit coup de poing dans le biceps en me renfrognant.

— Et si ça me permet de ne pas devenir folle ? Je n'ai pas le droit de voyager, d'explorer, d'écrire sur mes expériences. Qu'on m'accorde au moins cela si je dois être contrôlée par d'autres. (Je pense soudain à quelque chose, une monnaie d'échange.) J'ai une proposition à te faire.

— Non. (Il se détourne, s'approche de la fenêtre.) Cela me rappelle la fois où tu m'as promis de garder le silence contre vingt shillings.

— Et je suis restée muette, non ?

— Oui, et tu m'as mis sur la paille. C'étaient toutes mes économies.

— Ne t'inquiète pas, je ne t'empêcherai pas d'acheter des manteaux neufs, dis-je avec un sourire sarcastique. Mais je vais te donner quelque chose dont tu meurs d'envie.

Il hausse un sourcil.

— Quoi ?

— Du temps ?

— Pardon ?

— Ce sera notre petit secret. Je sais que tu détestes écrire pour le journal. Je sais que ça te prend énormément de temps parce que tu es mauvais écrivain.

— Quelle charmante sœur tu fais.

Je ne m'excuserai pas, j'ai raison.

— Qu'est-ce que tu en dis ? J'écris les articles quand l'inspiration me prend, et tu peux jouer le journaliste. Papa n'a pas besoin d'être au courant.

Je le tiens. Je le vois à la façon dont il fait jouer sa mâchoire en contemplant l'idée.

— Dis-toi que tu délègues.

— D'accord.

Je ris.

— Pourquoi réponds-tu comme si c'était toi qui me faisais une faveur sans rien y gagner ?

— Tais-toi.

— D'accord.

Je regarde Frank s'installer derrière le bureau, prendre une plume et se préparer à réécrire mon article de sa propre main.

— Tout ce que tu veux, cher frère.

— Par où dois-je commencer ?

— Le titre, dis-je en m'adossant au mur. Quelque chose comme : « Un accueil chaleureux pour le glaçant duc de Chester ».

— Ironique, dit-il en notant. J'aime bien.

— Merci. Tu es prêt ?

Il hoche la tête.

— Imaginez, dis-je en rentrant dans mes pensées, qu'un fantôme apparaisse devant vous…

*

Mon article a été publié dans l'édition du lendemain et le journal a encore une fois battu des records de vente.

Depuis cet après-midi exaltant au parc royal, je n'ai pas réussi à oublier ma rencontre avec le duc de Chester. Je me promène souvent avec Mère et Clara, et toujours avec beaucoup d'excitation, espérant le revoir. Hélas, le duc n'a pas donné signe de vie lors de toutes ces excursions, et j'ai eu chaque fois du mal à dissimuler ma déception. Le frisson que j'ai connu lorsqu'il a posé les yeux sur moi ne ressemble à rien ce que j'avais vécu auparavant. L'extase, l'euphorie dont je rêve, je les ai ressenties durant ce long moment dans le parc où les yeux verts du duc m'ont déshabillée. Je sais bien qu'il est grotesque d'éprouver une telle fascination pour un homme à la réputation aussi entachée que le duc. Mais c'est ainsi, et je n'y peux rien.

Pourtant, je dois me contenir. Je le *dois*.

Aujourd'hui, j'ai rendez-vous avec Frederick dans les jardins de Belmore Square. Nous allons marcher, bavarder, et je le laisserai me faire sa cour. Mais en vérité, chaque fois que je suis en compagnie de Frederick, je n'entends pas un mot de ce qu'il dit. J'aimerais croire que c'est une simple question de distraction de ma part, mais au fond de mon cœur je sais qu'il s'agit d'ennui pur et dur. À moins qu'il y ait des deux. Quoi qu'il en soit, Frederick et moi ne sommes pas destinés à tomber amoureux. Je me contente de laisser la cour se dérouler, car si je refusais de voir Frederick, je serais sans cesse enfermée à la maison ou, pire encore, livrée à d'autres prétendants. Il m'offre un prétexte en or pour déambuler dans le monde, et puis il est parfaitement inoffensif. Que Dieu me pardonne, j'ai bien conscience que je profite du fait que Maman est accaparée par son désir d'être acceptée, tandis que Frederick ne s'aperçoit pas que mon regard et mon esprit divaguent.

— Eliza, m'interpelle Père alors que je suis Mère hors de la maison.

Il est planté sur le seuil de son étude, avec sur le visage un air pensif qui ne me dit rien qui vaille. C'est l'expression qu'il avait, mélange de soupçon et de fierté, quand il savait que je m'apprêtais à faire une bêtise.

— Êtes-vous remise de votre altercation inopinée avec cette canaille de duc ?

Je m'efforce de ne rien laisser paraître de ce qui m'agite.

— Très bien, Papa, je vous remercie.

Je tourne les talons pour échapper à son regard scrutateur, mais je n'aurais pas pu faire pire. Coupable. Enfer et damnation, soupçonne-t-il que ce n'est ni Porter ni Frank qui écrivent les articles ? J'aimerais croire que mon père me connaît assez intimement pour cela, qu'il connaît mes passions et mes rêves, ma soif de vie, qu'il comprendrait par lui-même que j'écris, mais en vérité je n'ai rien à craindre.

Il ne me connaît pas. Impossible, sinon il ne m'aurait pas donné pour prétendant une personnalité aussi contraire à moi que le comte de Cornouailles, Frederick Lymington.

— Miss Melrose, dit Frederick en inclinant respectueusement la tête.

Je le salue du même geste, et mon regard se porte aussitôt, derrière lui, sur la maison à l'angle de Belmore Square.

— Voulez-vous vous promener ? me propose-t-il en désignant les grilles qui nous conduiraient au parc royal.

— Et si nous changions de décor, Frederick ?

Incapable de cacher son embarras, il regarde nerveusement autour de lui.

— Miss Melrose, nous en avons discuté maintes fois. J'aimerais que vous vous adressiez à moi de façon appropriée.

Je soupire avec ostentation.

— Je vous présente mes excuses, cher comte.

Bon sang, dire que je vais épouser cet homme et que je suis censée m'incliner devant lui.

— Je crois que j'aimerais marcher dans cette direction aujourd'hui.

Frederick plisse le front, totalement perdu.

— Mais nous devons nous promener dans le parc du prince afin d'y être vus.

— Imaginez que nous n'ayons pas à être vus aujourd'hui dans le parc, dis-je avec un sourire malicieux. Imaginez que nous nous promenions ailleurs.

— Je ne comprends pas.

Oh, qu'il m'insupporte à la longue.

— Frederick, nous avons piétiné le moindre centimètre carré de ce parc, foulé le moindre brin d'herbe.

— Je suis sûr que non, Miss Melrose.

Il rit un peu, comme si j'étais loufoque, et je sens mes épaules s'affaisser. Frederick ne me comprend pas, et à chaque jour qui passe, à chaque promenade, à chaque conversation, mon esprit dépérit un peu plus. Ce n'est pas sa faute, je n'ai aucune raison de lui en vouloir. J'ai déjà assez de mal à en vouloir à Papa, et je suis certaine que c'est bien davantage sa faute.

Je soulève les pans de ma robe et pivote en me dirigeant droit vers Mère, qui bavarde avec Lady Blithe, ce qui, je n'en doute pas, a dû la mettre d'excellente humeur. Après tout, non seulement Lady Blithe est marquise de Kent, et un écrivain bien établi, mais, comme Lady Tillsbury, elle est également patronnesse d'Almack. Mère augmente ses chances d'accéder à cet établissement exclusif.

— Nous allons marcher par ici aujourd'hui, dis-je en désignant les glorieux jardins de Belmore.

— Oui, oui, répond Mère en me regardant à peine, tout à sa conversation avec Lady Blithe. Votre nouveau roman est tout bonnement sublime, l'entends-je dire en m'éloignant.

Je lève les yeux au ciel en souriant. Mère n'aime guère la lecture, elle préfère le point de croix et la harpe ces jours-ci. Avant, elle préparait des gâteaux, faisait l'école à ses enfants et se donnait du mal pour tenter de nous contrôler. Mon sourire s'agrandit. Quels jours heureux nous avons vécus.

— Miss Melrose ! m'appelle Frederick.

— Venez, monsieur le comte. Partons à l'aventure.

— Cela ne se fait pas !

— Et qui le prétend ? dis-je en me retournant vers lui.

Fidèle à lui-même, Frederick est la parfaite image de l'incertitude. Son regard passe de Mère à moi et de moi à Mère.

— Ma foi... Tout le monde.

Faux.

— Pas *moi.*

— Vous n'êtes qu'une lady.

Je m'arrête près de l'entrée des jardins, le regard noir rivé sur la grille dorée. *Qu'une lady ?* Je ne pourrai pas épouser Frederick car il ne restera rien de Frederick quand je l'aurai dévoré tout cru. D'ailleurs, il se trompe. Je ne suis *pas* une lady. S'il ne l'a toujours pas compris, c'est qu'il a aussi peu le sens de l'observation que de l'aventure. Je préfère ignorer son insulte. À quoi bon le reprendre ? D'autant qu'il a au moins le mérite, comme je ne cesse de me le répéter, d'être inoffensif. Me retournant, je m'aperçois qu'il n'a toujours pas bougé et qu'il semble toujours partagé sur la décision à prendre.

— Venez, Frederick, dis-je avec un soupir. La *rigor mortis* vous guette si vous ne bougez pas.

Exaspéré, il me rejoint devant l'entrée des jardins. Comme nous faisons notre premier pas dans la direction opposée à notre route habituelle, je lève les yeux vers lui.

— Vous voyez, dis-je avec un petit sourire, nous sommes encore en vie.

Il lève les yeux au ciel, c'est plutôt mignon, et nous commençons à nous promener d'un pas lent, Frederick restant comme toujours à une distance très convenable, et comme toujours, je l'entends parler, mais sans rien écouter. Mon regard se porte sans cesse sur un coin de Belmore Square. Cela fait plus d'une semaine que le duc de Chester a fait son retour en fanfare à Londres, et je n'ai pas eu la chance ne serait-ce que de l'apercevoir, si bien que je me demande avec déception s'il est resté à Londres ou s'il est reparti au galop sur son cheval là où il a fait le mort pendant toute une année.

Notre balade nous rapproche peu à peu de la résidence des Winters, et je m'arrête sans le vouloir en voyant les rideaux de soie et de taffetas bouger légèrement à l'une des fenêtres. Ma peau se hérisse et mon corps est submergé en un instant par les sensations qui m'ont assaillie le jour où Johnny Winters a failli me piétiner avec son cheval.

— Miss Melrose

— Oui, cher comte ? dis-je en avançant d'un pas pesant.

Mes yeux ne quittent pas la fenêtre. Il est toujours là. Je supplie intérieurement pour que les rideaux bougent encore. Je veux encore ces sensations.

— Nous devons marcher.

— Bien sûr.

Je tressaille en voyant les rideaux onduler à nouveau. Il est là. Il m'épie.

Un pas de plus.

J'observe, aux aguets, implorante.

— Miss Melrose !

Je sursaute, rappelée soudainement à la réalité, et passe du plaisir à l'effroi.

— Frederick, vous m'avez fait peur !

— Il ne faudrait pas qu'on nous voie musarder par ici.

— Oh, et pourquoi donc ?

Il me jette un regard plein de surprise, et pas uniquement parce que je remets encore une fois en cause sa parole.

— Ce n'est pas la partie la plus désirable de Belmore Square.

— Mais cette maison est tellement belle, dis-je en me tournant vers la façade impressionnante du manoir des Winters.

Je ne peux m'empêcher de me demander si Mr Fitzgerald était gagné par le désespoir en voyant la rénovation progresser, car il devait constater avec tristesse que les maisons qu'il a dessinées font pâle figure à côté de celle-ci. Mes yeux retournent naturellement à la fenêtre aux rideaux de soie et de taffetas. Je parie que tout est merveilleusement éblouissant à l'intérieur.

— Miss Melrose, m'appelle Frederick, et je lève un pied pour le suivre quand soudain, quelque chose attire mon attention sur le pavé. Je me penche et ramasse le papier. Une lettre ? Adressée au duc de Chester. Tout en me mordant les lèvres, je lève à nouveau les yeux vers la fenêtre et glisse doucement l'enveloppe dans ma poche, car je serais bien incapable d'aller frapper à la porte pour la remettre. Pourtant, j'aimerais le faire. Je pourrais le voir. Sentir encore ces sensations. Malheureusement, cela ferait sans doute un choc à Frederick. Et, à vrai dire, est-il bien raisonnable d'entretenir de telles pensées à propos d'un tel homme ? *Alors, remets la lettre par terre et laisse le duc la trouver !*

— J'arrive, dis-je dans un murmure en gardant la lettre dans ma poche et en le rattrapant. Savez-vous ce qui est arrivé à la famille du duc ?

— Malheureusement, oui.

— Comment cela, malheureusement ?

— Car c'est à donner des cauchemars au plus courageux des hommes, Miss Melrose, et j'en suis.

Courageux, Frederick ? Non, non. Ainsi que le reste de la bonne société, il évite ce coin du square comme la peste depuis le retour du duc.

— Croyez-vous qu'il ait brûlé vifs tous les membres de sa famille ?

La question a franchi mes lèves sans que j'y pense, ma curiosité ayant pris le dessus. J'ai beau estimer que Frederick n'est pas l'homme solide et fiable qui pourra répondre à mes désirs plutôt que les réprimer, il n'est pas stupide. Je dois arrêter tout de suite avec mes questions folles et déplacées.

— Johnny Winters a assassiné sa famille de sang-froid, Miss Melrose, et il n'a pas fait montre du moindre remords, m'explique-t-il en jetant un regard par-dessus son épaule avec une sorte de frisson.

— Comment le savez-vous ?

Tais-toi, Eliza !

— Personne ne l'a vu depuis un an.

— Il n'y a pas de fumée sans feu.

— Quelle expression horrible pour parler de la mort tragique de toute une famille.

Et puis, j'ai vu Johnny Winters. Certes, il semble froid et impitoyable, mais, est-ce un meurtrier ? Et quelle preuve y a-t-il en dehors des ragots insensés de quelques nobles et un article dans le journal de mon père ?

— Mon père est très versé dans l'histoire des Winters.

Oh, évidemment. J'aurais dû me douter que Lymington faisait partie des nobles en question. Ironiquement, il n'y a rien de noble chez lui.

— Pourriez-vous m'en dire davantage, que je puisse juger par moi-même si le duc est bel et bien un assassin de sang-froid ?

— Pourquoi ? Comptez-vous donc le fréquenter ?

Je ris d'un rire nerveux.

— Bien sûr que non ! Je me renseigne, voilà tout.

Frederick me toise un instant, incapable de cacher son irritation, mais il finit par répondre. Peut-être pense-t-il que je finirai par me taire.

— Vous avez rencontré le duc, n'est-ce pas ?

— Oui, dis-je, sentant mon cœur bondir dans ma poitrine.

Il était mystérieux, oui. D'une beauté qui devrait être illégale, certainement. Et d'une froideur peu commune, certes. Mais un meurtrier…

— En quoi cela prouve-t-il qu'il a tué quiconque ? Avant la semaine dernière, la rumeur le disait mort !

Frederick fronce les sourcils.

— Je vous le demande une fois encore, Frederick, en quoi son attitude prouve-t-elle qu'il a commis ce crime ? Et comment savez-vous qu'il est duc ? Son père est peut-être en vie. Tout le monde croyait que Johnny Winters était mort, après tout.

— *Présumé* mort.

— D'accord, mais…

— Pourquoi parlez-vous autant ?

— Pardon ?

— Oh, arrêtons là. Je crois que notre promenade est finie pour aujourd'hui.

Et là-dessus, il s'en va, hérissé par mon comportement, tandis que je me tiens raide comme une statue, indignée bien que je sache que je ne devrais pas l'être. Je dois apprendre à dompter ma nature inquisitrice.

Je relève les pans de ma robe et pars à sa poursuite.

— Frederick !

Il s'arrête aux abords des jardins.

— Si je vous ai énervé, je vous prie de m'en excuser.

Joue le jeu, Eliza. Cet homme est à la fois ta prison et ta liberté.

Frederick se tourne vers moi et me contemple avec perplexité. Nous voilà au beau milieu de notre première querelle d'amants. Sauf que nous ne sommes pas amants.

— Miss Melrose, finit-il par dire d'une voix grave en regardant autour de lui.

Une voiture s'arrête sur le pavé et je vois Frederick saluer d'une inclinaison de la tête.

— Madame.

Je tourne la tête et découvre la comtesse Rose – notre voisine, habitante du numéro neuf, Belmore Square, une vieille colporteuse de ragots usée et affreuse – s'avancer d'un pas théâtral vers sa voiture, des plumes s'élevant de trois pieds au-dessus de son chapeau qui manque de tomber à cause de la brise légère de l'après-midi. Elle n'est pas au courant, semble-t-il, qu'il n'est plus à la mode d'avoir un paon perché sur la tête. Et, mon Dieu, ses sourcils sont aussi hirsutes que les animaux auxquels ils ont sans nul doute été prélevés.

— Miss Melrose, me salue-t-elle d'un ton mielleux avec un grand sourire.

Je suis estomaquée. Elle n'a jamais prêté attention à moi les rares fois où nos chemins se sont croisés, et voilà qu'elle ignore le comte de Cornouailles pour s'intéresser à moi. Elle s'approche, ce qui m'alarme car elle a une tête profondément dérangeante avec sa vieille peau fripée et galeuse. Son visage est victime d'un excès de poudre et de peinture, ravagé par les mixtures toxiques. Les efforts de la comtesse pour cacher des défauts mineurs ont abouti à sa défiguration, qu'elle a désormais obligation de dissimuler. Franchement, de près, la comtesse est effrayante.

J'ai un mouvement de recul comme elle avance, ce qui ne l'empêche pas de sourire. Mais son sourire semble peu sincère.

— Où est votre maman ? me demande-t-elle entre ses lèvres couvertes de rouge, son regard passant de Frederick à moi.

— Je suis là, claironne Mère, qui surgit de nulle part pour nous sauver de la désapprobation de la comtesse. Lady Rose, la salue-t-elle.

La comtesse renifle.

— Lady Rose, la salue à son tour Lady Blythe d'une voix roucoulante. Mrs Melrose me disait à l'instant qu'elle a aimé ma dernière œuvre.

Les narines de Lady Rose frétillent, et je la regarde avec un certain amusement lutter pour empêcher son visage de se ratatiner encore plus.

— Un enchantement, j'en suis sûre.

— Il faut que vous la lisiez ! insiste Lady Blythe en prenant la comtesse sous le bras. Venez, j'en ai quelques exemplaires dans mon boudoir.

— Ah, je pars rendre visite au duc de Cornouailles.

La comtesse Rose dégage son bras et nous salue d'un geste désinvolte avant de reprendre son chemin, laissant Lady Blithe sourire d'un air entendu dans son dos.

— Je suis une parvenue, vous comprenez, dit-elle en se retournant vers Mère. Enfin, je suis déjà une ancienne parvenue, mais vous, Mrs Melrose, vous êtes nouvelle, en conséquence de quoi vos chances de gagner l'approbation de la bonne société ne sont pas très élevées. (Elle prend Mère par le bras et la conduit plus loin.) Une véritable honte, ne trouvez-vous pas ?

Mère rit et nous nous retrouvons de nouveau seuls, Frederick et moi. Et l'ironie de la chose semble désabuser le pauvre garçon.

— Merci de m'avoir raccompagnée chez moi, cher comte, dis-je en m'échappant aussitôt, traversant la chaussée pour rentrer à la maison.

Lorsque j'arrive dans le hall, je guette des bruits mais n'en détecte aucun. Je suis soulagée. Clara doit encore être avec la bonne, et je suppose que Frank et Père sont dehors pour leurs activités quotidiennes, ce qui me laisse le champ libre pour me livrer à ce que j'adore faire.

De l'espionnage.

Je remonte ma robe et grimpe à toute allure dans ma chambre à l'étage.

— Miss Melrose, m'appelle Dalton en s'efforçant de me rattraper. Votre manteau ! Vos gants !

— Tout va bien, Dalton !

Je claque la porte, jette mes gants sur le lit et entreprends de me libérer de mes innombrables couches de vêtements. Je respire pour la première fois depuis que je me suis habillée pour ma promenade avec Frederick. En dessous, la poitrine couverte de mes paumes, je vais à la fenêtre, me drape dans les rideaux et regarde de l'autre côté du square.

Était-ce lui, tapi dans l'ombre ?

Je devrais frémir d'horreur.

Mais je me mords la lèvre et dois me forcer à m'écarter de la fenêtre avant d'être repérée dans cette tenue indécente.

J'enfile ma robe d'intérieur, ôte mon bonnet et m'assieds à ma coiffeuse pour peigner mes cheveux. Peut-être n'ai-je pas vu le duc parce qu'il a peur de s'aventurer dehors. Après tout, les habitants de Belmore Square ne lui ont pas vraiment fait un accueil chaleureux. Cela doit être terrible. Jamais il n'aurait pu assassiner sa famille.

Si, *il aurait pu.*

Le peigne s'immobilise en plein geste et je me retourne vers le lit, perdue dans mes pensées.

Je ne devrais pas.

J'inspire.

Mais je ne peux pas résister.

Je traverse la chambre, prends mon manteau et fouille dans la poche, d'où je tire la lettre ramassée sur le pavé devant la maison du duc. Le sceau est brisé, elle a donc été lue. Cela m'autorise-t-il à la lire à mon tour ? Non. Je la laisse tomber sur le lit, fais les cent pas comme une forcenée dans ma chambre, me mordant la lèvre, les yeux détournés de la tentation. *Rends-la*, me dis-je, m'immobilisant, les yeux rivés sur l'enveloppe. Ce n'est pas une question de curiosité et de désir, mais de service public. Je hoche la tête d'un air décidé, reprends la lettre et caresse le sceau en retenant mon souffle.

Je reprends ma respiration quand la lettre sort de l'enveloppe, révélant quelques lignes. Le ventre noué, je retourne à petits pas jusqu'à ma coiffeuse, m'assieds et déplie le papier.

J

C'est avec des regrets sincères que je dois t'envoyer cette lettre. Je crains que des spéculations aient été imprimées dans le London Times, selon lesquelles la famille Winters, ou du moins l'un de ses membres ou descendants, va revenir à Belmore Square. Ce que tu dois faire de cette information, je l'ignore, car je suis certaine que tu n'as aucun désir de faire l'honneur aux habitants du square de ta présence. Hélas, je me sens obligé de t'informer des murmures qui circulent à bas bruit dans notre bonne société.

Bien à toi, A

Je termine la lettre en soupirant. Elle tremble dans ma main. Il n'avait aucun désir de revenir à Londres.

Et pourtant, il est revenu.

Pourquoi ?

À mon grand agacement, le souper est retardé de façon significative parce que Papa tarde à rentrer du club de gentlemen. Il met cela sur le compte d'un problème mécanique avec la voiture.

— Je ne savais pas que nos chevaux tournaient à la vapeur comme tes nouvelles presses à imprimer, dis-je tandis qu'il entame la délicieuse soupe de châtaigne de Cook.

J'ai senti l'odeur du scotch dès qu'il a passé la porte d'entrée. Les rencontres de Père avec le vicomte Millingdale, lequel, non content d'être le cousin du prince régent, rien de moins, et le propriétaire de la Millingdale Bank, est un dinosaure tant sur le plan de l'âge que sur celui des mœurs, deviennent de plus en plus fréquentes et longues. Je n'arrive même pas à imaginer ce que font ces gentlemen entre eux et ce qui les occupe tant. Enfin, ce n'est pas tout à fait juste. Ce qu'ils font, j'en vois le résultat à la manière dont Père dodeline de la tête en bout de table.

— Quand donc votre langue est-elle devenue si venimeuse, Eliza ? rétorque-t-il d'une voix pâteuse. Pourquoi faut-il toujours que vous cherchiez à me mordre les mollets ?

— Vous mordre les mollets ? dis-je sans tenir compte du regard suppliant de Mère à côté de moi. Frederick Lymington, Papa ? Entre tous les…

— C'est un très bon parti.

Il m'assène cela en brandissant sa fourchette dans ma direction, et je me retiens de lui dire qu'un geste pareil ferait mauvais genre devant ses nouveaux amis. *Eh non, Père, nous ne sommes plus à la campagne.*

— Je ne suis pas de cet avis, réponds-je sans sourciller en regardant tour à tour Mère, Frank et Clara, assis autour de la table, qui mangent prudemment leur soupe en silence.

Mère secoue légèrement la tête.

— Votre père est inquiet, explique-t-elle.

— À quel propos ? Il a tout ce qu'il a toujours désiré.

L'argent. Le pouvoir. La reconnaissance.

— Tout a un prix, ma chère, répond-elle à voix basse, comme si elle ne voulait pas que je l'entende.

Mais j'ai entendu. Papa, non, attendu qu'il s'est assoupi devant sa soupe.

— Oh, Papa, dis-je en poussant un soupir de désespoir en même temps que Mère.

Dalton amadoue gentiment Père pour qu'il se lève et le fait sortir de la salle à manger en le soutenant, sous l'œil circonspect de Mère. Quand nous vivions à la campagne et qu'il arrivait à notre père de se laisser aller à l'auberge au bout de la rue, elle n'hésitait pas à hausser le ton et se faisait un devoir de cogner toutes les marmites et les casseroles de la cuisine dès l'aube en nous incitant, nous, les enfants, à être aussi bruyants que possible. Notre vie a changé au point d'être méconnaissable, et je déteste ce qu'elle est devenue. Je soupçonne Mère de la haïr aussi en secret, Clara est trop jeune pour comprendre toutes les ramifications, et Frank ? Il est trop loyal envers notre Père pour parler. En ce qui me concerne, cette maison est une cage dorée, et dès l'instant où je serai mariée à Frederick, je serai transportée en Cornouailles pour vivre dans une autre cage dorée. La terreur m'envahit. J'essaye un moment de me raisonner. Au moins, je ne déteste pas Frederick. Au moins, il est gentil.

Tout a un prix, ma chère.

Je me tourne vers Frank.

— Que voulait dire Maman, d'après toi ? *Tout a un prix.*

— Pourquoi lui demandes-tu à lui et pas à moi ? s'irrite Clara. Je suis la plus jeune, d'accord, mais je ne suis pas idiote. C'est évident.

— Quoi donc ?

— Le prix à payer, s'exaspère Clara. C'est la liberté. J'ai trouvé Maman dans la cuisine, qui faisait du pain à quatre heures du matin.

Elle me jette un regard un coin.

— Je sais très bien que tu as recommencé à écrire des articles pour le journal. Quant à toi, poursuit-elle en s'adressant à Frank, tu badines avec beaucoup trop de demoiselles. Tout le monde se cache.

Sur ces mots, laissant sa chaise en désordre loin de la table, comme elle l'aurait fait à la campagne, elle quitte la pièce d'un pas aussi bruyant que possible.

— Ma foi, c'est dit, s'amuse Frank, qui se lève à son tour pour partir. Ce qu'elle n'a pas mentionné, c'est ce qu'elle-même fait en douce.

Je marmonne, une moue aux lèvres, et dès que je suis seule, je me dépêche de monter dans ma chambre et de m'habiller confortablement, ou plutôt, de me déguiser. Il serait désastreux qu'on me reconnaisse, surtout à la nuit tombée, et d'autant plus seule. Je rabats la capuche de ma cape sur ma tête et vérifie ce que ça donne dans le miroir. L'ombre qui tombe sur mon visage est parfaite.

Je traverse la maison à pas de souris, pose un doigt sur mes lèvres lorsque Cook me repère, et sors du vestibule éclairé à la bougie pour pénétrer dans les ténèbres extérieures, où il n'y a pas même une lanterne pour m'aider à naviguer jusqu'à l'autre bout du square. Par bonheur, le ciel est clair. Béni soit le clair de lune.

Je coupe à travers les jardins, jugeant que c'est plus sage : à cette heure, aucune personne douée de raison ne fréquenterait ces lieux plongés dans le noir. Peut-être ne suis-je pas douée de raison. Je ris de moi-même. Mon manque de jugeote ne fait pas de doute à cet instant. Je dois être folle à lier, comme le roi.

Avant de sortir à l'autre bout des jardins, j'entends au loin le bruit de chevaux et de roues de voiture cahotant sur le pavé inégal. Je m'arrête à la grille et attends, le souffle suspendu. Un attelage apparaît soudain au coin de Belmore Square et vient faire halte juste devant la grille. C'est malheureux.

Je marmonne une prière en me cachant dans l'ombre, hors du clair de lune, et en tirant un peu plus ma capuche sur mon visage. Je suis à deux doigts de tomber en voyant soudain Lady Dare descendre de la voiture. Pourquoi diable s'arrête-t-elle ici alors qu'elle habite de l'autre côté du square ? L'endroit est beaucoup plus sûr que la plupart des autres quartiers de Londres, mais tout de même. Aucune dame ne devrait être seule dehors à une heure pareille. Je fais la moue.

Tu n'es pas une dame, Eliza, me dis-je tout bas.

L'obscurité ne diminue pas l'éclat de la robe de soie rose de Lady Dare, qui est tout bonnement époustouflante. Et que dire de la silhouette élégante, longue, mince qu'elle sublime ?

Lady Dare est saisissante.

Elle est l'incarnation de la beauté et de l'insouciance. Seule dehors dans une robe qui pourrait mettre le feu à tout le square, elle ne s'en excuse pas. Je préférerais mourir que l'avouer, mais je suis jalouse.

Je la regarde, subjuguée, marcher avec confiance sur le pavé tandis que le fiacre s'éloigne. Je me redresse en remarquant la direction qu'elle prend. Elle ouvre la grille, qui grince légèrement, puis s'avance vers la porte d'entrée du duc de Chester avec un maintien désinvolte et élégant que je ne suis pas sûre d'aimer. Je scrute toutes les fenêtres, à la recherche d'une lumière allumée. Je la découvre derrière la fenêtre du bas sur ma gauche, la même dont les rideaux de taffetas et de soie ont bougé plus tôt. Quelle affaire peut conduire Lady Dare chez le duc à cette heure ?

Elle saisit le heurtoir et frappe à la porte, une fois. Puis elle recule d'un pas et attend en jouant avec ses cheveux d'un doigt. Sentant ma poitrine opprimée, je relâche mon souffle et observe, fébrile, puis, après quelques instants de tension, elle s'avance et frappe de nouveau.

Là encore, juste une fois.

Je sursaute en la voyant jeter un coup d'œil par-dessus son épaule, inquiète d'être vue. Le duc va-t-il répondre à son appel tardif ? Est-il chez lui ?

Et surtout, que peut-il y avoir de si urgent qui justifie une visite aussi tard ?

Je connais la réponse, bien sûr. Lady Dare est une aventurière. Le duc, apparemment, est un libertin. Ils sont faits pour s'entendre. Contrairement à Frederick et à moi.

Elle fait encore deux tentatives – en ne frappant qu'une fois, comme avant : un code secret ? –, et finit par soulever l'ample tissu de sa robe avant de quitter la maison du duc d'un air peu enchanté.

Ainsi, il n'est pas chez lui ce soir ? Cela ne devrait pas me surprendre. J'imagine que la nuit sera longue pour ce fieffé débauché. *Excitant.* Je regarde en soupirant la lettre que je tiens entre mes mains. Lady Dare apporte des promesses de sensualité. J'apporte une lettre que j'ai volée. Non. Je rectifie aussitôt. J'ai trouvé cette lettre. C'est ce que je lui dirai. J'ai trouvé la lettre, je ne l'ai pas ouverte et n'ai pas lu son contenu. *Qui est A ?*

Je sors du jardin et traverse la chaussée, plus confiante maintenant car je suis assurée que le manoir est vide et que je n'aurai pas à m'expliquer. Je peux déposer la lettre et rentrer, il ne saura jamais que c'est moi qui l'ai restituée. S'il a même pris conscience qu'elle a disparu.

J'ouvre la grille, monte sur le perron et dépose la lettre par terre. Le heurtoir de la porte est un lion d'or à la crinière impressionnante et au regard aussi impérieux que celui du duc. Exprès ? J'imagine que oui. Mais autant la surface du lion est brillante et polie, autant la réputation du duc est ternie et entachée. Salie. Et il n'y a pas de place pour la saleté dans mon monde, sauf, je dois l'admettre, dans le journal de mon père. Nous devons rester aussi majestueux que ce lion en or, ce beau lion fier et féroce.

— Imaginez si nous étions aussi courageux que des lions.

Arrachée à mes rêveries, je me retourne et fais exactement deux pas vers la rue, puis je me fige en entendant un verrou tourner.

Mon Dieu.

Ma respiration se heurte, mes yeux cherchent partout une issue dans l'obscurité, j'ai l'impression qu'on a versé un seau d'eau glacée sur tout mon corps et je délibère pendant une éternité, en proie à un conflit intérieur. J'ai envie de me retourner. Et dans le même temps, je m'y refuse, car ce serait me révéler, révéler qui lui a rapporté un objet personnel.

Mais je combats une force bien plus grande que ma retenue ou ma raison. Mon corps tendu tente de résister à l'attraction magnétique. Je veux le revoir. Tremblant de tout mon être, je m'arme de courage pour ce qui va suivre.

Je me retourne au moment où la porte se referme, et la déception m'envahit, car je viens de gâcher l'occasion de fondre sous l'intensité de son regard. La lettre a disparu. Lui aussi.

Il a ignoré l'appel de Lady Dare, une femme qui se plierait sans nul doute à toutes ses volontés s'il le lui demandait.

Mais il a répondu au mien.

Je m'éloigne lentement de la porte, réfléchissant à toute allure.

Quel sens donner à ce qui vient de se passer ?

Je m'arrête un instant, referme ma cape sur moi. Je suppose qu'il a vu mon visage. Il sait qui je suis.

À moins que non.

5

Cette nuit-là, je n'ai pas réussi à dormir. Ni la nuit suivante. Je suppose que ce soir encore je ne trouverai pas facilement le sommeil, car j'ai déjà l'esprit en surchauffe. Après le petit-déjeuner, Père, qui souffre des effets secondaires d'une autre soirée d'excès dans un club de gentlemen, sort de la salle à manger et se retire avec Frank dans son étude pour lire le journal et parler affaires, tandis que Maman annonce qu'elle va organiser un dîner demain soir.

— Je dois acheter une robe, déclare-t-elle en terminant son café. Et un chapeau. Peut-être des bottines, aussi.

Là-dessus, elle se lève et part, suivie par Emma.

Je regarde Clara, qui semble perdue dans ses pensées. Avec une cuillère en argent, je tapote le côté de ma tasse de thé pour la sortir de ses songes. Elle cligne plusieurs fois des paupières et tourne les yeux vers moi.

— Tu rêves du héros de ta dernière lecture ?

Cela lui arrive souvent. Clara est une vraie romantique. Elle lit Jane Austen alors que je lis l'encyclopédie ou des livres d'aventures. Je ne suis pas stupide au point de croire que les histoires alambiquées d'amour passionnel existent vraiment.

Clara sourit, mais d'un sourire lointain, en prenant un muffin sur la table.

— Je ne lis rien en ce moment.

— Ce n'est pas vrai, dis-je en riant. Hier soir, nous sommes restées assises dans le salon un moment à lire près du feu.

— Je ne lis pas, Eliza, répète Clara en poussant un profond soupir.

Ma sœur, d'ordinaire si enjouée, semble soudain bien mélancolique. Une phrase me revient…

Oh mon Dieu.

Frank avait raison d'être inquiet.

— Le garçon du parc, dis-je d'une voix presque accusatrice.

— Je suis amoureuse, bafouille-t-elle en laissant retomber sa main sur la table.

Le muffin lui échappe et tombe sur le tapis, puis va rouler sous une chaise.

— Oh, Eliza, il est merveilleux.

— Tu le connais à peine, Clara.

Je ris, au risque de paraître condescendante. Je ne veux pas la prendre de haut, surtout pas, mais… amoureuse ?

— Je le connais suffisamment pour savoir que je suis amoureuse, soutient Clara, offensée, le menton levé. Je me doutais bien que toi, tu ne comprendrais pas.

Elle a lourdement insisté sur le *toi*. Je la regarde s'en aller en fulminant, et j'essaye de comprendre à quel point la situation est terrible. Et je ne mets pas bien longtemps à estimer qu'elle est atrocement terrible. Clara n'est plus libre de tomber amoureuse de quelqu'un qui a n'a pas été choisi par Papa. Et un garçon d'écurie ? Ne m'a-t-elle pas entendu quand je le lui ai signalé dans le parc ? Je me frotte le front. Ma sœur, ma petite sœur naïve, m'inquiète beaucoup. Quelle bêtise de tomber amoureuse de quelqu'un qu'elle n'aura jamais le droit d'épouser. Quelle bêtise de tomber amoureuse tout court !

Je ne suis pas portée sur la mode, mais un joli manteau et un bonnet en vogue font partie de la panoplie nécessaire, j'ai au moins compris cela. Être vue attifée de nippes attirerait davantage l'attention que mes tenues préférées, plus confortables. Alors je vais porter ce qu'on attend de moi, sans faire d'histoires.

Je descends l'escalier en enfilant mes gants. Il est prévu que j'accompagne Mère acheter sa nouvelle tenue, et avec un peu de chance, j'aurai l'occasion de m'éclipser un instant et de me perdre dans les jardins.

Au pied de l'escalier, le bruit d'une conversation animée m'arrête. Des hommes, nombreux. La porte de l'étude de Père est entrouverte. Reconnaissant une voix en particulier, je m'approche.

— Je crois que la cour se déroule bien, déclare joyeusement Lymington. N'est-ce pas vrai, Frederick ?

— Oui, Votre Grâce, excellemment, confirme Frederick avec assurance.

Naturellement, je ne suis pas du tout d'accord, et si je pensais avoir la moindre chance d'être écoutée, je signalerais ma présence pour m'exprimer.

— Je suis très heureux de l'entendre, dit Papa en se levant et en rejoignant près de la cheminée Mr Porter, qui fait tourner avec un plaisir palpable un fond de scotch dans un verre.

— Quel dommage que ce soit faux, dis-je tout bas en nouant le ruban de mon bonnet sous mon menton.

— Huit mille exemplaires, Melrose, claironne Porter.

— Tentons neuf mille aujourd'hui, renchérit Lymington en prenant des mains de Dalton une édition du jour avant de commencer à en feuilleter les pages. Des nouvelles de cette fripouille de Winters ?

Mon regard se tourne naturellement vers Porter, qui s'est raidi.

— Rien de neuf, mais j'y travaille, dit-il en se raclant la gorge.

Je trouve rapidement Frank, qui tourne le dos à la pièce. Je sais à quoi il joue. Il n'a jamais su mentir, alors il cache son visage pour que sa culpabilité ne se voie pas.

— Les ouvriers vont devoir travailler davantage d'heures si les ventes continuent à grimper à cette vitesse, dit Papa à Lymington, qui inspecte le journal. (Je vois Papa tourner un regard intéressé vers le dos de Frank. Plus d'heures ? Ils sont déjà usés jusqu'à la corde.) Apparemment, tout le monde l'achète en priorité pour savoir s'il y a du nouveau sur le retour de Johnny Winters et le sort funeste de sa famille, poursuit Père, ce qui me donne des sueurs froides. Voyons, lequel de vous deux nous écrira un article, cette fois ?

Porter tousse, et Frank aussi.

— Moi, répond vite mon frère. Dès que j'aurai des informations.

— Mettez-vous tout de suite au travail, Melrose, insiste Lymington. Les ouvriers supporteront bien une charge de travail supplémentaire.

— Il me semble, dis-je sans réfléchir, ma langue me trahissant une fois de plus, que l'esclavage a été aboli en 1807.

Il faut que j'apprenne à me contrôler, je vais finir par croupir en prison si je continue.

Tous les hommes de la pièce se tournent vers la porte, où je me tiens, bouche bée comme des poissons morts. Pauvre Papa. De tous, c'est lui le plus choqué. Ou est-ce de l'horreur ? Peut-être un mélange des deux. Mon Dieu, je déteste lire de la déception sur son visage.

Frederick bondit de son fauteuil et incline la tête.

— Miss Melrose.

— Cher comte, dis-je dans un murmure, déjà prête à battre en retraite pour fuir l'atroce silence qui s'est abattu.

Peut-être devriez-vous augmenter les salaires de vos employés, Papa.

Bon sang, Eliza, ce n'était pas prévu. Tu allais fuir. Je t'en supplie, ne prononce plus un mot.

— Vous pourriez évoquer votre grande moralité, et ainsi espérer une hausse de productivité très satisfaisante.

— Je paye bien, répond mon père entre ses dents.

— Dix shillings, Papa ? (Je fais une petite moue.) Ce n'est pas vraiment bien payé. (Et voilà. Cette fois, je suis fichue. Mais au point où j'en suis, autant livrer le fond de ma pensée.) Et tant que nous parlons de la société, puisque vous commencez à devenir riche (je désigne d'un geste le bar bien rempli, les cigares, les vêtements qu'il porte), vous devriez engager un autre journaliste.

Je me tiens bien droite, un grand sourire aux lèvres, car je me dis qu'il est grand temps que je revendique mes propres textes. S'ils sont si populaires... Et puis, franchement, je suis fatiguée que des hommes, mon frère ou l'égocentrique Porter, tirent gloire de mon dur labeur.

— Je connais justement quelqu'un. (Père rit nerveusement.) Ne serait-ce pas un changement excitant ?

La tête qu'ils font a de quoi me rendre folle. Frank me lance un regard pour me supplier de m'arrêter là.

— V... vous ? balbutie Lymington.

— N'ayez pas l'air si choqué, Votre Grâce. J'ai écrit bien des articles remplis de vérités. D'ailleurs, Papa les lisait avec le plus grand intérêt, n'est-ce pas, Papa ?

— Eliza, je vous en prie, marmonne Papa, mais je suis trop en colère contre le rejet de Lymington.

Je suis en colère d'être ici. Je suis en colère que Père ait réussi son affaire et brasse des tonnes d'argent. Je suis en colère de ne plus pouvoir lire toute la journée et écrire toute la nuit. Je suis en colère de devoir épouser un homme pour qui je n'éprouve rien. Je suis en colère.

Je pose le regard sur Lymington, qui semble horrifié et plein de regrets à cet instant.

— Je serais ravie d'accepter cette position, dis-je joyeusement. Agrémentée d'un salaire, bien entendu.

Relevant les pans de ma robe, je me tourne.

— Maintenant, si vous voulez m'excuser, j'ai des robes à acheter et une dizaine d'invitations à des événements à accepter. La vie d'une dame est fort occupée, comme vous le savez.

Je sors de la maison et ferme la porte derrière moi avec trop de force, ce qui fait frapper le heurtoir.

— Qu'ils aillent en enfer !

Mon regard noir va se porter sur le manoir des Winters et se concentre, sans trop d'intensité, sur la fenêtre. Je ne vois pas pourquoi le duc serait différent. *Les hommes !*

— Imaginez si les hommes n'étaient pas des porcs pleins de préjugés.

— Des porcs, vous dites ?

Je suis saisie par le son de cette voix. Mon cœur se met instantanément à cogner dans ma poitrine lorsque je découvre cette silhouette grande et puissante debout près de la maison. Il balance une canne de promenade d'un air décontracté, sa main libre plongée dans sa poche. Mon Dieu, y a-t-il déjà eu un homme qui eût l'air plus sûr de lui ? Et beau. Et espiègle. Et… intéressé.

Je m'efforce de garder contenance, craignant qu'il lise en moi comme dans un livre ouvert.

— Votre Grâce, dis-je en le saluant sans le quitter des yeux.

Va-t-il m'interroger à propos de la lettre ? Sait-il seulement que c'est moi qui la lui ai rendue ? Me croit-il capable de l'avoir lue ? Tant de questions ! Ah, et aussi, qui est A ?

— Miss Melrose, me salue-t-il d'un ton tranquille en poursuivant son chemin.

Lorsqu'il disparaît par la grille des jardins, je retrouve enfin une respiration normale. Cet homme est mauvais pour ma santé. Et comment connaît-il mon nom ? Je ne sais pas. Ce que je sais, et c'est terrible, c'est que j'en ai des frissons.

Je retrouve Mère et Clara qui m'attendent au pied du perron. Mère prend le chemin suivi par le duc tandis que Clara me regarde en fronçant les sourcils.

— Tout va bien, Eliza ?

— Oui, reprend Mère en se tournant vers moi. Vous avez l'air nerveuse.

Est-ce à cause de ma scène avec Papa ou de ma rencontre avec le duc ?

— J'étouffe, Maman, dis-je en jetant un coup d'œil en arrière, à la maison.

Oui, je me sens piégée. Impuissante. Humiliée. Je sais que ma mère n'y peut pas grand-chose. Mais cela ne l'empêche pas de s'approcher de moi et de me prendre par le bras.

— J'ai quelque chose qui va vous remonter le moral.

— Quoi ?

— Vous verrez.

— Je l'ai découverte la semaine dernière en rentrant du parc royal, dit Mère en poussant la porte, révélant une caverne pleine de…

— Mon Dieu…

J'entre, l'eau à la bouche, en essayant d'appréhender le nombre de livres devant mes yeux.

— Il doit y avoir tous les livres qui ont jamais été écrits.

Je me retourne, écrasée par cette vision.

— Pas *tous* les livres.

Mes yeux se posent sur un homme debout derrière un comptoir en bois entouré de piles de livres – par terre, sur le comptoir, jusque sur le rebord de la fenêtre.

— C'est merveilleux.

— Merci.

Il se penche vers moi et me regarde par-dessus ses lunettes.

— Vous cherchez une histoire d'amour ?

Je souris, enchantée, et commence à déambuler en laissant mes doigts gantés effleurer les couvertures qui semblent vibrer à mon contact.

— J'aime tout ce qui touche aux voyages et aux explorations, parfois l'histoire aussi.

— Alors il faut aller au fond du magasin, ma chère.

— Merci, Mr…

— Fuddy, répondit-il en recommençant à tamponner les livres posés sur le comptoir. Vous me trouverez ici si vous avez besoin d'aide. (Il me montre l'autre bout du magasin.) Vous trouverez tous les livres d'Austen sur cette étagère.

Il dit cela en jetant un coup d'œil à Clara, qui lève les yeux au ciel mais ne conteste pas la conclusion de Mr Fuddy et s'en va vers l'étagère examiner les livres.

Mère me fait un petit signe de tête et s'en va rejoindre Clara, me laissant explorer le magasin – ou plutôt le tunnel de livres –, où règne une odeur magnifique.

Une fois arrivée tout au fond, je découvre un mur entier de livres, pas un centimètre de plâtre visible derrière les couvertures. Mon Dieu, par où commencer ? Je respire l'odeur.

— Imagine si tu pouvais vivre ici, me dis-je dans un souffle.

— Oui, imagine.

Je sursaute et me retourne, mon pauvre cœur bondissant dans ma poitrine.

— Dieux du ciel, dis-je en bafouillant presque, me retrouvant presque contre la poitrine d'un homme.

Je recule aussitôt d'un pas et lève les yeux vers son visage, bien que je sois presque sûre de savoir qui se trouve devant moi. Je ressens les mêmes tremblements de tout mon corps.

Je croise ses yeux verts, son beau visage, ses cheveux décoiffés de façon inhabituelle, et ravale mon admiration en le voyant me lorgner sans vergogne de bas en haut. J'ai l'impression d'être toute nue sous ce regard. Il faudrait que je recule pour pouvoir mieux respirer, mais il s'avance chaque fois que j'essaye de m'écarter. Un pas, et encore un autre, et bientôt j'ai le dos contre les étagères pleines de livres. Il approche, me regarde, un semblant de sourire étirant ses lèvres adorables. Il a tout à fait conscience que je ne respire plus parce que j'ai peur.

— Votre Grâce, que faites-vous ?

Ma voix n'est plus qu'un filet étranglé.

Il réduit l'espace entre nous, ses yeux se plantent dans les miens, son visage est si proche que je sens son parfum. Une sensation reconnaissable m'envahit, mais j'ai beau la reconnaître, je sais qu'elle est interdite. Je supplie mon corps de se réveiller, d'agir, mais il refuse de m'écouter. Sans doute parce qu'il aime trop cette sensation qui me met sur des charbons ardents. Le duc continue de me regarder comme s'il me mettait au défi, comme s'il attendait que je lui demande de s'écarter.

Je ne le ferai pas. Je refuse.

— Vous avez perdu l'usage de la parole ? dis-je.

Ses yeux tombent sur mes lèvres, je retiens mon souffle, sa bouche se rapproche de la mienne, son regard me scrute avec un air quelque peu curieux. Mon Dieu, va-t-il m'embrasser ? *Arrête ça, Eliza !*

— Votre Grâce…

— Miss Melrose, dit-il doucement en retour.

Ma respiration est heurtée, j'ai l'impression que ses lèvres sont deux aimants qui m'attirent. Je sens son souffle. La chaleur. Mon cœur qui cogne, qui cogne. Et au moment où il n'y a plus que l'épaisseur d'un cheveu entre nos lèvres, il détourne la tête, fronce les sourcils, s'écarte.

— Vous voulez que je parle ? Et que voudriez-vous que je dise ?

Il a une voix de velours et sans doute d'autres choses illicites. Doux Jésus, combien de promesses a-t-il susurrées dans les oreilles des dames d'ici et d'ailleurs ? J'arrive à peine à respirer.

— Je voudrais que vous vous excusiez de me bousculer.

Il recule d'un pas, un livre à la main.

— Je vous présente mes excuses si je vous ai bousculée.

Je regarde ailleurs et me racle gorge en brossant ma robe qui n'a pas le moindre pli.

— Vous n'avez pas l'air désolé.

— Parce que je ne le suis pas.

En relevant les yeux, je remarque un exemplaire du journal de Père coincé sous son bras. Et je remarque aussi que ce n'est pas l'édition du jour, mais une plus ancienne. Il l'ouvre, le parcourt avec désinvolture, marmonne, et, comme je suis curieuse, ce qui fait certainement partie de son plan, je me tords le cou pour voir ce qu'il se donne tant de mal à me montrer. Il s'agit de mon article. Celui dans lequel je détaille le retour grandiose du duc à Londres.

— Vous avez lu les informations, j'imagine ? demande-t-il.

— Je n'en ai pas eu besoin. Malheureusement, j'étais là ce jour-là.

— Malheureusement… répète-t-il d'une voix pensive en remettant le journal sous son bras.

Ses yeux se rétrécissent, se font accusateurs. La chaleur me monte aux joues et je détourne le regard.

— Était-ce malheureux, Miss Melrose ?

Il s'approche de nouveau, me forçant à lever les yeux. Il me fouille du regard.

— Très malheureux.

Il a un petit sourire.

— Vraiment ?

— Vous êtes très grossier.

— Et vous êtes bien audacieuse. Je ne crois pas que vous soyez faite pour Londres.

Je ris légèrement, d'un rire impossible à retenir.

— Il n'est pas impossible que vous ayez raison.

Son sourire est presque effronté, et à cet instant je me demande si je vois le même homme que le reste du monde. Un meurtrier ? C'est obscène. Je ne peux pas le croire. Mes yeux retombent sur ses lèvres. Des lèvres pleines, charnues. Des lèvres qui étaient si proches des miennes il y a à peine quelques secondes.

Eliza !

Je m'arrache à mes pensées interdites et me redresse.

— Vous me bousculez encore.

Et j'adore ça.

— Moi aussi, vous me bousculez, murmure-t-il en s'écartant et en collant quelque chose contre ma poitrine.

Le livre qu'il a pris dans les étagères.

— Bonne journée à vous, Miss Melrose.

Il se retourne, se met à déambuler, que Dieu ait mon âme pécheresse, j'admire sa démarche chaloupée et la finesse de ses longues jambes solides. Il est parfait. Parfait, mais entaché. Et soudain, être à Londres ne me semble plus tant une épreuve.

Il jette un dernier coup d'œil mais sans m'offrir tout son visage, juste son profil, et quel profil. Je pourrais me liquéfier sur place. En tout cas, je dois me reprendre. Je pose la main sur l'étagère, m'y accroche, le cœur prêt à sortir de ma poitrine. Bonté divine. Une fois de plus, je me demande comment il connaît mon nom. Peut-être un jour me souviendrai-je de lui poser la question lorsque je serai en sa compagnie, si j'arrive à garder de l'esprit en sa présence.

J'entends Mère qui m'appelle, m'obligeant à retomber sur terre.

— Je suis là, Maman !

Ma voix tremble un peu. Je prends quelques inspirations en me tamponnant les joues.

— Quel dédale ici ! dit-elle en apparaissant au coin d'un couloir. Qu'est-ce que vous avez trouvé ?

Je baisse les yeux sur le livre, mais avant que j'aie eu le temps de voir le titre, car je ne sais toujours pas de quoi il s'agit, elle me le prend des mains et lit la couverture.

— Oh Eliza, soupire-t-elle en secouant la tête.

Oh Eliza, quoi ? Je n'ose pas poser la question. Elle remet le livre dans ma main et me caresse la joue avec un air de profond regret.

— Cook doit avoir préparé le repas.

Mère s'en va en appelant Clara. Je regarde le livre.

Les Voyages de Gulliver. Je me mords la lèvre. Je le connais bien, j'en ai un exemplaire sur ma table de chevet. Une coïncidence ?

Lorsque nous revenons à Belmore Square, je vois Papa et Frank monter à bord de notre voiture. Mère grimpe le perron qui mène à la maison et, parvenue en haut, se retourne pour contempler le square. J'imagine qu'elle cherche Lady Tillsbury ou Lady Blythe pour reprendre ses tentatives incessantes d'entrer à Almack.

N'étant pas décidée à rentrer dans ma cage dorée, je traverse la chaussée et pénètre dans le square par l'entrée de droite. Je suis l'allée du milieu, et bientôt apparaît la fontaine qui marque le centre. Je la dépasse en marchant avec précaution sur quelques buissons de lavande, et j'arrive à l'un de ces croisements où des bancs en fer forgé sont postés au milieu de la végétation. Je m'assieds pour me reposer quelques minutes, prends le livre que le duc m'a donné et commence à le feuilleter. Il est question de voyages, de terres lointaines et sauvages, d'endroits accessibles après des mois de traversée sur des mers démontées. Seuls les plus courageux peuvent tenter une aventure pareille. Un frisson d'excitation me parcourt, qui retombe aussi vite qu'il est monté, car je me rappelle soudain que je n'ai pas ma place à bord des navires qui affrontent des mers démontées. Peut-être devrais-je m'enfuir. Une dame comme moi n'irait pas bien loin, même si je suis une fausse dame. À peine jusqu'au port. On me rirait au nez et on me renverrait à Belmore Square. Écœurée, je referme le livre. Pourquoi m'agace-t-il en me mettant sous les yeux des luxes dont je ne pourrai jamais profiter ? A-t-il visité ces endroits ?

À deux doigts de faiblir, je me penche et c'est là que je la vois. Une feuille *in-quarto* pliée et cachetée. Le front plissé, je m'en saisis, la tourne entre mes doigts, et mon cœur menace de s'arrêter lorsque j'aperçois les initiales « J. W. » imprimées dans la cire.

Vite, je glisse le papier entre les pages en regardant nerveusement autour de moi. J'ai toujours trouvé le principe des sceaux perturbant. Comment est-il possible que quelqu'un se comporte avec un tel manque d'honneur et cherche à découvrir le contenu d'une lettre qu'on lui a confiée ? Mais aujourd'hui, je me suis déjà rendue coupable de ce déshonneur. J'enfonce ma tête dans mes épaules. D'ailleurs, cette lettre m'est destinée.

Je rentre chez moi à la hâte, grimpe l'escalier et file tout droit dans ma chambre. Je pose le livre sur la table de chevet, retire mon bonnet et mon manteau, car je transpire abondamment, et j'allume une bougie avant d'enfiler ma robe d'intérieur, de prendre la feuille et de m'installer sur le fauteuil en palissandre près de la fenêtre. Dieu tout-puissant, mon cœur, mon pauvre cœur fatigué, cogne comme jamais et la vision du sceau brûle mes rétines. Du moins, les initiales qui y figurent.

J. W.

Il n'y a pas la place dans mon esprit absorbé pour se demander ce que contient la lettre ou pourquoi il me l'a laissée. Je brise doucement le cachet et déplie le papier, et en voyant son élégante écriture manuscrite, je défaille déjà. Je dois me concentrer pour respirer, sinon je perdrais conscience et ce serait malheureux, ne serait-ce que par la chute de mon corps sur le sol qui alerterait quelqu'un et parce qu'on me découvrirait inconsciente avec ce message à côté de moi.

Cependant, il semblerait que le duc soit un homme de peu de mots. Pas de phrases interminables, pourtant ce n'est pas le prix du service postal qui a pu le retenir, attendu que la feuille était glissée dans le livre qu'il m'a lui-même donné. Alors, pourquoi donc le duc a-t-il été si avare de mots ? Je soupire, plus indignée que je ne devrais l'être.

Imagine…

— Imagine quoi ?

Je cache le message entre le matelas et le sommier de mon lit. Puis je me poste à la fenêtre et regarde de l'autre côté du square. Et mon esprit s'emballe comme souvent, sauf que pour une fois ce n'est pas du monde que je rêve de me préserver, mais d'un homme.

6

Je supporte poliment le dîner donné par Papa et Maman. Docile, je ne parle que lorsqu'on m'adresse la parole. Je me tiens bien et, si j'en crois le fait que personne ne m'accorde la moindre attention, je parviens à ne pas me faire remarquer, de sorte que, lorsque je disparaîtrai dans ma chambre, nul ne s'apercevra de mon absence. J'ai passé tout le début du dîner à écouter les bavardages ineptes de la bonne société rassemblée autour de notre table d'acajou pour engloutir un nombre de plats incalculable, même s'il m'a fallu beaucoup de retenue pour ne pas intervenir sur des sujets qui ne me concernaient pas. De toute façon, j'ai d'autres questions en tête aujourd'hui, des questions bien plus distrayantes que les bêtises déversées d'un bout à l'autre de la table.

Le duc est-il lubrique ?

Est-il horrible de vouloir le savoir ?

Ou bien est-ce normal, quitte à ce que le frisson qu'il fait naître en moi se perde en apprenant qu'il est un homme comme les autres ?

Une perspective terrible.

Quoi qu'il en soit, il est assez plaisant à regarder.

Assez plaisant ?

Oh, Eliza, pourquoi faut-il toujours que tu joues les vierges effarouchées ?

— Oui, je veux savoir, dis-je, les yeux plongés dans mon verre de vin, satisfaite de la quantité d'alcool consommée dans la soirée.

Mon regard se pose sur Frederick, qui a à peine touché à son vin, ce qui ne me convient guère. Je lève mon verre et lui souris quand il croise mon regard, et il se joint à moi, buvant une gorgée. Je vais être soûle si je continue à ce rythme, et c'est hors de question alors que…

Mon ventre se noue, mon cœur se met à cogner et…

Dieu du ciel, qu'est-ce qui me prend ?

Mon dos se redresse, mes cuisses se serrent et je sens des démangeaisons me prendre entre les jambes. J'avale mon vin en regardant autour de moi, inquiète qu'on puisse comprendre ce qui m'arrive.

Comment de simples pensées peuvent-elles provoquer une réaction pareille ?

— J'ai hâte d'aller me promener avec vous demain, me dit Frederick. Après que j'aurai monté avec mon père, bien sûr.

— Bien sûr.

J'essaye d'avoir l'air aussi enthousiaste que lui mais je ne ressens que de l'ennui, qui vient interférer avec les sensations entre mes jambes. Celles-ci disparaissent comme elles étaient apparues, et je pose les lèvres au bord de mon verre de vin. Non seulement Frederick ne m'excite pas, mais il tue l'idée même d'excitation. Il n'a décidément rien pour lui, ce qui explique pourquoi il en est à sa cinquième saison. La *cinquième* ! Sans doute regarderait-il n'importe quelle femme à qui il est promis de la même façon, fût-elle ravagée par l'âge ou défigurée par une maladie. Je me sens quasiment insultée que Papa ait accepté la première offre qui se présentait, et dans le même temps je me demande pourquoi Lymington est prêt à se contenter d'une femme qui n'a pas de titre. Je ne peux que supposer qu'il n'a guère le choix, après cinq saisons. Quelle veine pour moi. Et pour la première fois depuis qu'on m'a présenté Frederick, je m'interroge sur l'accord qui a été conclu en échange de ma main. Père se doutait forcément que dès la première seconde passée avec Frederick, j'aurais envie de prendre mes jambes à mon cou en hurlant. Quoi que Lymington lui ait promis en contrepartie, cela devait être diablement séduisant. Et je ne parle pas de beauté, mais de personnalité. Même si ce n'est pas reluisant sur le plan physique non plus. Pour le dire en quelques mots, Frederick est tout l'inverse de ce que je pourrais désirer chez un homme *si* je désirais un homme, ce qui n'est pas le cas. Je désire bien plus qu'un homme.

— Miss Melrose ?

— Mes excuses, monsieur le comte, réponds-je. Je rêvassais.

— Et puis-je vous demander à quoi vous rêviez ?

Au duc.

Comme j'aimerais qu'il m'ait embrassée. Y aurais-je pris du plaisir ? Et lui ? Mon Dieu, comment savoir ? J'imagine que des femmes comme Lady Dare savent émoustiller le cœur le plus endurci. Mais moi…

Et pourtant, le duc l'a ignorée l'autre soir. Sans doute n'est-il pas homme à se laisser facilement manipuler, mais j'ai entendu tant de rumeurs. Le duc est un débauché. Un beau débauché, un débauché plein d'intensité, et tant qu'il a semblé ne s'intéresser à rien d'autre qu'à moi durant notre rencontre à la librairie, j'étais incapable de contrôler ma curiosité, bouleversée que j'étais. S'il m'avait embrassée…

Je sursaute, je viens de cogner mon genou contre un pied de table, et l'élan de douleur m'arrache à mes pensées inappropriées. Mon intérêt pour le duc doit être purement professionnel. La société l'a injustement couvert d'opprobre. Mais la lettre, de qui était-elle ? Et pourquoi m'a-t-il donné ce livre ? Et le message ? *Imagine…*

Le duc est une énigme. Un casse-tête.

Et je veux le résoudre.

Au premier coup de minuit, il serait juste de dire que ma mère, mon père et la moitié des habitants de Belmore Square attablés dans le salon sont soûls comme des marins. Même Frederick est un peu ivre, ce qui a quelque chose de très agaçant, je dois dire. Il a l'air moins mal à l'aise maintenant, bien que ses joues rougies par l'alcool ne soient pas des plus séduisantes. L'alcool aide, cependant.

Je regarde Papa se lever de son fauteuil et inviter les gentlemen dans son étude. Lymington se lève également en s'appuyant à la table tout en se débattant avec sa canne, et ce n'est pas beau à voir. Entendant quelque chose tomber sur le tapis, je tire ma chaise et regarde sous la table.

— Eliza ?

Je relève la tête et vois Frederick me regarder, sourcils froncés. Je lui fais signe de ne pas faire attention, me souvenant que je préférerais être ailleurs et que j'y serai beaucoup plus vite si tout le monde est occupé à autre chose. Les hommes se retirent dans l'étude de Père pour boire, fumer et discuter affaires, tandis que les dames se lancent dans une conversation, ou plus certainement dans les ragots. Je choisis mon moment et quitte la pièce discrètement avant de me préparer pour le noir et le froid en me drapant de ma cape. Arrivée en haut de l'escalier, je prends conscience que la route est barrée par Dalton, et sans avoir eu le temps de vraiment réfléchir, je monte dans ma chambre. Là, j'ouvre la fenêtre et regarde le tuyau d'écoulement de l'eau de pluie en souriant. Cela faisait longtemps.

Après avoir vérifié que la voie est libre, je me hisse sur le rebord, tends le bras, attrape le tuyau en acier, et, après m'y être suspendue, je referme la fenêtre presque entièrement. Je descends avec une aisance relative – je n'ai pas perdu la main après des années à grimper aux arbres dans ma jeunesse. En bas, je pousse sur mes pieds pour trouver mon équilibre et saute à terre avant de traverser la chaussée en courant. Le vent, qui souffle fort, rabat ma cape autour de mes jambes. Ce n'est pas très agréable d'être ainsi exposée au mauvais temps, mais il faut croire que ma curiosité infinie ne m'offre aucun répit, même face aux éléments déchaînés.

Je coupe par les jardins d'un pas mesuré, sans précipitation. Et plus je m'approche de sa maison, plus l'excitation s'empare de moi. Avec quelle joie j'accueille ces moments où je m'émancipe des épreuves de la vie de lady.

Une fois devant l'impressionnante résidence du duc, j'ouvre doucement la grille pour éviter qu'elle grince, puis approche de la porte, les yeux rivés sur l'étonnant lion du heurtoir. Là, je frappe deux fois. Pas une, car je détesterais qu'il me prenne pour Lady Dare et qu'il ignore ma venue. Enfin, peut-être que ce soir il ne l'ignorerait pas. Peut-être qu'il serait d'humeur à…

À quoi ?

Je recule d'un pas en me mordant la lèvre, et à chaque seconde qui s'écoule en silence, ma déception s'amplifie. Quelle tristesse. Il n'est pas là. Mes épaules s'affaissent. Alors que je fais demi-tour et que je vais franchir la grille, j'entends la porte s'ouvrir. La déception n'aura pas duré longtemps. L'excitation est de retour, plus forte que jamais. Ne voulant pas répéter les circonstances de ma première visite, où j'ai manqué de vivacité d'esprit, je pivote aussitôt afin de voir le visage du célèbre duc.

— Oh.

Ce n'est pas le duc, mais un domestique.

— Sa Grâce désire vous voir.

Oh...

Je manque encore de vivacité d'esprit.

— Miss Melrose ?

Il penche la tête sur le côté, empreint de curiosité

— Vous connaissez mon nom.

— En effet.

— Comment le connaissez-vous ?

— Sa Grâce.

— Et lui, comment le connaît-il ?

— Sa Grâce désire vous voir, répète-t-il.

Comprendre : « Taisez-vous et venez ! »

Il veut me voir. Je remonte jusqu'au perron.

Pourquoi veut-il me voir ?

Je passe le seuil en rabattant ma capuche en arrière, et je suis saisie par l'intérieur du manoir. Le hall d'entrée doit faire cinq fois la taille de celui de toutes les autres maisons du square. L'escalier est plus grandiose et majestueux, le plafond, plus haut, le chandelier en or, plus extraordinaire. Je compte trente chandelles, toutes allumées, qui baignent la vaste pièce d'une lumière plus forte que je n'y suis habituée à cette heure. Je m'attendais à ce que tout soit impressionnant entre les murs de cette maison à la sinistre réputation, mais ce que je vois est digne d'un palais.

— À vous de me le dire, Miss Melrose, murmure le domestique en réponse sans s'arrêter. Par ici, je vous prie.

Il n'est pas content, et apparemment, il tient à me le faire savoir. Qu'il se rassure, je ne suis pas contente de moi non plus, cela nous fait au moins un point en commun. À quoi pensais-je ? Les démangeaisons ont disparu, et l'excitation aussi, et à leur place il n'y a plus qu'une sorte de méfiance qui me déconcerte.

— Et comment dois-je vous appeler ?

Chaque pas que je fais est mesuré. Le son de mes bottines à talons frappant le beau parquet de bois poli résonne contre les murs d'un pourpre profond. Nous passons plusieurs portes en bois en arcade avec des panneaux vitrés, et trois autres portes apparaissent.

— Hercule, me dit-il d'un ton si sérieux que je me demande s'il ne plaisante pas.

Quoi qu'il en soit, j'émets un petit rire, ce qui me vaut un regard noir de sa part.

— Toutes mes excuses, dis-je d'une voix balbutiante. Je ne voulais pas…

— N'ayez crainte, Miss Melrose, me rassure ce géant. Par ici.

Son air renfrogné m'impressionne et me semble de mauvais augure, mais je le suis. Comme le duc, et peut-être même comme moi, il se demande ce que je fiche ici. Espérons que l'avenir ait la réponse, car j'ai visiblement négligé de réfléchir au guêpier dans lequel je me fourrais.

Hercule me désigne enfin une porte. J'approche, saisis la poignée dorée, la tourne, et je me retrouve face à des murs et des murs de… livres.

Je suis immédiatement fascinée. Des étagères remplies de livres courent du sol au plafond et d'un mur à l'autre. Un bureau est installé devant une fenêtre aux rideaux lourds, et deux fauteuils de lecture sont posés près d'une cheminée où flambe un feu.

Son étude.

Un domaine masculin.

— Sa Grâce ne vous fera pas attendre longtemps, Miss Melrose.

La porte se referme, et je reste seule. Seule avec des milliers d'ouvrages. Doux Jésus, il doit y avoir encore plus de volumes ici que dans la librairie de Mr Fuddy. J'approche de l'étagère la plus proche et commence à lire les titres sur les dos avec un ravissement grandissant, car ce sont tous des livres de voyage, ou de droit, ou des livres débordant de toutes les connaissances amassées par les hommes à travers le monde. Éberluée, je déambule jusqu'au fauteuil vert près du feu et ne relève les yeux qu'au moment où la porte s'ouvre de nouveau.

Seigneur.

Je prends une courte inspiration. L'effet de sa beauté ne diminue pas avec le temps. À le voir, je suis aussi pétrifiée que la première fois dans le parc royal, quand il a bien failli me piétiner avec son cheval.

J'ai dû le réveiller car il est à peine habillé et ses cheveux sont dans un désordre inacceptable, quoique charmant. Il manque à sa chemise de mousseline blanche la cravate qui la fermerait, de sorte que son torse est à moitié exposé, et sa culotte ne descend qu'en dessous de ses genoux, laissant ses mollets visibles. Il n'est absolument pas présentable, je ne sais pas où regarder, et mes yeux vont finalement se poser sur l'avant de sa culotte. *Peut-être pas là, Eliza.*

J'ai soudain très chaud, les joues me brûlent.

— Votre Grâce, dis-je en m'inclinant, les yeux baissés.

Pourquoi se présente-t-il devant moi à moitié dévêtu ? Il n'y a plus de doute à avoir. Le duc est un débauché qui ne respecte rien ni personne.

Je lui jette un coup d'œil. Le coin de sa bouche se relève, et j'en reste bouche bée.

— Madame, répond-il en fermant la porte.

En homme mûr et sûr de lui, il ne semble pas du tout perturbé par sa quasi-nudité. Et sa voix ? Aussi brutale que son visage couvert d'une courte barbe, et aussi profonde que le vert de ses yeux.

— Je ne suis pas une dame.

Je ne suis pas habituée à ce que le sang batte à mes temps, m'assourdissant à demi et rendant ma pensée confuse. J'ai toujours eu la maîtrise de mon esprit. C'était la dernière chose dont j'aurais pensé perdre le contrôle. Mais désormais, je n'ai plus aucune certitude.

Enfin, si. J'en ai une. J'aime avoir le souffle court et me sentir étrangement aux abois.

— Cela tombe bien, je ne suis pas un gentleman, répond-il sans bouger, appuyé contre la porte avec indifférence.

— Qu'est-ce que cela veut dire ?

Je vois ses yeux danser, comme s'il commençait à s'amuser. Et j'ai bien peur que ce soit le cas. De mon côté, je me sens dépassée par la situation dans laquelle je me suis empêtrée. Je ris de l'absurdité de mes pensées.

Tu penses à la situation dans laquelle tu t'es fourrée toute seule, Eliza ?

Qu'espérais-je trouver ici, à la résidence des Winters ? La preuve de ses crimes supposés ? Des réponses à la litanie de mes questions ? Un baiser ? Je ne sais où ils ont envoyé George, notre roi fou à lier, mais ils auraient dû m'y expédier avec lui, car j'ai définitivement perdu le sens commun.

— Cela signifie ce que j'ai dit, dit-il, déclenchant à nouveau des fourmillements à l'intérieur de moi.

Je passe d'un pied sur l'autre en priant pour que ma robe et ma cape dissimulent ma fébrilité. Johnny Winters est une machine à provoquer des frissons.

— Je ne suis pas un gentleman, madame, alors n'espérez ni chevalerie ni gentillesse.

— Je crois vous avoir déjà dit que je ne suis pas une dame, Votre Grâce.

— Alors qu'êtes-vous, Miss Melrose ? demande-t-il en s'avançant soudain dans la pièce. Une putain ? Une catin ? (Il se mordille un coin des lèvres, réfléchissant à la situation, je pense. Est-ce vraiment ce qu'il pense ?) Une aventurière ?

Danger.

Et pas parce qu'il est soupçonné d'avoir tué sa famille de sang-froid. J'ai l'impression d'avoir franchi une ligne rouge, pour ainsi dire.

— Comment connaissez-vous mon nom ?

— Comment connaissez-vous le mien ?

Je plisse les yeux.

— J'ai entendu quelqu'un le prononcer au parc le jour où vous êtes revenu à Londres. Et vous ?

— J'étais curieux de savoir qui s'était mis en travers de mon chemin ce jour-là, alors je me suis renseigné.

Malgré moi, je fais une moue. *En travers de son chemin ?*

— Ainsi, vous n'êtes pas mort ? dis-je d'un ton égal, et je suis presque certaine de le voir tressaillir.

— Je ne suis pas mort, répond-il tranquillement.

— Et où êtes-vous passé depuis un an ?

Mon instinct me mène dans cette direction, en quête d'un maximum d'informations.

— Vous posez beaucoup de questions. Je suis au tribunal ?

— Devriez-vous y être ?

C'est à son tour de plisser ses yeux, et malgré mon incertitude, je lève le menton dans un mouvement d'assurance feinte. Le mystère des Winters est une histoire qui réclame d'être écrite, et la seule personne capable de la raconter est devant moi.

— Peut-être n'êtes-vous plus la bienvenue, dit-il après quelques secondes.

— J'étais la bienvenue ?

— Je vous ai invitée, non ?

— Et maintenant, vous m'invitez à partir, réponds-je en regardant la porte dans son dos.

Il ne souhaite pas parler de sa famille. Hum.

— Pourquoi êtes-vous ici, Miss Melrose ?

Bonne question. Pourquoi suis-je venue ? Je n'arrive pas à me sou… Ah !

— J'aimerais savoir ce que votre lettre signifiait.

— Une lettre, madame ?

— Un message.

Mon regard se porte involontairement sur son torse dépoitraillé. C'est la première poitrine nue que je vois en dehors de celle de mon frère, et elle est plus qu'impressionnante. Pourquoi me la met-il sous les yeux contre toute décence ?

— Et je ne suis toujours pas une dame.

— Vous devriez peut-être m'en laisser juge, rétorque-t-il.

— Et comment en jugerez-vous ? réponds-je avec un cran que je ne suis pas certaine de pouvoir conserver longtemps.

— Aux cris que vous pousserez lorsque je vous donnerai du plaisir.

Son culot me fait reculer d'un pas. Quel libertin éhonté ! Quel provocateur ! Son audace a quelque chose de dévastateur.

Mais je ne suis pas aussi idiote que toutes celles qui couchent avec lui. Sa beauté impie et son corps de dieu grec les aveuglent sans doute. C'est pour cela qu'elles tremblent, car je ne vois pas de qualités admirables dans son caractère, et je ne compte pas perdre mon temps à en chercher. Je suis en train de me persuader que j'ai devant moi le libertin le plus accompli et le plus arrogant qui soit, et bien que je ne sois pas de nature conformiste, je refuse d'être sujette à une telle… une telle… une telle…

Excitation !

— Bonsoir, Votre Grâce, dis-je en me dirigeant vers la porte.

Je me demande au nom de quoi je m'adresse à lui avec autant de courtoisie alors qu'il est très loin de se montrer respectueux.

Le duc fait un pas de côté pour me laisser passer, je mets la main sur la poignée et mes yeux se posent sur ses jambes nues. Le feu qui brûle intensément à l'autre bout de la pièce m'embrase. À moins que ce soit la chaleur que le duc irradie.

— Votre Grâce, dis-je d'une voix faible en ouvrant la porte.

Et je la referme aussitôt, prise de colère.

— Vous m'avez attirée ici.

Il sourit.

— Attirée, dites-vous ?

— Oui, attirée.

Je lui fais face, sans fausse timidité.

— Pourquoi m'avoir fait passer un message si ce n'est pour m'appâter ?

— Et pourquoi voudrais-je vous appâter, Miss Melrose ?

Bonne question ! J'ai mal à la tête à force d'essayer de percer ce mystère. Y parviendrai-je un jour ? J'ai l'impression d'être un jouet entre les pattes d'un chat. Qui s'amuse à me faire perdre la tête. Jamais de toute mon existence je n'ai connu un homme aussi agaçant ! Pour être honnête, avant mon arrivée à Londres, je n'avais presque pas rencontré d'hommes. Winters finirait par m'envoyer sur mon lit de mort, merci bien.

— Avez-vous envie d'être appâtée ?

J'ai un petit rire méprisant.

— Bonsoir, Votre Grâce, dis-je en rouvrant la porte et en commençant à partir.

— Si vous restiez, peut-être pourrais-je vous faire ce plaisir.

J'en reste clouée sur place. Je refuse de me retourner et de le laisser voir la tête que je fais. Et comment s'y prendrait-il, d'ailleurs, pour me « faire plaisir » ?

— Vous avez perdu votre langue ?

Aucun son ne sort de ma bouche. Les mots restent coincés au fond de ma gorge, ce qui n'est peut-être pas plus mal car j'aurais du mal à me retenir d'être grossière.

— Dormez bien, Eliza.

Une nuée de frissons me tombe dessus en l'entendant prononcer mon nom, mon *vrai* nom. *Eliza.*

— Rêvez bien de moi.

— Je craindrais de faire des cauchemars, *Johnny.*

Je claque la porte et ne bouge pas pendant quelques longues secondes. J'ai le souffle court, comme si je venais de courir des kilomètres à la campagne. S'il continue à m'appeler par mon prénom, je ferai de même. Nous sommes égaux.

À égalité dans l'effronterie, au moins.

Et tout aussi dangereux l'un que l'autre.

Je traverse les jardins à la hâte en ruminant mon indignation, mon agacement, mon début d'amour furieux, et j'arrive à la maison en un rien de temps. Arrivée devant chez moi, les yeux fixés sur la porte en bois, j'essaye pendant une éternité de revoir tous les détails de la scène qui s'est déroulée lors de ma visite chez Winters. Comme j'aimerais y retourner, la revivre avec la même énergie. Mon cœur pompe mon sang avec ardeur, ma peau ressent la moindre brise, et je n'aurai jamais trop de ces sensations.

Si l'on pouvait m'assurer que je connaîtrais encore une telle expérience, j'en serais grandement rassurée. Cela me ferait quelque chose à attendre dans un monde où rien ne m'excite. Du moins, rien à quoi j'aie accès.

Ma chair de poule s'intensifie, et je soupçonne que ce n'est pas seulement mes pensées qui produisent cet effet. Soudain, j'entends des pas dans mon dos. Retenant mon souffle, je jette un coup d'œil par-dessus mon épaule. Ses yeux verts brillent dans le noir, je me retourne et mon dos va se plaquer contre la porte en bois. Mes yeux furètent alentour, vérifiant que nous sommes seuls.

— Puis-je vous aider ?

Comme il s'approche, je perçois un soupçon de mécontentement dans son regard.

— Faites-moi une faveur, dit-il.

— Laquelle ?

— Ne vous aventurez plus jamais seule, dans l'obscurité, quelles que soient les circonstances.

— Et qui me l'ordonne ?

Je relève le menton d'un air de défi, et je ne suis pas sans constater qu'il n'aime pas du tout cela, ce dont je me fiche bien, même si j'ai le vague sentiment que je ferais bien d'en tenir compte.

— Moi.

Il fait un pas vers moi et je remarque que son corps athlétique est maintenant entièrement vêtu, bien que de façon hasardeuse, son veston étant mal boutonné. Il a dû se dépêcher.

— Et plus de descente risquée le long des tuyaux de gouttière.

Quoi ? Il m'a observée ?

— Vous saviez que j'allais vous rendre visite ?

M'espionne-t-il comme je le fais ? Pourquoi ? Je connais mes raisons : une histoire atroce et mystérieuse, un rêve d'écrivain. Mais pourquoi éprouverait-il une fascination égale à mon endroit ?

— Oui, je le savais.

— Et vous n'avez pas jugé bon de vous habiller pour me recevoir ?

Il sourit. Quel culot !

— Ne vous promenez pas seule dans l'obscurité.

S'il répète cela, j'en déduis qu'il n'a rien trouvé d'autre à dire. Très bien. Il a la langue trop bien pendue.

Je ricane d'un air bien peu fait pour séduire. Si malgré mes dénégations il me prenait pour une lady, le voilà désormais au courant que je ne le suis pas.

— Je croyais que vous m'aviez dit de n'espérer ni chevalerie ni gentillesse, dis-je en avançant d'un pas, poussée par cette révélation. (Sa belle mâchoire carrée est bloquée.) Pourtant, vous m'avez escortée jusqu'ici.

Mon visage est tout contre le sien. D'aussi près, je sens sa chaleur. C'est interdit. Inapproprié. Pourtant, je dois avouer que cela éveille quelque chose de bizarre en moi.

Il ne sait pas comment réagir à mon insolence. Il me domine de toute sa hauteur, mais cela ne change rien. Je crois bien que j'ai réduit le duc cynique au silence.

— Vous ne contestez pas, Votre Grâce ?

Son regard, oh comme il brûle. Il brûle de colère parce que j'ai mis en cause ses actions. Et il brûle d'autre chose aussi, d'un sentiment qui m'est moins familier mais qui me subjugue.

— Peu importe, murmure-t-il, ses yeux tombant sur mes lèvres.

— Dans ce cas, je crois que notre conversation a atteint une conclusion satisfaisante.

À cet instant, j'éprouve une puissance comme je n'en ai jamais connu. Avoir rendu muet un homme d'une telle réputation n'est pas un mince exploit, et je suis fière d'avoir tenu bon.

— Bonne soirée, Votre Grâce.

Je me retourne et empoigne le tuyau de la gouttière.

— Eliza, je vous demande de lâcher cela immédiatement.

Je l'ignore et me dépêche de grimper. En haut, je tends la jambe, pousse la fenêtre et enjambe le rebord avant de me glisser à l'intérieur. En tirant le volet, je l'aperçois en bas, qui me jette un regard noir, mais cela ne m'impressionne pas. Je lui fais un sourire aimable et ferme.

Et d'un coup, je suis prise de tremblements.

— Juste ciel, dis-je en me forçant à marcher jusqu'à mon lit.

Là, je m'écroule, inerte, le souffle coupé, saisie par la nervosité. C'est à cet instant que je me rends compte, sans l'ombre d'un doute, que je désire qu'il me fasse plaisir. Qu'il me donne du plaisir. Je ne connais pas de sentiment plus exaltant que celui qui m'étreint, cette curiosité inattendue qui me submerge. Mon Dieu, que s'est-il passé ?

Je me tourne sur le dos et fixe les moulures au plafond, la main posée sur la poitrine. Ma peau est brûlante. Ma bouche, sèche. Je suis déshydratée.

Je me lève, retire mes bottines et descends dans la cuisine. En passant devant l'étude de Père, j'entends des rires à gorge déployée, et je m'arrête.

— Melrose, dit Lord Lymington d'une voix empâtée. Qu'est-ce que vous pensez du quinze ? Aurez-vous maté la mégère d'ici là ? Frederick commence à se lasser de ses frasques.

— Vous avez ma parole, Votre Grâce, répond Papa d'une voix ferme.

Je suis pétrifiée par ce que je viens d'entendre. Sa parole ? Et se fiche-t-on de ma parole ? Après tout, c'est bien moi qui vais être mariée. Je me tourne vers la porte. Elle est entrouverte. Je passe la tête discrètement. Père fume près du feu, Lymington est avachi dans un fauteuil à côté de lui. Je ne vois et n'entends personne d'autre, mon champ de vision étant en partie bouché.

— Tant mieux. Il serait dommage de devoir temporiser alors que nous avons un accord.

— Ce ne sera pas nécessaire.

— Bien. Quelle heure est-il ?

Lymington se tâte la poitrine à la recherche de la poche de sa montre gousset. Je dois me retenir de rire en le voyant mettre son lorgnon, comme si cela allait l'éclairer. *Idiot.*

Je me force à partir avant de laisser éclater ma colère sans cérémonie et d'embarrasser mon père devant la moitié de la bonne société. J'aime mon père, c'est un homme dévoué, aimant, raisonnable et bon. Je ne peux que supposer qu'il souffre d'une perte momentanée pour user de ses enfants comme de pions dispensables. Pour rire avec ces imbéciles pompeux.

J'avale de grandes gorgées d'eau et repars vers ma chambre avant que la tentation me reprenne. Alors que je suis au milieu de l'escalier, j'entends la porte d'entrée s'ouvrir.

— Eliza ? dit Frank d'un ton interrogateur. Je croyais que tu t'étais retirée dans ta chambre ?

Je m'efforce d'effacer toute trace de culpabilité sur mon visage avant de faire face à mon frère. C'est une mince consolation de savoir qu'il ne fait pas partie des invités présents dans l'étude de Père.

— C'est le cas.

Il referme doucement la porte et m'observe avec une curiosité qui me met mal à l'aise.

— Et tu n'es pas encore déshabillée ?

Mince.

— Et moi, je pensais que tu prenais le digestif avec Père et ses merveilleux nouveaux amis.

— Tu es habile pour détourner la conversation, chère sœur.

— Comme toi. D'où arrives-tu ?

— Et toi ?

Mes doigts se raidissent sur la rampe d'escalier.

— Je n'ai simplement pas pris le temps de me déshabiller, c'est tout. (Je ne prends aucun plaisir à mentir à mon frère.) J'étais plongée dans un livre.

Il plisse le front.

— Attention, Eliza, me prévient-il doucement en se plantant au pied de l'escalier.

— Attention à quoi ?

— Tu es une jeune lady désirable qui vit sa première saison à Londres.

— Et ?

— Et tu vas attirer l'attention de beaucoup d'hommes qui ne feraient pas de bons prétendants. N'oublie pas que…

— Frank, essaies-tu de me dire que je vais mourir si j'embrasse un homme avant d'être mariée ?

— Il est certain que tu mourras si tu embrasses un homme avant d'être mariée.

J'éclate de rire, mais me reprends rapidement.

— Oh, il faut que je me tienne bien, c'est cela ? Je crains, cher frère, que Papa et toi deviez envisager la possibilité qu'aucun lord ou gentleman qui se respecte ne soit prêt à me supporter, avec mes *frasques.*

Je n'arrive pas à imaginer que Frank soit au courant de cet accord. *Tout a un prix.*

— Tes frasques ? Qu'est-ce que tu fabriques, Eliza ?

Je gigote, peinant à cacher mon sentiment de culpabilité. Quelle idiote je fais. Je n'ai jamais rien réussi à dissimuler à Frank. Il a une capacité agaçante à me percer à jour.

— Moi ? Ce n'est pas moi qui rentre discrètement à la maison à cette heure.

Non, moi, je fais le mur en descendant les tuyaux de gouttière.

Frank éclate de rire.

— Je ne cherche pas la discrétion, Eliza, dit-il en grimpant les marches et en passant devant moi. J'ai juste vu des amis à Gladstone.

— Oh, le club des gentlemen snobs ? Cela doit te changer de la vieille auberge où tu buvais de la bière en criant comme un putois. (Je renifle une odeur particulière.) Tiens, c'est du parfum ?

Il s'arrête. Ne dit rien.

— C'en est, pas vrai ? (Je m'approche pour le renifler une bonne fois. De subtils effluves de lavande émanent de sa veste.) Tes amis mettraient-ils du parfum pour femmes ?

— Cela doit venir des amis de Mère, lorsqu'elles m'ont salué pendant la soirée. (Il continue son chemin.) Bonne nuit, ma sœur.

— Bonne nuit, Frank.

Je réfléchis un instant. J'aurais presque envie d'aller au salon sentir chacune des dames autour de la table.

J'ai bien l'impression que mon frère fait du grabuge.

Mais avec qui ?

S'amuse-t-il avec une femme aussi peu adaptée à notre famille que l'homme pour qui j'éprouve du désir ? Mon Dieu, ce serait à la fois drôle et inquiétant. Si j'ajoute au tableau Clara tombée amoureuse d'un garçon d'écurie, Papa va finir par mourir d'effroi.

7

Je suis réveillée par le vacarme. Des cris accusateurs, des hurlements, des protestations. Alors que je me redresse dans mon lit, quelque peu désorientée, Maman, encore en chemise de nuit, fait irruption dans ma chambre.

— Un cambriolage ! s'exclame-t-elle en se précipitant à la fenêtre pour écarter légèrement les rideaux. Ici, à Belmore Square !

Les cris ne cessent pas. Je sors de mon lit et rejoins Maman en tirant ma chemise, encore assoupie.

— Qui a été cambriolé et par qui ?

Dans la rue, un policier maintient un jeune homme en le tenant par la nuque.

— C'est le garçon d'écurie, dis-je en embrassant du regard la scène, plutôt chaotique.

Lymington, la main en l'air, semble avoir perdu la tête et tente de frapper le garçon, qui essaye d'esquiver chaque fois que la main approche trop sa tête.

— Il a volé la montre gousset du duc.

Je repense à hier soir, lorsque j'ai eu l'infortune d'entendre – non, je n'ai pas épié cette conversation – une conversation totalement indécente.

— Sa montre gousset ? dis-je en regardant l'agent secouer le malheureux, comme si l'objet volé allait lui tomber des poches.

Bien sûr, il n'en est rien.

Je quitte la chambre et traverse la maison à grandes enjambées, sans me soucier des regards inquiets que me jettent les domestiques que je croise. Je suis trop scandalisée pour prendre en compte leur air choqué. J'entre sans demander à personne dans l'étude de Père et suis immédiatement suffoquée par l'odeur infecte, où se mêlent relents d'alcool et parfum de tabac froid. Je m'approche du fauteuil où j'ai vu le duc avachi la veille au soir et commence à fouiller les côtés du coussin.

— Eliza, qu'est-ce que tu fais ? me demande Mère dans mon dos.

Je tourne la tête tout en continuant mes recherches et découvre qu'elle a enfilé une robe de chambre par-dessus sa chemise de nuit et mis un bonnet sur sa tête.

Je ne trouve rien.

— Bon sang, dis-je à mi-voix avant qu'un souvenir me revienne.

Le bruit sourd. Un bruit que j'ai entendu juste avant que Lymington sorte du salon la veille. Je prends le couloir, rentre dans la pièce et me mets à quatre pattes pour passer au peigne fin le sol sous la table. Rien. Alors je poursuis mes fouilles, ne comptant pas renoncer pour si peu, certaine que…

Quelque chose scintille sous le buffet, je m'allonge, y glisse la main, le visage écrasé contre le tapis.

— Eliza ! crie Maman.

— Je l'ai !

Je jubile. J'espère que tout le voisinage entendra mes cris et que le garçon sera libéré.

— J'ai la montre gousset !

Je bondis sur mes deux pieds et cours à toute vitesse jusqu'au perron, où je la brandis en l'air.

— Libérez le garçon !

Papa et Frank, qui observent la scène depuis les marches, se tournent vers moi en plissant le front. Je leur explique :

— Le garçon n'a pas volé la montre du duc.

— Si, il l'a volé ! insiste Lymington, qui secoue son prétendu voleur comme un prunier. Je demande justice !

— Vous allez avoir justice.

Je descends les marches et présente au duc indigné sa montre gousset.

— Je pense que vous l'avez mal rangée hier soir pendant le dîner, Votre Grâce, dis-je tandis qu'il met son lorgnon pour examiner l'objet argenté. Elle est à vous, non ?

Le rouge monte aux joues du duc. Je ne souhaite pas l'embarrasser davantage, non parce que j'ai pitié de lui, mais parce que je ne veux pas faire honte à mon père en dénonçant les agissements de son partenaire et ami.

— Une bête erreur, Votre Grâce, dis-je en laissant tomber la montre dans sa main. Je suis sûre que quelques shillings suffiront à faire oublier cette histoire au malheureux.

— Quoi ? fait Lymington en me regardant d'un air incrédule.

Je suis certaine qu'à cet instant, il lit une sorte d'avertissement dans mon regard.

— Oh, oui. Bien sûr.

Il se tourne vers le pauvre, qui a l'air d'un animal effrayé. J'ai presque envie de le rassurer : ce n'est pas lui, l'animal, ici. Le duc lui tend un shilling, qu'il accepte avec reconnaissance. Un seul shilling ? Je me racle la gorge, et le duc me jette un coup d'œil.

— Oh mon Dieu, soupire Père derrière moi.

Je souris au duc en désignant du regard sa bourse pour l'inciter à y piocher encore. Puis je me tourne vers le garçon.

— Combien Mr Fitzgerald vous paye-t-il ?

— Cinq shillings, madame.

— Je pense que dix shillings suffiront, dans ce cas.

Le duc semble à deux doigts de s'étrangler, ce qui le rend incapable de contester ma proposition.

— Il souffre horriblement, Votre Grâce. (Je regarde le garçon.) N'est-ce pas vrai ?

Un silence, je fronce les sourcils, et il rentre dans mon jeu.

— Mon cou… dit-il en se palpant la nuque.

— Son cou, dis-je d'une voix ferme. Il aura du mal à travailler aux écuries de Mr Fitzgerald pendant au moins une semaine, je pense. Cinq shillings pour couvrir ses pertes, et cinq pour le dérangement. (Je peins un grand sourire sur mon visage.) Personne ne souhaite que cette mésaventure finisse dans les colonnes de l'édition de demain.

— Seigneur, elle provoquera ma perte, entends-je Père murmurer.

Lymington, qui hésite entre jouer la magnanimité et prendre ombrage de mon intervention, tousse un peu, et le garçon, après avoir reçu son paiement et salué le duc avec un respect qu'il ne mérite pas, file sans demander son reste.

— Bonne journée ! dis-je dans son dos.

Et soudain, je prends conscience que je suis pieds nus. Pieds nus ? Mon regard se tourne vers Frank et Papa, qui m'observent d'un air ahuri, immobiles sur les marches de la maison. *Oh non.*

Mon indécence est totale, debout pieds nus et en chemise de nuit au milieu de la rue. Je souris nerveusement, regarde autour de moi et m'aperçois que des badauds se sont arrêtés, et pas pour assister au procès d'un garçon d'écurie.

— Eliza, rentre, m'ordonne Père entre ses lèvres serrées.

Mais je ne vois plus rien, car de l'autre côté de la rue, seul, se trouve Johnny Winters, absolument magnifique dans son veston de velours vert qui fait ressortir ses yeux. Une lueur maligne y brille tandis qu'il me regarde, sans choc ni horreur, contrairement, je suppose, aux autres spectateurs.

Non. Son expression n'a rien à voir. Elle est menaçante. Lascive. Et moi, je suis gelée.

À moitié nue au beau milieu de la rue.

Devant beaucoup trop de membres de la bonne société. Des souvenirs remontent de la veille, sa maison, son étude ; mes sensations. Cet homme hardi, rude, interdit, louche, cet homme fait éclater mon cœur et bouillir mon sang.

Et c'est absolument merveilleux, me dis-je en souriant intérieurement.

— Eliza !

Je sursaute, m'arrachant à la vision du duc de Chester, pour revenir sur terre avec brutalité. Dans l'urgence que je sentais de servir la justice, il semble que j'aie négligé de m'habiller. Quel malheur.

Les yeux baissés, je disparais dans la maison et croise Maman dans le couloir. Je risque un coup d'œil vers elle et lui fais un petit sourire pour m'excuser d'avance auprès d'elle, car je sais qu'elle n'a pas fini d'entendre Papa se plaindre de moi. Elle hoche la tête et me sourit d'un air rassurant – ou amusé ? – et la porte claque.

— Mon Dieu, je vais être la risée de tous ! s'écrie Papa. À quoi jouiez-vous ? Votre but est-il donc de me ruiner, Eliza ? (Il se prend la tête à deux mains, au désespoir. Je ne me réjouis pas de voir Père se désoler.) Bon sang, combien de fois dois-je vous répéter que vous n'êtes plus à la campagne ?

Toutes les heures, on dirait.

— Je suis sûre que votre réputation n'en souffrira pas, dis-je en jetant un coup d'œil à Frank, qui garde le silence mais semble avoir du mal à cacher son amusement.

Je ne suis donc pas la seule à être exaspérée par l'obligation permanente de faire bonne impression. Père s'inquiète pour rien. Il est tôt, la plupart des habitants de Belmore Square dorment encore, en tout cas ils ne risquent pas d'être habillés et dehors. Avec les événements qui ont lieu presque tous les soirs, les nuits sont longues et les journées, courtes pendant la saison. Même si, je dois l'admettre, j'ai cru voir un certain nombre de rideaux bouger aux fenêtres.

— Je monte dans ma chambre, dis-je avant que Papa ne laisse parler son angoisse.

Clara est debout en haut de l'escalier, en chemise de nuit, les yeux encore pleins de sommeil. Depuis qu'elle est toute petite, ma sœur dort comme un loir, même en cas de grande tempête. La pauvre n'a absolument pas idée que je viens d'éviter la prison à *l'amour de sa vie*.

En arrivant dans ma chambre, je vais à la fenêtre. La foule s'est dispersée et Belmore Square ressemble à ce qu'elle est habituellement à dix heures du matin. Le calme est revenu.

Quand midi viendra, des voitures apparaîtront, les dames partiront pour leur promenade du jour au parc royal, les hommes s'occuperont d'une balade à cheval ou de leurs rendez-vous d'affaires avant que le crépuscule ne tombe, donnant le coup d'envoi des dîners.

On frappe à ma porte, quelques coups légers, puis elle s'ouvre. C'est Maman, qui me regarde avec tristesse. Je retourne mon attention sur le square.

— Je ne peux pas épouser Frederick, Maman.

— Oh ma chérie, j'aimerais t'accorder cela.

— Et pourquoi ne le pouvez-vous pas ?

Elle me prend par les épaules et m'enlace, contemplant avec moi la vue par la fenêtre.

— Je sais que les ladies doivent faire un mariage honorable, mais les mariages arrangés *de force* sont obsolètes, Maman. Vous le savez.

— Alors ne nous obligez pas à vous marier de force.

— C'est injuste.

Je la regarde, elle me fait ce sourire doux qu'elle a toujours eu et qu'elle semblait avoir perdu depuis notre arrivée à Londres pour ma première saison.

— Vous avez toujours aimé vous lancer dans de grandes batailles morales, dit-elle. Vous souvenez-vous quand vous nous avez déclaré que vous alliez demander à être reçue à Eton ?

Elle rit.

— Votre père ne s'attendait pas à avoir une fille brillante, Eliza. Un fils, oui, mais pas une fille. Nous ne pouvions pas payer les frais de scolarité à Frank, à l'époque. Alors il n'y est pas allé.

Mais ils pourraient, aujourd'hui. Et la vérité, c'est que si j'étais un garçon, même cadet ou benjamin, j'irais à Eton, et peut-être même à Oxford ensuite. J'étudierais toutes sortes de domaines. Je ferais quelque chose que j'aime.

Avec des si...

— Venez, me dit Mère en déposant un baiser sur ma tempe. Habillons-nous. Je voudrais vous montrer mon nouveau magasin favori à Mayfair. Il m'a été chaudement recommandé par Lady Tillsbury.

Elle quitte la chambre, et Emma y entre pour remplir d'eau chaude le pot de ma coiffeuse.

Après que je l'ai remerciée, Emma s'apprête à sortir à son tour mais elle s'arrête à la porte.

— C'était très honorable, ce que vous avez fait, Miss Eliza, me dit-elle d'une voix hésitante. Je vous remercie.

— L'honorabilité ne sert à rien quand on est une femme, Emma. Surtout une femme d'un certain statut.

— En tout cas, cela m'a touchée.

Je la scrute une seconde.

— Connaissez-vous ce garçon d'écurie, Emma ?

— C'est mon fils, madame.

— Oh.

Bonté divine. Clara est amoureuse du fils de la bonne ? L'histoire devient plus rocambolesque à chaque minute qui passe.

Emma hoche la tête, s'en va. Je me lave et m'habille en pensant à toutes ces choses auxquelles je ne devrais pas penser, ou plutôt à une seule, le duc de Chester, puis retrouve Maman au pied de l'escalier. Je ne me demande pas ce que fait mon père. Il y a toutes les chances pour qu'il soit déjà en train de noyer son chagrin dans l'alcool. Tout cela à cause de moi... Mère ferme doucement la porte de l'étude, qui était restée entrouverte, et jette un regard qui semble dire que nous ferions mieux de partir.

Emma nous ouvre la porte, la lumière du jour inonde l'entrée, et je me prépare mentalement à affronter le monde extérieur et les inévitables murmures sur mes *frasques*. Levant le bas de son manteau, Maman descend les marches du perron et s'avance dans la rue, la tête haute. Je la soupçonne de faire preuve d'abnégation, et j'admire néanmoins son dédain apparent des rumeurs. Je l'imite, tentant de faire abstraction de cette scène où je me suis donnée en spectacle à moitié nue au milieu de la rue, et arbore un sourire inébranlable.

— Miss Melrose, me salue Lord Hamsley en me croisant.

— Bonjour, Lord Hamsley.

J'ai à peine osé lever les yeux.

— Miss Melrose, dit Mr Simpson, le célèbre constructeur de bateaux qui habite au numéro quatre, Belmore Square, en levant son chapeau.

— Bonjour, Lord Simpson.

Je souris avec une certaine raideur.

— Miss Melrose, dit Mr Casper en s'inclinant.

C'est un avocat qui habite au numéro cinq, et il est le confident de Père pour tout ce qui concerne ses affaires.

— Mr Casper, réponds-je d'une petite voix malgré sa mine ravie.

Quoi ? Il est ravi de me voir ? Que se passe-t-il ce matin ? Je leur jette un coup d'œil par-dessus mon épaule et m'aperçois qu'eux aussi me suivent du regard.

— Je suppose qu'ils regrettent un peu que cette fois, tu sois complètement habillée.

Je me retourne et vois Lady Dare qui m'observe avec un sourire rusé.

— Oh ! Vous en avez entendu parler, dis-je, mécontente de me sentir rougir.

Elle éclate de rire en remettant ses gants en place. Je suis à peu près sûre que ce rire fait trembler un grand nombre d'hommes. Fait-il trembler Johnny Winters ? J'en doute, car j'ai eu l'occasion de le voir lui aussi à demi dénudé, puisqu'il aime parader ainsi, et je n'imagine pas ce corps puissant se mettre à trembler. Dire qu'il était là ce matin et qu'il m'a vue dans toute ma gloire impudique.

Je continue mon chemin en ruminant ma fâcheuse habitude d'agir avant d'avoir réfléchi.

— Tout Londres doit déjà être au courant, poursuit Lady Dare en m'emboîtant le pas.

Elle bouge avec une grâce qui devrait être impossible dans une robe pareille.

— Mais je me dois de vous avertir, Miss Melrose.

— De quoi ?

— Il n'y a de place que pour une aventurière dans ce quartier.

Je lui jette un regard en coin. Cette femme intrépide, qui bafoue toutes les conventions, se sent-elle menacée par mon arrivée ?

— Je ne suis pas sûre de comprendre.

Elle me fait un grand sourire qui révèle ses dents blanches, puis s'arrête, m'obligeant à faire de même, et tourne ses yeux brillants vers moi. Son petit nez charmant se plisse, sa main gantée s'approche de ma robe et vient triturer un bouton qui n'a aucun besoin d'être trituré.

— Comme c'est bizarre, reprend-elle doucement. J'ai dû me tromper.

— À quel propos, madame ?

Je commence à me méfier d'elle. Je n'aime ni son personnage, ni son ton, ni sa fausse amabilité.

— Eh bien, vous savez, répond-elle en riant comme si elle badinait.

Dois-je rappeler à Lady Dare qu'elle parle, en fait, à une autre femme, insensible à ses tactiques, et non à un de ces messieurs de Belmore Square qui doivent être pathétiques face à sa beauté glaciale ?

— Je pensais que vous étiez une femme intelligente, poursuit-elle en me regardant des pieds à la tête d'un air hautain. Vos mascarades en public sont peut-être un procédé pour vous attirer l'attention des hommes.

— Je peux vous assurer que ce n'est rien de tel. J'assistais à une injustice, je me suis senti le devoir d'intervenir et d'y mettre un terme.

M'attirer l'attention des hommes ? Jamais ! En revanche, les suppositions de Lady Dare en disent long sur la manière dont elle fonctionne. Je ferais bien de le garder à l'esprit à l'avenir, lorsque je la verrai porter une jupe avec un peu trop de verve, sans doute dans l'intention d'exhiber la dentelle de sa pantalette. *Catin.*

— Presque nue.

Elle hausse les sourcils en voyant le vicomte Millingdale passer au trot devant nous et m'adresser un sourire. À moi ! Pas à l'illustre, la célèbre Lady Dare, mais à moi. Je frémis en sentant le regard du vieil homme posé sur moi. Il semblerait que Miss Austen avait raison lorsqu'elle écrivait que si par malheur une femme avait connaissance de quoi que ce soit, elle avait intérêt à le cacher, et à bien le cacher. Dévoiler son corps tout en dévoilant son cerveau ? Mon Dieu, je vais avoir toutes sortes de problèmes, en plus de provoquer la mort de Papa.

Mais oublions mes escapades, à demi nue, un instant et résolvons le problème du moment. Le problème de Daly Dare, dois-je préciser, et non le mien.

— N'ayez crainte, madame, dis-je d'un air indifférent. Je préfère exhiber mon esprit que mon corps.

Elle a du mal à étouffer la vague d'indignation qui la submerge.

— Je ne suis pas certaine de comprendre ce que vous insinuez.

— Je n'en doute pas.

Et là-dessus, je reprends mon chemin. Je n'ai aucune admiration ni attirance pour Lady Dare.

— Bonne journée à vous.

Mais alors que je m'éloigne, je sens soudain flotter à mes narines un léger parfum de lavande. Mon Dieu, non ! *Frank.* Y a-t-il un homme à l'abri de ses griffes ? Je devrais peut-être la mettre en garde et lui demander de ne plus l'approcher, mais je crois bien que je ne ferais que l'inciter davantage en révélant ma contrariété. Il va falloir traverser cette tempête, qui ne durera pas une éternité. Comme tous les hommes qui se sont laissés prendre dans ses filets, mon frère sera rejeté lorsqu'elle aura trouvé sa prochaine victime.

Du moins, je l'espère.

Et je *prie.*

Qui sera sa prochaine victime ? Je jette un coup d'œil à l'autre bout du square, à la résidence des Winters. Mon Dieu, faites que la tempête soit déjà passée par là. Et qu'elle n'y revienne pas.

8

Je dois reconnaître que Mère est superbe dans sa robe neuve, les froufrous de taffetas bleu royal se mariant à ravir avec ses beaux cheveux bruns. Puisque la soirée est à deux pas et que nous n'avons pas besoin de fiacre, elle part avant nous avec Papa, qui refuse toujours de me parler. On raconte que Mr Fitzgerald a préparé quelque chose de spectaculaire chez lui, et tous les gens en vue à Londres seront présents. Pas étonnant que pour l'occasion Maman ait jugé bon de s'offrir une robe et que Papa étrenne un pantalon ainsi qu'une veste de velours bleue accordée à la robe de Maman. Ils ont l'air d'un couple riche. J'imagine que Frank portera lui aussi une tenue neuve, mais comme je ne l'ai pas encore croisé aujourd'hui, je ne suis pas en mesure de le confirmer. Il doit m'éviter, et il fait bien, ce dépravé ! Que fait-il à fricoter avec des femmes comme Lady Dare ?

Clara est jolie en rose ce soir, bien que cela contraste avec son humeur sombre. Elle était ravie, bien sûr, que j'aie sauvé son amour de la persécution, mais la douleur n'a pas tardé à assombrir sa joie, car elle a pris conscience de l'impossibilité de l'amour avec un garçon qui ne convient pas. Sa crise romantique ne pouvait pas bien se terminer, alors – et je ne veux pas paraître sans cœur en écrivant cela – plus vite elle en prendra conscience, mieux elle se portera. Et moins elle souffrira.

— Sommes-nous obligées d'y aller ? me dit Clara d'une voix morne. Je n'ai aucune envie de faire semblant d'être heureuse.

— Oui.

Je brosse le devant de ma robe bleu argenté en souriant à l'ironie de la situation, qui a vu nos rôles s'inverser. Il y a une ou deux semaines, c'est moi qui rechignais et Clara qui rayonnait. Peut-être ai-je maintenant une alliée en la personne de ma sœur, quelqu'un qui comprend mon calvaire, même si elle a ses propres raisons, différentes des miennes.

— Au moins, tu n'as pas à supporter la cour d'un homme pour qui tu n'as aucun désir.

— Désir ? dit-elle en prenant le bras que je lui tends.

Nous quittons la maison et faisons le tour du square jusque chez Mr Fitzgerald.

— Je ne le désire pas, Eliza. Je l'aime.

— On a tendance à désirer la personne qu'on aime, dis-je avec un petit sourire à ma sœur si naïve.

— Tu parles de plaisir, c'est cela ? dit-elle en esquissant un sourire à son tour.

— Que sais-tu du plaisir ?

Je me souviens des frissons qui me prennent quand le duc me regarde. Et des vibrations entre mes jambes quand je le vois. *Ce n'est qu'un mythe.*

Clara lève les yeux au ciel.

— Frank et toi, vous croyez que je suis stupide. Eh bien, si je le suis, vous aussi. (Elle lâche mon bras.) Toi, avec tes articles sur le duc. Qu'est-ce tu as ? Il t'obsède. Et Frank qui batifole avec Lady Dare.

J'ignore sa première accusation, évidemment, pour me concentrer sur la deuxième.

— Que sais-tu des batifolages de Frank ?

— Je m'inquiétais de Lizzy Fallow, la garce, mais Lady Dare ? Il va au-devant de graves ennuis.

Je m'arrête et la prends par les épaules.

— Clara, pour l'amour de Dieu, que sais-tu au juste de ce que fait Frank avec Lady Dare ?

Ses yeux se plissent.

— Il y avait plus de variété dans ce que tu écrivais auparavant. Aujourd'hui, tu ne prends ta plume que pour évoquer ce duc assassin.

Je recule d'un pas.

— Il n'y a pas beaucoup de variété par ici.

Mon regard se porte de nouveau sur les fenêtres de la résidence des Winters, et je nous remets en marche.

— Il a tué sa famille, Eliza, dit-elle. Il les a tous brûlés vifs et a fui Londres en faisant semblant d'avoir péri avec eux.

— Il n'y a pas de preuves, Clara.

— Sauf qu'il a l'air aussi dangereux que sa réputation le laisse entendre.

Ridicule. Le seul danger que semble poser le duc de Chester, c'est à mon cœur, qui menace d'exploser chaque fois que je le rencontre.

— Eve Hamsley m'a raconté qu'elle a entendu son père parler à Lymington, et il a vu ce qui s'est passé !

— Quoi ?

Je baisse la voix parce que nous passons devant le manoir des Winters.

— Il a vu Johnny Winters brûler vifs les membres de sa famille ?

— Exactement. Nous devrions nous dépêcher, dit-elle en pressant le pas, comme si Johnny allait émerger de sa tanière et nous jeter des flammes.

J'ai tellement hâte d'interroger le duc sur sa famille.

— Apparemment, tous les habitants du square seront là ce soir, reprend Clara comme nous contournons les jardins en direction de la maison de Mr Fitzgerald.

— Je peux te garantir, Clara, dis-je en riant, qu'il n'y aura pas tout le monde.

— Dis que je mens !

— Le duc de Chester est-il invité ?

Elle balaye la question comme si elle était stupide. Ce qui est peut-être le cas, d'ailleurs. Elle n'a pas tout à fait tort, on dirait bien que personne ne manque à l'appel. Sauf, bien sûr, Chester. Il semble bien qu'il soit ostracisé, au moins par les bourgeois. Les ladies ? Je suis prête à parier que son apparition ne les dérangerait pas, au contraire.

Je prends une profonde inspiration, tends mon manteau et mon chapeau à un domestique, attrape une coupe de champagne sur un plateau et entre d'un pas leste dans la pièce, sourire aux lèvres. Comme c'était inévitable, Frederick me trouve bientôt et il se lance aussitôt dans les réprimandes auxquelles je m'attendais.

— Je dois malheureusement vous demander d'éviter de couvrir de honte le nom de ma famille, m'assène-t-il.

Je me rends compte à cet instant que si mon père ne m'a pas grondée, c'est sans doute parce qu'il considère que je suis le problème d'un autre homme, maintenant que je suis courtisée.

— Je vous prie de m'excuser, Frederick, réponds-je avec un sourire cassant, mais j'ai du champagne à boire et des noceurs à insulter.

Et sur ces paroles, tremblante de colère, je le plante là. Mon humeur ne s'arrange pas lorsque je vois arriver Franck, élégant comme jamais. Je tombe alors sur la comtesse Rose, dont le visage ne paraît pas aussi atrocement laid à la lumière des bougies qu'en plein jour. Du joli travail, d'autant que la maison de Mr Fitzgerald est noire de monde et que nous sommes obligés de nous tenir près les uns des autres.

— Miss Melrose, roucoule la comtesse d'un ton qui suinte la désapprobation.

Inutile d'être plus explicite. Elle a dû entendre parler de ma petite escapade.

— Comtesse, dis-je en la saluant d'une courbette avant de prendre la fuite, car je ne tiens pas à être la cible de sa langue de vipère.

Et d'ailleurs, j'ai ma cible – mon frère – en vue. Malheureusement, il me repère avant que je puisse le prendre par surprise, et il s'échappe à la hâte, attrapant un verre puis disparaissant dans une foule des messieurs.

Mince.

Alors que je râle en mon for intérieur, je me trouve nez à nez avec Lady Dare. J'esquisse un sourire qui doit sonner faux.

— Comme je suis contente de vous voir. J'aimerais tant pouvoir m'arrêter pour bavarder avec vous.

Et je m'échappe comme Frank vient de le faire devant moi. Depuis mon arrivée, je n'ai rien fait d'autre que fuir pour éviter des gens. À vrai dire, il n'y a pas personne avec qui j'aimerais avoir une conversation, à part mon frère, et comme il prend soin de ne pas me croiser – un aveu de culpabilité –, je me demande bien pourquoi je souffre tout cela. Puisque je suis certaine de ne plus être la future épouse du comte de Cornouailles après l'humiliation totale que je lui ai infligée, je pourrais aussi bien m'en aller. Ce serait faire une faveur à tout le monde, attendu que je ne suis pas douée pour folâtrer bêtement dans une soirée pareille. Ni, de façon générale, dans cet environnement.

Je bois mon champagne, m'approche d'une fenêtre et soupire en contemplant le square. Je ne peux pas partir. Quelle justification donner ? Je pourrais feindre la maladie.

Après tout, je n'ai pas mangé au déjeuner, ni à l'heure du thé puisque je me baignais et, surtout, j'évitais mon père.

— Eliza ?

Je me tends en reconnaissant la voix de Papa. Et avec une fenêtre devant moi, je n'ai nulle part où fuir. Je retrouve mon sourire et me retourne en me préparant mentalement à une réprimande en bonne et due forme.

— Oui, Papa ?

Il me regarde avec calme quelques instants, ce qui me met mal à l'aise, et à la fin son silence et son regard me pèsent tant que je le devance en prenant la parole.

— Papa, je suis désolée, je ne voulais pas vous embarrasser mais…

— Eliza, vous comprenez, ma chère fille, qu'une partie des libertés dont vous jouissiez avant notre emménagement ne sont plus possibles à Londres.

Je recule, surprise.

— De quelles libertés parlez-vous, Papa, car j'en avais beaucoup ?

Il sourit, et son sourire est doux.

— Je ne suis plus responsable uniquement pour moi-même, Eliza. J'ai un partenaire d'affaires maintenant.

Il parle de mes articles. Il sait.

— Je suis au courant, Papa.

Un petit hochement de tête, une moue pensive, et il me caresse la joue.

— Ma belle fille si têtue.

J'essaye de sourire, il rétracte sa main.

— Il faut que je trouve votre mère, conclut-il en repartant.

Éperdue, je me tourne vers la fenêtre, mais alors que je m'apprête à verser des larmes de frustration, j'aperçois quelque chose vers l'entrée du jardin. Ou plutôt *quelqu'un.*

Le souffle coupé, tout de suite, et ces frissons, des frissons divins, qui reviennent me prendre d'assaut et me font oublier ma peine.

Il s'avance, les mains dans le dos. Je distingue avec une clarté étonnante son regard impérieux. Dominateur. Dangereux.

Irrésistible.

Je jette un coup d'œil aux invités dans mon dos. Je pourrais passer une semaine entière avec ces gens et ne jamais ressentir une once de l'excitation que j'éprouve en une seconde en compagnie du duc. Je suis en train de devenir folle, c'est indiscutable. Je termine mon verre, peut-être pour me donner un peu de courage, et m'éloigne discrètement en priant pour que mon absence ne soit pas remarquée trop rapidement. Dans le cas contraire, je mentirai en expliquant que j'avais chaud, que je ne me sentais pas bien et que, voulant m'épargner le spectacle public d'un évanouissement, je suis sortie prendre l'air. Je préfère ne pas envisager la possibilité que personne ne me croie, car je ne suis pas connue pour éprouver facilement de l'embarras, et mets mon plan à exécution.

Je ferme la porte derrière moi, soulève ma robe et descends quelques marches pour me retrouver dans la rue. Je frissonne. La fraîcheur de l'air nocturne m'enveloppe et je prends conscience que, dans ma hâte, j'ai oublié mon manteau. Mes dents se mettent à trembler et ma peau se couvre de chair de poule. Sans le rouge que j'ai mis sur mes lèvres – le seul maquillage que je porte –, je suis sûre qu'elles seraient bleues. Je lève les yeux et croise son regard brûlant. J'oublie mon pauvre corps gelé, et des étincelles remplacent les frissons. Des étincelles qui me réchauffent jusqu'aux os.

Le duc secoue la tête d'un air mécontent.

— Eliza, vous allez attraper la mort, me dit-il en venant vers moi et en retirant sa veste de velours grise. À quoi jouez-vous ?

— Je n'ai pas eu le temps de prendre mes affaires, et on aurait pu me demander ce que j'allais faire dehors, voire, pire encore, avec qui.

Je le laisse passer sa veste sur mes épaules. Ce mouvement le rapproche dangereusement. Je ne bouge plus, et il semble bien que le duc aussi soit gagné par l'inertie. Ses grandes mains puissantes sont posées sur le haut de mes bras. Son parfum viril me chatouille les narines, un mélange grisant de scotch et d'odeurs naturelles, et mes yeux se posent sur la vaste étendue de son torse, à quelques centimètres de moi. Je n'ai aucun contrôle de mon corps et de mon esprit en présence de cet homme. C'est excitant. C'est alarmant. C'est… scabreux.

Comme je recule d'un pas, ses mains retombent comme des poids morts le long de son corps. Je regrette immédiatement mon mouvement, non seulement parce que ce recul physique me peine, mais aussi parce que je vois une sorte d'agacement se peindre son visage d'un autre monde. Lui aussi aimait notre proximité.

— Pire, avec qui ?

Il ne cache plus son irritation et son écœurement, et je sens le rouge me monter aux joues.

— Je suis promise à un autre homme ! dis-je, comme une idiote. Enfin…

— Frederick Lymington n'est pas un homme, Eliza. C'est un imbécile. Et je n'ai aucune envie de parler de lui.

— Oh.

Je ne trouve rien de mieux à répondre. Il n'a pas tort, Frederick est en effet un imbécile. Doublé d'un raseur.

— Vous ne l'aimez pas ?

— Je n'aime pas les gens qui disent du mal de moi.

— Alors vous ne devez aimer personne ! dis-je en riant.

Mais je regrette ma remarque en voyant la colère remplacer l'agacement.

— Pardon, je ne voulais pas...

— Peut-être feriez-vous bien de ne plus parler, répond-il.

— Alors pourquoi suis-je ici, si je ne dois plus parler ?

— À vous de me le dire, Miss Melrose. Je faisais ma promenade du soir lorsque je vous ai vu courir vers moi à moitié dévêtue.

J'en reste bouche bée. Certes, il ne m'a pas directement ordonné de venir le trouver, mais c'est bien ce que réclamait son langage corporel. Et son regard. Ses yeux me le commandaient, j'en suis certaine. Cependant, quelles que soient ses motivations pour m'inviter dans son espace personnel, j'aurais dû résister. Je sais trop bien que si ma mère, ou, que Dieu m'en préserve, mon père, ou n'importe quel membre de la haute société, à vrai dire, était au courant de mes rapports avec le duc disgracié, je serais persécutée, voire exilée. *Quel scandale !*

Cette idée me fait réfléchir. Exilée. Envoyée loin de toutes ces absurdités, des promesses de mariage, des prétendants et des faux-semblants. Juste ciel, il faut que je chasse ces tentations de ma tête sans délai.

— Dans ce cas, je vais vous laisser en paix, Votre Grâce, je ne voudrais pas vous forcer à supporter plus longtemps le traumatisme de me voir en tenue presque obscène.

Je retire sa veste sans cérémonie et pivote, prête à partir. La colère me fait oublier le froid. *Quel idiot !* Je me demande pourquoi j'ai passé des heures à rêvasser sur cet homme. À partir de maintenant, je ne lui accorderai plus une seule seconde de mes pensées.

— Pourtant, à en juger votre comportement, vous promener dehors à demi nue semble votre activité préférée.

Je m'immobilise, puis me retourne, prête à faire comprendre à cet arrogant débauché de quel bois je me chauffe.

— Je ne faisais que… oh !

En pivotant, je me suis cognée à lui.

— Allez tous au diable !

— Ce n'est pas un langage pour une lady.

— Nous en avons déjà parlé, Votre Grâce. Je ne suis pas une lady.

— Ce qui est peut-être une bénédiction.

— Croyez-moi, ça ne l'est pas, dis-je avec un petit rire en m'écartant à nouveau de lui. Quoi qu'il en soit, auriez-vous la gentillesse de m'informer de la raison de ma présence ici ?

— Vous êtes ici parce que je vous attire, bien sûr. Moi qui vous prenais pour une femme intelligente, Eliza.

Mes yeux s'arrondissent.

— Je vous l'ai dit, je suis pro…

— Oui, oui, je sais. Promise à un autre.

Il secoue la tête avec exaspération.

— Et je respecterais votre condition s'il y avait la moindre sincérité dans la manière ridicule dont vous me le déclarez.

D'un geste, il reprend sa veste et m'enveloppe à nouveau les épaules, puis, me prenant par la main, il m'entraîne vers l'entrée des jardins. Je suis stupéfaite. Ma petite main disparaît dans la sienne. Jamais un homme ne m'a tenu la main. C'est agréable. Troublant. Prometteur.

Prometteur de *quoi* ?

De meurtre ?

— Que faites-vous ? dis-je, retrouvant mes esprits. (J'essaye de me dégager, mais il a bien plus de force que moi.) Vous ne pouvez pas me brutaliser ainsi, espèce de grand singe !

— Singe ?

Il éclate de rire, un rire sonore, grave, qui me chamboule.

— Bien des hommes m'ont injurié, Eliza, mais jamais je n'ai été traité de singe par une dame.

Simplement des hommes ?

— Il y a une première fois à tout.

Même si je suis à sa merci, je résiste, je plante les talons dans le sol. De quoi les femmes le traitent-elles, d'ordinaire ?

— Allons, dit-il tranquillement, vais-je devoir vous porter comme un sac sur mes épaules ?

— Vous n'oseriez pas !

Il rit encore, et d'un mouvement leste, inattendu, voilà qu'il me soulève de terre et me prend sur ses épaules.

— Mon Dieu, dis-je tout en balançant au rythme de ses pas.

C'est vraiment un singe !

— Vous parlez du Seigneur ou de moi ?

Mon corps se crispe, je combats de toutes mes forces ces fichus frissons qui me dévorent.

— Vous ne manquez de pas de culot.

— Mais vous aimez cela, non ?

— Non, pas du tout !

Il rit encore.

— Vous êtes vraiment charmante, Eliza Melrose.

— J'aimerais pouvoir en dire autant de vous. Voulez-vous me lâcher ?

— Vous ne l'avez peut-être pas remarqué, mais je n'ai pas de veste et il fait extrêmement froid. Je vous prie de m'excuser, mais je ne peux pas rester dehors toute la soirée à attendre que vous décidiez si vous êtes prête à relever le défi monstrueux de passer du temps en ma compagnie. J'ai un feu qui crépite et qui réclame ma présence, si cela ne vous dérange pas.

— Cela me dérange.

— Vous êtes exaspérante.

— Mais vous aimez cela, non ? dis-je avec autant d'impertinence que peut se le permettre une femme dans ma position.

Cette repartie me fait sourire, mais ce sourire s'efface au moment où sa main presse ma cuisse à travers ma robe. Et les frissons se transforment en explosion.

— Je le confesse, douce Eliza, oui, je suis assez conquis.

— C'est malheureux pour vous, dis-je en contemplant le renflement plaisant de son derrière.

Je n'avais pas anticipé une telle franchise, je dois dire, et je me demande quoi en faire.

— Pour nous deux, répond-il, si bas qu'il n'imaginait sans doute pas être entendu.

La conversation s'arrête là, ce que je trouve dommage car elle était fascinante. J'ai l'impression de ne pas peser plus qu'une plume sur l'épaule du duc. Cela me procure un agréable sentiment de désinhibition qui m'était étranger ces dernières semaines, depuis que Papa nous a fait quitter le domaine modeste mais agréable où j'ai vécu toute mon enfance.

Naturellement, je ressens aussi une certaine inquiétude durant notre traversée des jardins, car n'importe quel habitant du square pourrait nous épier derrière ses rideaux, mais par chance la plupart d'entre eux se trouvent chez Mr Fitzgerald et sont fort occupés.

— Vous n'étiez pas invité chez Mr Fitzgerald ?

— Non.

Le duc s'arrête abruptement en jurant tout bas et j'en conclus que lui aussi, et c'est un petit réconfort, s'inquiète du danger potentiel d'être repéré. Je me tords le cou pour voir autour de nous.

— Qu'y a-t-il ?

— Taisez-vous, m'ordonne-t-il sèchement, puis il fait quelques pas.

Et soudain, je suis entourée de verdure.

— Nous sommes dans les buissons !

C'est déjà assez vilain de me trouver avec lui, et encore plus *sur* lui, et voilà que nous nous cachons sans vergogne dans les buissons ? Pour l'amour de Dieu, la situation vire au désastre ! J'aimerais pouvoir prétendre que je ne fais rien de mal en me promenant le soir avec un ami, mais ce serait un mensonge. À l'évidence, le duc n'est pas Frederick. Même si je marchais à ses côtés de façon respectable, et dûment chaperonnée, me trouver en sa compagnie serait déjà un scandale.

— Vous n'êtes pas facile, Eliza.

— Et vous non plus. Maintenant, posez-moi par terre ou, je vous le jure, je hurle et la moitié de Londres descendra et découvrira que vous me brutalisez…

Je me tais.

Je viens d'apercevoir Lady Dare, qui passe au loin de sa démarche flottante. Elle est vêtue d'une robe violette à tomber, qui ne devrait pas convenir à son teint et qui pourtant le rehausse. Je sens mon estomac se nouer, et je crains que sa superbe ne soit pas la seule cause de ma nausée. Je me souviens trop bien de ce soir cruel où j'ai eu l'infortune de la voir toquer à la porte du duc. Et je ne suis pas rassurée par le fait qu'il ne lui ait pas ouvert, car j'ai entendu les rumeurs concernant l'homme qui me porte sur ses épaules.

Un débauché.

Toute dame disponible dans un rayon assez étendu, qui s'étend peut-être à toute l'Europe, rêverait de passer une nuit avec le duc, sans doute aussi nombre de dames indisponibles. Je ne souhaite pas me marier, mais je ne désire pas non plus capituler devant un homme qui me volera ma vertu avant d'envisager sa prochaine victime. Il est l'équivalent de Lady Dare chez les hommes, sauf qu'il a un statut plus élevé. *Ils sont faits l'un pour l'autre !*

— J'aimerais que vous me libériez, dis-je lorsque Lady Dare est suffisamment loin.

— Et moi, j'aimerais que vous cessiez de vous débattre, mais nous ne pouvons pas tout avoir, n'est-ce pas, Eliza ?

— C'est Miss Melrose pour vous, Votre Grâce.

— Oh, je vous en prie, marmonne-t-il en reprenant sa route maintenant que la voie est libre. Ne m'insultez pas avec de telles formalités.

Il presse encore ma cuisse, et je me cambre des pieds à la tête. Comme s'il avait établi le fait qu'un simple toucher de sa part me rend incapable de contester ses avances. Et, par malheur, il a raison. Le feu court en moi, brûlant tout, et je suis impuissante à l'éteindre. C'est une catastrophe aux proportions gigantesques.

— Où allons-nous, au fait ?

— Chez moi.

— Pourquoi ?

— J'aimerais vous parler.

— Me parler ?

— Vous avez d'autres idées en tête ?

— Je n'aime pas votre ton, Votre Grâce.

J'ai beau répondre avec autant de repartie que possible, je commence à me fatiguer de ce petit jeu auquel nous jouons.

— D'après ce que j'ai entendu, la conversation n'est pas ce que les dames attendent de ce débauché de duc de Chester.

— Comme vous ne cessez de me le rappeler, Miss Melrose, vous n'êtes pas une dame.

Et là, je ne trouve absolument rien à répondre. J'ai réussi à me tendre un piège dont je ne sais pas me dépêtrer. Ainsi, pour mon propre bien, je décide de me taire. C'est déconcertant, d'autant que d'après mon père, je suis capable de me tirer par la parole de la situation la plus désespérée.

Cependant, il affirme aussi que ma langue peut m'attirer les pires problèmes. En quoi il a raison.

Une fois rentré chez lui et la porte refermée, il me fait la gentillesse de me poser sur mes deux jambes, qui me portent avec quelque difficulté. Je n'arrive pas à croiser son regard, j'ai trop peur de perdre le contrôle de mon corps et de ma tête. Apparemment, je suis incapable de faire usage de ma raison quand ses beaux yeux verts se posent sur moi. Alors, oui, je dois les éviter à tout prix.

Il m'enlève sa veste des épaules et la tend à Hercule, qui l'examine en la brandissant à bout de bras, les sourcils froncés, puis nous quitte sans dire un mot. Je passe un temps ridiculement long à brosser le devant de ma robe.

— Que me voulez-vous ? demandé-je tout en contemplant le hall d'entrée admirable du duc.

— Ne me posez pas ce genre de question, Eliza, répond-il en s'éloignant, me laissant seule derrière lui.

Je dois réfléchir avant de parler, c'est nécessaire. Je suis desservie en compagnie du duc par la mauvaise habitude que j'ai de laisser ma langue prendre la parole à la place de mon cerveau.

En soupirant, je suis le duc dans la pièce même où j'ai été conduite lors de ma dernière visite. Il est déjà debout près du feu, une main posée sur le manteau de la cheminée, l'air songeur. Dois-je attendre des instructions ? M'asseoir ? Parler ?

Exaspérée, et avec une fermeté inattendue, je lui demande :

— Et maintenant ?

Il sursaute, et ses yeux croisent les miens. Il m'a prise de court, et le résultat, c'est que ma résolution d'éviter de croiser son regard est gâchée. Dieu, aie pitié de mon âme, car je suis l'esclave de ces yeux. J'ai bien conscience que toutes mes pensées concernant le duc sont immorales, et pas uniquement parce qu'il est un dépravé notoire, le genre d'homme contre lequel toutes les mères mettent en garde leur fille. Non content de cela, il est aussi accusé d'avoir commis un crime inconcevable. Il faudrait peut-être aborder ce sujet car le duc, de son côté, doit être curieux de savoir ce que je fais ici, mais alors que je me dirige vers le fauteuil en me préparant à poser la question, il prend la parole.

— Je suppose que vous êtes au courant des rumeurs qui m'entourent.

Il sort une bouteille de scotch de l'élégant cabinet qui abrite une impressionnante collection de liqueurs, puis se sert un verre.

— Voulez-vous quelque chose à boire ? Du vin, peut-être ? (Il prend une autre bouteille.) Celui-ci est français. On m'a dit qu'il accompagne les fruits avec bonheur. Essayez-le.

— Je ne vois pas de fruits.

Au moment où je prononce ces paroles, Hercule entre dans la pièce avec un plateau d'argent chargé de fruits, qu'il dépose sur la table installée entre les deux fauteuils, devant la cheminée. Tant de diversité, d'exotisme et de couleurs me laisse pantoise.

— On vous a dit ?

— Je ne l'ai pas encore goûté, répond-il tout en me servant.

Alors qu'il dépose le verre sur la table côté du plateau de fruits, il lève soudain les yeux vers moi. Ainsi penché, il est dangereusement près de moi. Je me renfonce dans le cuir tendre de mon fauteuil et, la bouche sèche, avale ma salive.

— Êtes-vous toujours si hospitalier et offrez-vous de tels délices à tous vos invités ?

— Non et non.

— Pourquoi ce traitement de faveur pour moi, dans ce cas ?

Il esquisse un sourire en se redressant. Cet éloignement me permet aussitôt de mieux respirer.

— Revenons à nos moutons.

— Quels moutons ?

Je ne sais plus de quoi nous parlions, tout me décontenance chez Johnny Winters.

— Les rumeurs me concernant.

— Et de quelles rumeurs s'agit-il ? J'en ai entendu beaucoup.

— Je n'en doute pas, dit-il en semblant se retenir de lever les yeux au ciel. Mais je fais explicitement référence au meurtre supposé de ma famille.

Je tousse dans mon verre et lui lance un regard qui, je l'espère, sera interprété comme exprimant mon horreur. Il se dandine, aussi bizarre que cela puisse paraître. Je ne prends pas plaisir à le mettre mal à l'aise, mais il ne peut pas déclarer des choses pareilles sans s'attendre à une réaction de ma part.

— Oui, et bien ? parviens-je à dire.

J'essuie les gouttes de vin qui ont coulé sur mon menton. Passe ma langue sur mes lèvres. Ses yeux se posent là et n'en bougent plus.

— Pourquoi êtes-vous ici, Eliza ? me demande-t-il brusquement. Êtes-vous curieuse de cette canaille de duc dépravé, comme toutes les jeunes donzelles et leurs insupportables mères ?

— Vous ne me prenez tout de même pas pour une idiote capable de croire à ces sornettes ?

J'espère que le duc répondra de façon appropriée. Je me sentirais insultée s'il me confondait avec ces femmes à courte vue. Mais je vois à la façon dont il me regarde sans bouger, les lèvres sur son verre, que si. Il me croyait naïve et crédule.

— Alors que faites-vous ici ? demande-t-il d'un air sidéré.

— Je suis ici parce que vous m'y avez traînée, votre Grâce, me fais-je un plaisir de rétorquer. Je ne suis pas venue de mon propre chef.

Il rit et prend une trop longue gorgée de scotch, puis s'approche.

— Bêtises. Vous auriez pu sans aucune difficulté vous en aller.

— Pardon ?

Je me lève. Je n'aime pas qu'il me domine de toute sa taille alors que je suis assise. Il m'intimide, et je ne me laisse pas intimider. Ni par lui, ni par personne !

— Comment aurais-je pu m'en aller alors que mes pieds ne touchaient pas le sol ?

Je pose mon verre brutalement sur la table. Je ne crois pas que quiconque m'ait jamais rendue aussi furieuse. Cet homme a le don de me faire passer de la soumission à la rage en un clin d'œil.

Bon sang ! Je n'arrive pas à le suivre, mes émotions me dépassent, et pour bien montrer à quel point je suis hors de contrôle, je lui enfonce plusieurs fois l'index dans la poitrine, ce qui semble l'amuser beaucoup. Ma foi, je suis ravie qu'il trouve la situation drôle. Si je n'étais pas une lady, j'effacerais cet arrogant sourire de son visage d'ange déchu. Mais la vérité, c'est que je ne pouvais pas m'en aller, et pas parce que mes pieds ne touchaient pas le sol. Qu'il soit maudit. Je me laisse tomber dans le fauteuil, reprends mon verre et bois une gorgée.

— En tout cas, elle avait raison. Ce vin est très bon.

Il hausse un sourcil, ce qui adoucit son expression.

— Elle ?

— Je fais confiance à mon intuition.

— Je vois cela, Eliza.

Il s'assied dans le fauteuil en face de moi et me désigne d'un geste de la tête le plateau de fruits. Mon cœur chavire. Il n'a pas contesté.

— Avez-vous faim ? me demande-t-il.

— Dites-le-moi, vous qui semblez savoir qui je suis et ce que je veux.

Il me scrute un instant. Mais au lieu de relever et de lancer une nouvelle querelle, il tend la main vers le plateau, prend un morceau d'ananas et le glisse entre ses lèvres de façon suggestive. Tout cela sans me quitter des yeux.

— Je pense que vous avez faim, dit-il en avalant son ananas.

Puis il se met à genoux, avance vers moi en prenant un autre morceau d'ananas, et, comme si j'étais une marionnette, j'ouvre la bouche. Son entrejambe vient se coller à mes genoux. Il garde les yeux rivés sur moi. *Je suis perdue.*

— Il semble que j'aie découvert le moyen de vous faire perdre votre langue. (Un sourire aux coins des lèvres, il insère le fruit dans ma bouche.) Mâchez.

Et je m'exécute, mes papilles s'excitant au diapason du reste de mon corps. Il se sert de son pouvoir sur moi comme d'une arme.

— Maintenant, dit-il en retournant s'asseoir dans mon fauteuil et en me laissant reprendre mes esprits, revenons à la question qui nous occupe.

— Nous avons déjà établi que je ne crois pas les rumeurs qui vous entourent.

— Pas toutes les rumeurs, cependant. Je me trompe ?

— Vous avez raison, mais sur un point négligeable. Savoir si vous êtes un débauché ou un gentleman respectable importe peu.

— Non ?

— Non. Je suis simplement ici pour la conversation.

Il rit doucement en secouant la tête, et je me retrouve tout naturellement à sourire. C'est un sourire authentique, et je ne me souviens pas de la dernière fois où j'ai souri avec autant d'aisance. Et cela ne me réchauffe pas le cœur uniquement pour cette raison. Le duc, d'une beauté inouïe en toutes circonstances, est dévastateur lorsqu'il sourit. Ses yeux se mettent à briller, et je remarque une fossette adorable sur sa joue droite. Mais en dehors de ces observations, il a raison. Nous devons revenir, une fois de plus, à la question qui compte, et *a minima* établir les circonstances qui ont donné naissance aux rumeurs. Cependant, je ne vois pas bien comment aborder un sujet aussi sensible. Je suis certaine que le duc n'est pas coupable des crimes dont on l'accuse. C'est évident. Il se serait fait arrêter dès son retour à Londres.

— Vous plaît-il d'être duc ?

— Je trouve cela fatigant. Vous plaît-il d'être une lady ?

Je souris.

— Je trouve cela fatigant. Si vous voulez la vérité…

— Je la veux.

— Je m'attendais à être à l'abri de la bonne société pendant au moins quelques saisons.

— Vous voulez dire, à l'abri des célibataires cherchant une épouse ?

— Oui. Malheureusement, on dirait que mon sort était scellé avant même que j'aie fini de préparer notre emménagement à Londres.

Il penche la tête avec intérêt.

— Ce n'est pas vous qui avez choisi Frederick Lymington comme mari ?

Je ris. Impossible qu'il soit sérieux.

— Non, bien sûr que non. Frederick est très loin de ressembler à quelqu'un que j'aurais choisi.

— Et quel aurait été votre choix ? demande le duc en posant son coude sur le bras de son fauteuil, l'air à l'aise. Si vous aviez eu le choix ?

— J'aurais choisi de ne pas avoir de mari, bien entendu.

— Vous ne voulez pas vous marier ?

— Je n'y tiens pas particulièrement.

— Vous ne voulez pas d'enfants ?

Je soupire avec frustration.

— Je ne sais pas ce que je veux, et puisque vous voulez la vérité, je suis lassée par l'insistance permanente et, je dois dire, révoltante, de la société à dire d'une femme qui choisit de rester indépendante qu'elle est bizarre ou qu'elle ne sait pas se faire accepter. Pire encore, à l'âge fort avancé de dix-neuf ans, presque sans expérience de la vie, on s'attend à ce que je souhaite devenir une épouse, une mère, une lady, et Dieu sait quoi d'autre, tant que cela rentre dans les critères définis par… qui ? Qui a inventé ces règles ?

Je m'arrête un instant pour reprendre mon souffle. Je m'attendais à ce que ma tirade fasse mourir d'ennui le duc, mais en fait, et c'est assez rafraîchissant, elle ne le perturbe pas du tout. À vrai dire, il me sourit même avec une sorte de tendresse.

— Vous ne me trouvez pas bizarre.

— Pas du tout. D'ailleurs, je suis tout à fait d'accord avec vous.

— Vraiment ?

Cette révélation est un choc.

— Oui, répond-il simplement. Malheureusement, chère Eliza, mon opinion ne compte pas. On s'attend à ce que vous fassiez un bon mariage. On s'attend à ce que vous portiez des enfants qui deviendront à leur tour des lords et des ladies respectables.

Il réfléchit un instant, et je ne suis pas sûre que je vais aimer le produit de sa réflexion. Je suis même convaincue du contraire.

— De toute façon, je crois que la plupart des femmes de votre rang seraient ravies de devenir des ladies. De vraies ladies, avec un titre. Vous allez devenir comtesse, Eliza, et ce titre a un poids énorme.

— Pas autant que duchesse, dis-je sans même réfléchir, et tressaillant devant ma propre maladresse.

Je ne sais pas d'où cela m'est venu.

— Je voulais dire…

Il plisse le front, l'air confus, mais je ne trouve rien pour dissiper la gêne.

— Je ne me marierai jamais, Eliza.

— Tant mieux pour vous, réponds-je sombrement. Et on ne vous y forcera jamais, votre vie est donc préférable à la mienne.

Je vide mon verre d'un trait, mes pensées, mes mots et ma situation me rendant vraiment trop déprimée.

— J'en doute, dit-il. Y a-t-il des rumeurs nuisibles autour de vous ?

— Quoi, sur des meurtres ? dis-je en riant presque. Et pourquoi les gens pensent-ils que vous avez assassiné votre famille ?

C'est une question risquée, mais il nous reste toujours à établir les fondements de cette rumeur, et ma curiosité m'empêche de laisser tomber dans l'oubli la question de la mort de ses proches. Je repense à la lettre que j'ai trouvée et lue, et je l'observe en me demandant, encore une fois, s'il sait que c'est moi qui la lui ai rendue. Bien sûr qu'il le sait. Ce que je voudrais savoir, c'est qui l'a écrite. Et pourquoi les murmures de la bonne société l'ont forcé à revenir.

La colère semblant le reprendre, je préfère ne pas ajouter d'autres questions. Tant pis pour les circonstances de leur mort. Passons à autre chose.

— Avez-vous fréquenté Eton ?

— Oui.

— Et Cambridge ?

— Oxford.

Je hoche la tête avec jalousie.

— Ne soyez pas jalouse, dit-il, et je suis surprise qu'il ait compris ce qui se passait dans mon esprit. Cela ne s'est pas très bien passé pour moi à Eton.

— Oh ?

— Comment dire cela ?

Il réfléchit un instant.

— Dites-le simplement.

— Les professeurs n'étaient pas tous mes plus grands amis. Ni le directeur de l'internat, d'ailleurs. En conséquence, j'étais souvent puni.

— Oh, je vois. Les punitions corporelles. Vous n'appreniez pas vos leçons ? Vous étiez grossier ? Insolent ? Désobéissant ?

Il plonge dans ses souvenirs sans rien ajouter.

— En tout cas, reprends-je, si j'avais la chance d'aller à Eton, Cambridge ou Oxford, je ne perdrais pas mon temps à paresser.

— Je n'en suis pas certain, Eliza, répond-il avec un grand calme, et un long silence tombe entre nous.

Ce n'est pas un silence pénible, mais plutôt paisible. Quelle pitié que je ne puisse en dire autant de toutes les occasions où nos regards se croisent. Dans ces moments-là, j'éprouve un besoin urgent et presque irrépressible de l'embrasser. Quelle terrible infortune. Je détourne les yeux de lui et admire ses étagères interminables, surchargées de livres.

— Voulez-vous que j'en choisisse un et que je vous fasse la lecture ? propose-t-il.

Je le regarde avec étonnement, mais je souris moi aussi.

— Je dois d'abord lire celui que vous m'avez donné.

— Vous n'avez pas besoin de le lire, Eliza. Vous l'avez déjà lu.

— Comment le savez-vous ?

— Vous rêvez d'écrire et de voyager, or tout aspirant aventurier a lu *Les Voyages de Gulliver.*

— C'est juste. Donc, il servait simplement à dissimuler le message ?

Il hoche la tête, pose son verre sur la table et s'appuie des deux mains sur les bras du fauteuil pour se lever. Ce mouvement met en avant son large torse, qui n'a pas besoin de l'être. Vraiment, cet homme est si beau que c'en est désarmant, et moi qui le prenais pour un idiot et un arrogant, je trouve maintenant qu'il y a quelque chose de charmant chez ce duc disgracié, et même de touchant. Je regarde son corps élancé parcourir son étude, examiner les étagères de bas en haut en laissant son doigt courir sur le dos des livres. Oh, être l'un de ces livres.

Eliza !

— Mettons celui-là, dit-il en prenant un volume relié de cuir rouge sur une étagère et en l'époussetant.

— De quoi s'agit-il ?

Il l'ouvre et revient tranquillement s'asseoir dans son fauteuil, les yeux rivés sur une feuille détachée, un sourire aux lèvres. Bien entendu, ma curiosité m'oblige à insister.

— Que lisez-vous ?

— Un poème. (Il pose le livre sur la table.) C'est un ami très cher qui l'a écrit. Son sens m'était hermétique, ou plus simplement, je ne le comprenais pas. (Le duc me regarde.) Maintenant, je crois que si.

Je penche la tête, intriguée.

— Voudriez-vous me le lire ? Je serais ravie de l'entendre.

— Je ne crois pas.

— De quoi parle-t-il ?

— D'une femme.

— Oh ?

— Une femme qu'il a rencontrée brièvement à un événement ici, à Londres. Profondément affecté, il s'est senti tenu d'écrire ce poème. (Il revient au livre, tourne quelques pages.) Je pense que ce sera un choix plus adapté à une lady qui n'en est pas vraiment une.

Il sourit, et une fois de plus, je me sens fondre.

— Et quel est ce choix prétendument plus adapté ?

Tout en posant la question, je me tords le cou pour voir non pas le livre, mais le bout de papier sur la table à côté de lui.

— *Le Code juridique. Volume III*, dit-il d'un ton désinvolte. Discutons du système judiciaire dans notre beau pays puisque je viens d'apprendre que vous êtes passionnée par la justice et la protection des innocents.

Je ne parviens pas à réprimer un éclat de rire.

— Ma foi, Votre Grâce, je peux vous affirmer avec une confiance absolue que la loi, en Angleterre, est totalement dépassée. (Je me penche en avant, désireuse d'être entendue.) Pourquoi le fait de voler une pomme est-il un délit criminel alors qu'un homme peut battre sa femme comme plâtre sans être puni ? C'est inexplicable. Je ne peux comprendre un monde dans lequel des biens matériels ont plus d'importance qu'une vie. Un monde dans lequel on peut pendre un homme qui a volé du pain pour nourrir sa famille, alors que son employeur ne le paye pas assez. Un monde dans lequel un enfant – un enfant de huit ans ! – est condamné à mort pour avoir dérobé une paire de chaussures parce qu'il a les pieds infectés à force de marcher pieds nus dans les rues humides de Londres. (Je me renverse dans mon fauteuil.) Cela n'est pas un système judiciaire digne de respect. Outre mes nombreux griefs contre ce système anglais, contre lequel je suis certaine que vous vous lasserez vite de m'entendre protester, je pourrais vous parler des journaux, comme celui de mon père, qui sont libres d'imprimer ce qu'ils veulent. (Je souffle, et le duc hausse un sourcil.) Cela, en soi, est un crime : ils sont libres d'enjoliver les histoires, de manipuler l'opinion publique, voire d'inventer totalement des histoires, dans le seul but de remplir les poches des riches ou au moins de les favoriser. N'importe quel journaliste peut aligner les mots comme il le souhaite, et la moitié de Londres le croira. C'est évidemment injuste. Et je ne supporte pas cette absurdité.

Alors que je suis moi-même surprise par ce soudain épanchement, je vois avec nervosité le duc refermer son livre et me regarder d'un air stupéfait, l'air pour ainsi dire en transe.

— Vous sentez-vous bien, Votre Grâce ?

Il bat des paupières, remue dans son fauteuil, fronce les sourcils. Pose son livre.

— Excusez-moi, dit-il en se levant. Je... hum... excusez-moi.

Il s'éloigne à pas rapides, sort de la pièce et claque la porte derrière lui. Je reste seule, avec le bruit du feu qui crépite.

Et le bout de papier.

Je me lève, le prends. Il est couvert de mots écrits à la plume d'une belle écriture.

Je lis à voix haute :

— « Elle marche dans sa Beauté », et continue la lecture en souriant avec tristesse. « George Gordon Byron », dis-je, parvenue à la fin. Quel talent.

J'entends qu'on murmure derrière la porte, et dans ces murmures il y a de la colère.

— Vous êtes fou, Votre Grâce, dit quelqu'un en essayant de ne pas parler trop fort. (Hercule.) Vous devez mettre un terme à cette folie. Tout de suite.

— Je sais bien ! s'emporte le duc. Mais je ne peux pas !

Alors que je commence à m'effaroucher, la porte s'ouvre soudain. Le duc apparaît, il semble anxieux et déterminé, et je ne suis pas certaine d'aimer cela.

Aussitôt, je demande :

— Mettre un terme à quoi ?

Il s'arrête, incrédule. J'imagine que c'est une question plutôt stupide, et Sa Grâce sait que je ne le suis pas. Je reconnais l'attirance quand elle me saisit, même si je n'ai pas d'expérience dans les jeux de l'amour. Les jeunes femmes de la bonne société ont beau être protégées des réalités du mariage et de la façon dont on s'y prend pour faire des héritiers, je n'ai pas toujours été une femme de la bonne société et le duc connaît les règles du badinage. Je ne suis pas vraiment innocente.

— Désolée, dis-je sans éprouver aucun mal à m'excuser. Vous savez qu'il le faut, mais vous ne pouvez pas.

Il hoche la tête, ses yeux tombent sur le papier entre mes mains.

— Mes excuses, je ne voulais pas être indiscrète.

— Ne vous excusez jamais de votre curiosité, Eliza, répond-il.

— Est-ce ce qui vous anime ?

On dirait que toutes mes inhibitions sont levées.

— Absolument.

— Pourquoi ? Je ne suis qu'une jeune femme peu distinguée qui parle trop.

— Et pourtant, j'aime ce que j'entends.

Le duc n'est plus inhibé non plus, et je ne sais pas quoi lui répondre. Il aime m'écouter parler ? J'en bafouille.

— C'est… c'est un beau poème, dis-je en posant le papier sur la table.

— Très beau.

Son sens m'était hermétique, ou plus simplement, je ne le comprenais pas.

Je me mords la lèvre en repensant à certains des mots qu'il contient.

— J'aimerais danser avec vous, me déclare-t-il tout à trac.

— Pardon ?

— Une valse, peut-être ?

— Je n'ai pas la permission de danser la valse.

Le voyant s'avancer vers moi d'un air décidé, je recule, alarmée.

— Est-ce un crime ? demande-t-il.

— Non, ne soyez pas idiot. C'est simplement inapproprié, surtout pour une débutante, de danser une danse si intime.

— Et soudain, elle veut suivre les règles qu'elle rêve d'enfreindre.

Il s'avance.

— Je ne rêve pas d'enfreindre les règles.

J'ai du mal à respirer. En vérité, je ne connais pas cette danse, pas plus que je n'ai la moindre idée de la façon dont je dois m'y prendre pour continuer à respirer en présence de cet homme. Un homme avec qui je ne devrais certainement pas frayer. Alors, valser avec lui ? Étrangement, je ne veux surtout pas qu'il m'en croie incapable.

— Je rêve de changer les règles quand elles sont ridicules.

— Alors vous danserez avec moi, n'est-ce pas ?

Encore un pas, et je suis forcée de pencher la tête en arrière pour le regarder.

— Vous connaissez cette danse ?

— J'ai passé beaucoup de temps à Paris, répond-il, alors oui, j'y suis habitué.

Je préfère ne pas savoir avec combien de femmes il a partagé une telle proximité. Je suis peut-être une imbécile. Ce n'est pas la danse qui devrait m'inquiéter.

— Je suis ici pour avoir une conversation, dis-je en m'écartant d'un pas du duc.

— Préféreriez-vous que j'obtienne l'accord de votre mère ?

Je ris doucement.

— Je n'ai pas besoin de l'approbation de ma mère. Il y a simplement que je ne veux pas danser avec vous.

— Ni être si proche, ajoute-t-il en s'asseyant dans le fauteuil face à moi. Comment trouvez-vous le vin ?

— Délicieux.

— Et ma compagnie ?

— Déroutante.

— Ah ?

— Parce que je n'arrive pas à savoir s'il veut me faire crier de plaisir ou de frustration.

Je lui adresse un sourire ironique, une fois de plus je retrouve ma contenance quand il s'éloigne de moi.

Le duc rit de ma saillie et prend son verre.

— Vous êtes frustrée.

— Seulement parce que vous me déroutez, bien sûr.

— Mieux vaut être déroutée qu'effrayée, je dirais.

C'est exact, je suppose. Je me lève, passe lentement en revue les étagères en lisant les titres des ouvrages. Je suis sûr que Mr Fuddy serait jaloux de sa collection. Je sens ses yeux sur moi, et c'est une sensation à la fois excitante et inquiétante.

— Où avez-vous passé la dernière année ?

— J'ai voyagé. Parlez-moi de la vie à la campagne.

Je fronce les sourcils en regardant les livres devant moi.

— C'était merveilleux. Pourquoi êtes-vous revenu à Londres ?

— J'ai des affaires à traiter. Avez-vous lu la lettre que vous m'avez rapportée ?

Je me mordille l'intérieur des joues.

— Bien sûr que non, elle était privée. Quelles affaires ?

— Des affaires de famille. Comment savez-vous que cette lettre était privée ?

— Je l'ai supposé. Votre famille a péri, quelles affaires familiales peuvent vous obliger à revenir ?

— Vous posez trop de questions.

Ah ! Maintenant, il n'aime plus ce qu'il entend.

— Vous aussi.

Je me retourne vers lui pour le défier, et je me retrouve collé à son torse.

— Mon Dieu, dis-je, soudain haletante, tandis qu'il me prend par les bras pour m'éviter de tomber. Devez-vous vraiment être si proche ?

Mon feu intérieur me consume, et dans les yeux qui me contemplent, je vois une lueur que je ne leur connais pas. En revanche, ces sensations en moi, je les reconnais. Elles ne me quittent pas lorsque le duc et moi sommes près l'un de l'autre, lorsqu'il me touche. Mon regard s'accroche à ses lèvres. Elles s'écartent, et j'aperçois sa langue. Je gémis faiblement tandis que sa bouche s'approche. Plus près. Encore plus près. Puis il s'arrête à un cheveu de mes lèvres, ne bouge plus.

— Que se passe-t-il ?

Je ne respire plus.

— Vous… (Il grogne plutôt qu'il ne parle.) Vous… vous devez partir.

Il me relâche, et mon souffle revient.

— Comment ?

— Partez tout de suite, Eliza.

— Je…

— Partez !

Je sursaute, effrayée par sa voix sonore, où je perçois avec étonnement une sorte de blessure. J'ai vraiment posé trop de questions, et maintenant il me demande de partir ? Je relève le menton avec une confiance feinte, parce qu'il a réellement l'air en colère à cet instant, et je marche vers la porte sans me retourner. Sa présence affectueuse et étrangement réconfortante a laissé place à une atmosphère glaciale dont je ne peux pas dire que je raffole. Qu'il aille en enfer. Il n'a pas le droit de me séduire puis de me rejeter avec une telle cruauté. Comment un homme peut-il passer si spectaculairement de l'accueil chaleureux à l'hostilité la plus pure ? Les yeux commencent à me piquer, ce qui me rend encore plus furieuse. Il ne mérite pas mes larmes.

Je passe en trombe devant Hercule, qui semble aussi stupéfait que moi, bien que je ne sache pas pourquoi, car j'ai entendu ses insinuations pleines d'une colère sourde, et j'arrive dehors en claquant la porte brutalement derrière moi. Comment ose-t-il ? Comment ose-t-il me mettre dans une position aussi affreuse ?

Je ne suis pas fâchée seulement à cause de la fin prématurée de cette soirée qui était agréable, quoique difficile, mais aussi parce que je gèle dans la rue.

Les bras serrés autour de ma poitrine, je traverse Belmore Square à la hâte. J'hésite. Ma réapparition chez Mr Fitzgerald va susciter des questions, car j'ai les joues rougies par le désir et la colère et tout mon corps tremble à cause du froid. La colère va sans doute m'aider à surmonter cela, cependant. Et je n'ai pas vraiment d'autre option. Il faut que j'y retourne.

Je choisis mon moment avec soin et vais aussitôt me poster près du feu, dans l'espoir que mes dents cesseront de s'entrechoquer avant qu'on engage la conversation avec moi, mais il semble que la chance ne soit pas de mon côté ce soir.

— Miss Melrose.

Le ton mielleux de Lady Dare ravirait sans doute les oreilles de n'importe quel homme. Malheureusement, car je suis sûre que si c'était le cas elle me traiterait avec moins de dédain, je ne suis pas un homme. Mon instinct m'incite, non à la saluer, mais à chercher Frank dans la pièce, et je constate son absence avec un grand soulagement.

Après avoir pris une profonde inspiration, je lui fais face.

— Madame, dis-je avec courtoisie. (C'est tout à fait ridicule. À quoi bon nier l'animosité qu'il y avait entre nous ce matin ?) Quel plaisir.

Ma voix suinte le sarcasme, sans que j'y puisse rien. Mon congédiement par le duc ne m'a pas mise dans les meilleures dispositions, je dois dire. Mais dans tous les cas, je n'apprécie par l'aversion qu'a pour moi Lady Dare. Et dire que je l'admirais de loin ! Il est vrai que c'est une femme scandaleuse qui ne se soucie guère du protocole, un trait de caractère pour lequel j'avais la plus haute estime. Malheureusement, cette idée n'a plus aucun crédit à mes yeux. Lady Dare est désagréable, et je me fiche de ses penchants libertins. D'autant plus que ces penchants concernent mon frère, désormais.

Et le duc !

Non. Le duc est un idiot, un égoïste qui a de mauvaises manières. Ils sont faits pour s'entendre.

Et toi, Eliza, qu'aurais-tu fait avec lui s'il ne t'avait pas demandé de partir de chez lui ? Tu l'aurais embrassé ? Tu aurais couché avec lui ?

Je devrais rire de mes pensées. Je ne saurais même pas comment m'y prendre.

— Mon Dieu, Miss Melrose, vous êtes resplendissante, dit Lady Dare, elle-même vêtue de la robe pourpre la plus spectaculaire et la plus éblouissante de la soirée.

Est-ce du sarcasme dans sa voix ?

— C'est bien aimable.

Je ne ressemble pas, comme elle, à une sirène. À côté d'elle, j'ai même l'air terriblement ordinaire dans ma robe bleue.

— Vous êtes frigorifiée, Miss Melrose, dit-elle en tendant la main vers mon bras.

— J'ai dû aller prendre l'air dehors.

Je lui adresse un sourire tout en m'écartant de sa main tendue.

— Faites attention, Eliza, me prévient-elle soudain. On n'a jamais droit qu'à une nuit avec le duc.

Je tousse.

— Pardon ?

— Aucune femme, et il y en a eu beaucoup, n'a eu droit à plus d'une soirée. Ce ne sera pas différent pour vous. À moins que vous ayez déjà eu droit à votre moment ?

— Je ne vois pas du tout de quoi vous parlez, madame. (Mon Dieu, *comment sait-elle ?*) Je vous prie de m'excuser, mais ma mère me réclame.

Je la laisse là en refoulant le rouge qui me monte aux joues. Je suis sûre que ma réponse lui donne à penser. Mais elle peut penser tant qu'elle veut. Je ne lui confirmerai rien. D'ailleurs, il n'y a rien à confirmer. Il n'y a eu *aucune* nuit.

Je quitte la pièce et, à mon grand soulagement, tombe sur Frank, mais mon soulagement est de courte durée car il est en pleine conversation avec Lizzy Fallow, autre prétendante à son affection, et certainement la moins nuisible des deux. Je tourne la tête en arrière et découvre ce que je redoutais de voir, c'est-à-dire Lady Dare observant d'un regard noir Frank qui bavarde avec une jolie blonde, plus jeune qu'elle. Cette situation finira mal, je pourrais le parier. Lady Dare n'est sans doute pas habituée à être rejetée. D'abord le duc, et maintenant Frank ? À supposer que le duc l'ait rejetée, bien sûr. *L'a-t-il vraiment rejetée ?* Oui, le soir où je l'ai vue toquer à sa porte, mais les autres soirs ? Et qu'est-ce que ça peut me faire ? Si elle a raison, et c'est probablement le cas, elle aussi n'a eu droit qu'à une nuit, et l'avertissement qu'elle vient de me donner prouve qu'elle en voudrait d'autres. Mais peu importe, tout cela ne me regarde pas. Je dois juste faire attention aux rumeurs qui pourraient me causer des problèmes avec Papa, ou avec n'importe qui, d'ailleurs.

— Eliza, ma chérie.

Mère m'intercepte et examine mon corps tremblant avec une certaine inquiétude.

— Je vous cherchais.

— Mille excuses, Maman. J'ai eu chaud, j'ai pensé qu'il valait mieux sortir prendre l'air.

— Oh ? (Sa main se porte immédiatement sur mon front, la sollicitude maternelle éclipsant un instant son nouveau statut.) Êtes-vous malade ? Dois-je appeler un docteur ?

— Ne vous inquiétez pas. L'air frais m'a fait un bien fou.

— Tant mieux. (Elle se place à côté de moi, retrouvant le sourire.) Le comte Lymington vous cherchait, lui aussi.

— Oh, parfait. (Mon regard tombe de nouveau sur Frank et Lizzy Fallow. Changeons de sujet.) Qu'en pensez-vous, Maman ? dis-je en l'entraînant plus loin.

— J'en pense que votre frère doit se marier avec quelqu'un de convenable, et Lizzy Fallow ne l'est pas.

— Je suis contente que nous soyons d'accord sur ce point, réponds-je, ce qui me vaut une tape sur la main posée sur son avant-bras.

— Arrêtez-vous, Eliza.

— Je ne peux pas être la seule à faire un mariage convenable.

Ce n'est pas que je veuille voir Frank épouser Lizzy Fallow, bien sûr, elle se croit supérieure sans avoir rien de supérieur, mais elle fait un bon outil pour ma démonstration.

— Frank est notre aîné et notre seul héritier.

— Et donc, le plus important, ce qui signifie qu'on devrait me laisser libre d'épouser qui je veux.

Mère rit.

— Et qui choisiriez-vous ?

— Personne.

— Exactement. Nous ne voulons pas que tu finisses vieille fille, Eliza. Les gens diraient…

— Quoi ? Ils supposeraient que je vis dans le péché ? Que je préfère les femmes aux hommes ? Ou que je lève ma jupe chaque fois qu'un homme me fait les yeux doux ?

— Vous finirez en enfer.

— Très bien. Au moins, il doit y faire chaud. (Je regarde par-dessus mon épaule.) Et que pensez-vous de Lady Dare ?

— Je pense qu'elle jubile quand elle choque les gens.

Mère a raison, je crois. Elle recherche l'attention à tout prix.

— Elle a des vues sur Frank.

— Dites-moi que c'est faux.

— Malheureusement, je ne peux pas.

J'espère que Lady Dare est prête à affronter ma mère lorsque celle-ci se déchaîne. C'est une femme à ne pas négliger. Naturellement, en temps ordinaire, je ne l'encouragerais pas dans cette voie, mais ici, face à Lady Dare…

— Je résoudrai bientôt ce problème, dit-elle d'une voix bouillonnante. Je peux vous l'assurer.

— J'en suis sûre. (À propos de problèmes…) Et où est passée Clara ?

— Ah ! s'exclame Mère. Je pensais qu'elle était avec vous. L'avez-vous vue ?

Je fronce les sourcils.

— Pas du tout.

— Mais où diable est-elle ?

— C'est une bonne question.

Je m'éloigne de Mère pour fouiller la salle du regard, mais je crains d'avoir la réponse. Il semblerait que nous sommes trois à nouer des mésalliances avec des personnes peu dignes de la bonne société.

— Je vais la trouver, Maman.

— Oh, Lady Blithe ! s'écrie soudain Mère. Vous êtes ravissante ce soir ! (Elle se penche près de moi et me glisse à l'oreille :) Quel est le nom de son nouveau roman, déjà ?

— Aucune idée. Vous feriez peut-être mieux de lui parler d'autre chose.

— Quel enfer… dit Mère, ce qui me fait rire.

— Mon Dieu, s'exclame Lady Blithe, y a-t-il des absents ce soir ? On dirait que tout Belmore Square est présent.

— Non, pas *tout* Belmore Square, dis-je sans réfléchir. Enfin, je veux dire…

Je préfère me taire, tout compte fait.

— Vous parlez de ce méchant duc ? fait Lady Blithe d'une voix insinuatrice.

Oh non, pas elle !

— Vous le connaissez, je crois, dis-je, cette fois en le faisant exprès.

Mère me donne un petit coup de coude. Lady Blithe balaye d'un geste de la main mon assertion.

— Je connaissais sa mère. Elle était insupportable.

— Insupportable ?

Je m'approche d'elle, quitte à paraître intéressée par des informations sur la mère de Johnny Winters.

— Comme toutes les mères, j'imagine ?

Ma mère me donne un autre coup de coude en riant.

— Eliza… dit-elle en fronçant les sourcils. Le comte Lymington désire vous parler.

— J'ai hâte de le voir.

Je souris tendrement à ma mère, qui semble aussi crispée que si son corset l'étouffait. Son regard m'avertit gentiment, mais fermement.

— Excusez-moi.

— Vous êtes excusée, dit-elle avant de tourner toute son attention vers Lady Blithe. J'ai presque terminé votre livre.

Je m'éloigne en levant les yeux au ciel et rejoins Frank, libéré par Lizzy Fallow que sa mère appelle, peu favorable à la cour que mon frère fait à sa fille puisqu'il ne porte pas de titre. C'est le seul atout qui lui manque, mais c'est l'atout que recherchent toutes les mères en quête d'un époux pour leur fille. Il est beau. Grand. Impressionnant physiquement, grâce à ses années de labeur manuel, entre l'ancienne fabrique et le vieux domaine de Père, sans parler de son exercice avec les femmes, et maintenant, grâce au travail acharné et à la détermination de Papa, il est l'héritier d'un riche industriel.

Quel dommage que toutes ces bénédictions ne suffisent pas ici. Même si cela ne me tourmente pas, tant que Lizzy Fallow est le sujet de ces spéculations.

— Je crains qu'elle ne t'approuve pas, dis-je en le rejoignant et en hochant poliment la tête à l'intention de Mrs Fallow, qui, de façon totalement gratuite, m'ignore et tourne la tête. C'est probablement une bonne chose, vu que Maman non plus.

Il me regarde avec lassitude.

— Pourquoi n'es-tu pas avec Frederick ?

— Tu veux que je meure d'ennui ? D'ailleurs, poursuis-je en lui jetant un regard accusateur, je ne pense pas que tu sois en position de juger avec qui je passe mon temps.

— Tu n'as pas le choix, Eliza. Il te fait la cour.

— Et toi, qu'est-ce que tu fais ? Toi aussi, tu devrais faire la cour. Pourquoi pourrais-tu parler avec qui bon te semble et pas moi ?

— Avec qui aimerais-tu parler ? Tu ne supportes personne ici.

Il rit et boit une gorgée en jetant un coup d'œil à Lizzy Fallow, qui fait semblant de cacher son sourire et son rouge aux joues.

— Elle cherche à te séduire.

— Tu crois ? (Il hausse les épaules.) Je n'ai pas remarqué.

— Tu es très drôle, Frank.

— Comme toi. Quand aurai-je droit à un nouvel article ? Lymington devient insistant auprès de Papa, il faut qu'ils me lâchent un peu.

Un autre article ? Seigneur, j'en ai quelques-uns en réserve, mais je ne saurais par où commencer.

— J'y travaille. Et au fait, Lady Dare ?

J'ai posé la question au débotté, pour le surprendre, mais c'est moi qui suis surprise de voir la tête inquiète que fait Frank. Mince, c'est vrai !

— Eh bien, quoi ?

— Oh, je t'en prie. (Je soupire.) J'aimerais qu'on arrête de me prendre pour une idiote de temps en temps. (Je prends une coupe de champagne et trinque avec Frank.) Mon sens de l'observation devrait être célébré.

— De quelles observations parles-tu ?

— Par exemple, tu sens beaucoup la lavande. (Je m'amuse de voir les yeux de mon frère s'arrondir.) Et j'ai découvert que c'est le parfum préféré de la délicieuse Lady Dare.

— Ah oui ?

— Oui, réponds-je avec dédain. À quoi joues-tu, Frank ? Cette femme est une mangeuse d'hommes.

— Je sais.

Je n'arrive pas à réprimer un mouvement de recul.

— Tu le sais ?

— Évidemment, Eliza. Ne crains rien. Je ne vais pas tomber amoureux d'elle.

— Ma foi, c'est un soulagement.

Je retourne mon attention sur la salle.

— Tu ferais bien de l'éviter.

— Merci du conseil, répond-il en se renfrognant, mais que sais-tu de Lady Dare ?

— Il y a des rumeurs, dis-je d'un ton moqueur.

— Moi qui pensais que tu te fichais des rumeurs…

— C'est vrai, dis-je en relevant le menton. Mais certaines sont persistantes, alors je t'encourage à faire preuve de prudence, Frank.

Je sens dans le sourire qu'il m'adresse en retour toute la tendresse qu'il a pour moi.

— As-tu besoin du même conseil ?

Comme j'aurais du mal à ne pas réagir du tout, je lui fais un petit sourire et m'éloigne avant qu'il détecte quelque chose de fâcheux. Je peux remercier le Seigneur que ma brève rencontre avec le duc soit passée inaperçue.

Je me mordille la lèvre, songeuse, lorsque Mr Fitzgerald me salue en passant. J'incline aimablement la tête, mais ma bonne humeur ne dure pas : de la pièce d'à côté arrive Frederick. Il est seul. Et je ne vois à proximité personne que je pourrais aborder pour m'épargner une conversation.

— Lord Lymington.

— Miss Melrose. J'ai recherché votre compagnie toute la soirée.

— Je vous prie de m'excuser pour mon absence. Je ne me suis pas sentie très bien, si vous tenez à le savoir.

Ce n'est pas tout à fait un mensonge, je ne devrais pas être accablée par la culpabilité. Je ne me sens pas bien du tout à cet instant, pour être honnête, car je ne sais combien de temps je vais supporter ce cirque. Je me dandine d'un pied sur l'autre, désespérant de pouvoir fuir loin de lui.

— Oh, dit Frederick, en effet, vous semblez un peu pâle. Peut-être puis-je vous raccompagner chez vous, si votre père le permet, bien entendu.

— Peut-être.

Cette perspective ne m'enchante guère. Je me demande si c'est une bonne idée. Au moins, ici, je ne suis pas accablée par mes pensées, qui risquent de m'assaillir dès que je serai seule et que j'essaierai de dormir.

Des pensées qui ne concernent pas seulement les circonstances du retour du duc à Londres, mais la manière dont il me regarde. Les mots qu'il prononce. Les sentiments qui me submergent quand il est devant moi. Quand ses lèvres s'approchent des miennes. Je suis dévastée, secrètement, qu'il m'ait refusé à plusieurs reprises un baiser.

Mon Dieu, quelle est cette horrible sensation qui m'étreint la poitrine ?

Père, naturellement, est ravi de voir Frederick me raccompagner de nuit. Il demande à Frank de nous chaperonner.

— Emmène aussi Clara. Où est-elle passée durant toute la soirée, d'ailleurs ?

— Ici, Papa ! dit-elle en surgissant de nulle part. J'étais avec Maman.

Elle ment, je le sais, mais je ne vais pas la dénoncer. En revanche, il faut que nous ayons une conversation. Elle doit se défaire de son béguin idiot pour le garçon d'écurie.

Hypocrite !

Nous rentrons en silence, puis je monte dans ma chambre et me mets à ma fenêtre pour jeter un coup d'œil de l'autre côté de Belmore Square. Il est plus de minuit et des bougies sont toujours allumées chez le duc, où je vois des ombres bouger. Je scrute le moindre mouvement en me demandant comment nous sommes passés d'une conversation agréable à une hostilité manifeste.

— Non…

Lady Dare traverse le square et je sens mon cœur bondir, je l'avoue. Elle toque à sa porte, et quand il ouvre, je m'effondre.

Je me précipite vers le pot sur ma coiffeuse et vomis dedans avant de m'écrouler sans forces sur le lit. Ma dernière pensée avant de m'enfoncer dans le sommeil est…

Serais-je amoureuse ?

9

Le lendemain matin, c'est Clara qui me réveille en entrant dans ma chambre et en venant s'asseoir au bord de mon lit.

— Tu as entendu ?

— J'ouvre à peine les yeux, réponds-je en roulant sur le dos et en frappant mon oreiller pour me mettre à l'aise. Entendu quoi ?

— Mr… (Elle s'interrompt, son nez se retrousse, et juste après, elle fait une grimace.) Qu'est-ce que c'est que cette odeur ?

— Oh !

La puanteur qui règne dans ma chambre achève de me réveiller.

— Ça doit être du vomi.

Je sors du lit, prends le bol en retenant mon souffle et sors de la chambre.

— Dalton ! Je peux vous déranger un moment ?

Il apparaît, aimable comme toujours, mais perd sa bonne humeur en voyant pourquoi je le dérange. Je lui présente mes excuses avec un faible sourire et lui tends le bol.

— Merci beaucoup.

Je referme la porte, saisis un parfum dont je diffuse quelques gouttes en l'air, et ouvre la fenêtre. Dieux du ciel, l'air est putride. J'aurais dû m'en occuper hier soir, mais j'étais trop mal en point. D'ailleurs, je ne peux pas dire que je me sente mieux.

— Tu ferais bien de dire à Dalton de rapporter le bol sans délai, dis-je à Clara en inspirant l'air frais par la fenêtre.

Ça doit être ma pénitence pour avoir menti hier à propos de ce que j'ai fait durant la soirée. Je me sens horriblement mal. Appuyée au rebord de la fenêtre, j'essaye de reprendre mes esprits.

— Tu veux que j'aille chercher Maman ?

— Ce n'est pas nécessaire.

Une fois certaine d'avoir maîtrisé mes haut-le-cœur, alors que je me prépare à me retourner vers Clara pour savoir ce que je suis censée avoir entendu, j'oublie cette intention en apercevant une silhouette à l'autre bout du square. Une silhouette dont j'ai été trop proche et que, pour mon malheur, j'ai touchée. Qu'il est superbe encore ce matin. Il est élégamment vêtu, comme si des affaires importantes le requéraient. Je suppose qu'il est satisfait que Lady Dare se soit présentée chez lui. Il m'a congédiée et l'a invitée à entrer. Ce ne serait pas une insulte si je ne méprisais pas autant la femme qui m'a remplacée.

Je ne suis là que pour la conversation.

Et les frissons.

En proie à une colère froide, je ferme la fenêtre et retourne me coucher. J'ai l'impression d'être fiévreuse.

— De quoi parles-tu, Clara ?

— On dit que Lizzy Fallow est courtisée par le vicomte Millingdale.

— Quoi ?

Je suis profondément choquée. Clara, elle, en frémit.

— Il est tellement vieux ! Eliza, que ferai-je si on veut que j'épouse un homme bon pour le cimetière ? (Elle me regarde avec horreur.) Je ne le supporterais pas !

— Tant qu'un homme est capable d'engendrer un fils, il peut être convenable, pour peu qu'il ait du prestige, de l'argent… et un titre.

J'imagine que Mrs Fallow danse de joie ce matin. J'ai vu comme elle regardait Frank, qui n'a pas de titre.

— Frank est-il au courant ? Cela l'affecte-t-il ?

— Il n'est pas encore réveillé. (Elle fronce les sourcils.) Après t'avoir raccompagnée, il est retourné à la fête et a fini ivre. Père a dû demander à Dalton d'aller le chercher et de le ramener à la maison.

— Et où étais-tu donc, si je peux te poser la question ? Car tu n'étais pas avec Maman, contrairement à ce que tu as dit à Papa.

Clara se dandine, mal à l'aise.

— J'ai passé toute la soirée avec Maman.

— Cela m'étonnerait.

— Qu'en sais-tu ? demande-t-elle avec une suffisance dont elle s'imagine qu'elle ne me plaira pas. D'ailleurs, je t'ai vue quitter discrètement la soirée, chère sœur. Dis-moi, où es-tu allée ?

— Je te l'ai déjà dit.

Je donne un bon coup dans mon oreiller et renfonce ma tête dessus. Un mouvement que je regrette aussitôt. J'ai la tête qui cogne, et malheureusement, pas à cause de l'alcool.

— Je n'allais pas bien. Je demanderai à Maman si tu étais avec elle.

Elle fait une moue.

— Je ne dirai rien si tu ne poses pas de questions.

Elle sourit, se penche pour déposer un baiser sur mon front, puis semble se raviser.

— Bon sang, tu empestes.

Elle part à la hâte en fermant bruyamment la porte derrière elle. On dirait que la soirée d'hier a été animée pour tout le monde. Mes pensées se tournent vers Lizzy

Fallow. Comment se sent-elle ? Atrocement mal, je suppose. Frederick n'est pas ma tasse de thé, mais il peut au moins marcher sans canne. La pauvre. J'ai beau ne pas beaucoup l'aimer, elle n'est pas aussi horrible que Lady Dare. Je devrais peut-être aller la voir plus tard pour lui présenter mes condoléances.

Enfin, dès que ces épouvantables vagues de nausée seront passées.

Elles ne sont pas passées ce jour-là. Ni le lendemain. Et elles ne m'avaient toujours pas oubliée une semaine plus tard. Au bout de huit jours, j'ai commencé à m'inquiéter pour mon cœur. Était-il cassé ? Pouvait-on mourir d'un chagrin d'amour ? Je dois le dire, c'est avec regret que je suis partie de chez le duc ce soir-là, car je savais que je ne me retrouverais jamais plus en sa compagnie. C'est avec encore plus de regret que j'ai vu une autre visiteuse venir chez lui et y être introduite, et avec toujours plus de regret que j'ai admis à cet instant, à contrecœur, que j'étais amoureuse du duc. Comment cela m'est arrivé, je n'en sais rien. Une attirance pure et simple, je pense, car il n'a pas beaucoup d'autres qualités honnêtes.

Non, je dois arrêter de me mentir à moi-même. Il a beaucoup de qualités. Il m'accepte telle que je suis, pour commencer. Et il s'efforce de me plaire pendant nos conversations. Et je préfère ne rien dire de sa capacité à susciter chez moi ces merveilleux frissons.

Hélas, toutes ces qualités, hormis bien sûr sa beauté, ne me servent plus à rien. C'est un porc, et je suis bien contente d'être clouée au lit depuis une semaine. Mes chances de tomber sur lui sont nulles tant que je ne sors pas de la maison. Au fond, ma maladie m'a offert un répit, une excuse parfaite pour fuir la société, et surtout Frederick. Même s'il a pris des nouvelles. Tous les jours. Il m'a même offert des fleurs hier. Le pauvre. On dirait presque qu'il s'inquiète. Mais il ne s'inquiéterait que s'il tenait à moi.

On frappe à ma porte et Emma entre avec un pot rempli d'eau savonneuse. Mère est derrière elle.

— Posez cela sur la coiffeuse, Emma, commande-t-elle en approchant du lit et en posant sa main sur mon front. Hum... La fièvre est passée.

— Je me sens mieux, reconnais-je en me redressant dans mon lit. Je pourrais peut-être m'habiller aujourd'hui.

— Et marcher un peu. Marcher un peu vous ferait du bien.

Je grogne intérieurement.

— Une chose à la fois, Maman.

— Tout le monde vous croit morte, Eliza. Nous devons les rassurer.

— Que peut leur faire que je sois morte ? dis-je en riant. Lymington doit avoir ma remplaçante toute prête pour Frederick.

J'aimerais, en tout cas. Cela répondrait à mes prières.

— Je suis un peu raide.

— Rien qu'un peu de marche ne puisse régler. Venez.

Forcée d'accepter, je la laisse me baigner et m'habiller. Je dois même dire que j'apprécie ses attentions, quitte à ignorer ses motivations. Mère aurait très bien pu confier cette corvée au personnel, mais elle a choisi de s'occuper elle-même de moi. Comme elle l'a toujours fait. Nous n'avions pas de gouvernante. Une bonne suffisait.

— Vous n'avez que la peau sur les os, Eliza, ronchonne-t-elle en tirant le corset. Les hommes préfèrent les femmes...

— Bien en chair ?

— Je vois que vous avez retrouvé votre état normal, remarque-t-elle. Dommage que la fièvre n'ait pas consumé votre insolence.

Je n'arrive pas à réprimer un sourire.

— Comment va Frank ?

Il n'est pas venu prendre de nouvelles depuis que je suis au lit, contrairement à Clara. Mais ma sœur m'a tenue au courant de tout. La pauvre Lizzy Fallow a reçu sa condamnation à perpétuité, le mariage est décidé.

— Il va bien, répond Mère d'un air pincé. Bien, que faisons-nous avec vos cheveux ? demande-t-elle en me faisant pivoter face à elle et en examinant mes cheveux en désordre. (Elle se tord les lèvres, cherchant comment faire.) Je vais avoir besoin de l'aide d'Emma. Emma !

— Maman, moins fort, dis-je en grimaçant.

J'ai l'impression que tous mes nerfs sont à vif.

Emma arrive, et nous passons l'heure qui suit à me rendre présentable pour ma réintroduction dans la société, puisqu'il faut donner signe de vie. Pendant qu'Emma manipule ma tignasse en suivant les instructions de Maman, mon regard se perd vers la fenêtre, mais de ma position je ne vois que le ciel. Aujourd'hui, il est d'un bleu vif et le soleil brille. En une semaine, le temps s'est arrangé.

Et l'humeur du duc ?

Enfin, bien sûr, ce n'est pas mon problème.

En sortant de la maison, je sens un changement distinct dans la température. Quelle différence peut faire une simple semaine ! Je ne sais pas comment c'est en soirée, mais la journée est plutôt agréable, on n'a plus besoin de manteau. Dans ma robe à manches longues, et avec un bonnet malheureusement orné des motifs fleuris les plus colorés que Mère a pu trouver, une tactique conçue à coup sûr pour rassurer les gens sur le fait que je suis bel et bien vivante, je marche dans la rue en me chauffant au soleil. Je ne le nie pas, tous les yeux qui se tournent vers moi me mettent mal à l'aise. Ils me surveillent sans doute pour voir si je vais flancher, et je remarque aussi que personne ne vient me dire bonjour. On croirait que je suis contagieuse. Tant mieux, finalement, cette maladie aura été une bénédiction.

Quand nous arrivons à la promenade, il y a du monde, des chevaux dans toutes les directions, et j'en conclus que le beau temps a fait sortir tout Londres.

Voyant Mère prendre la direction opposée du parc royal, je m'étonne.

— Maman ? Le parc a-t-il été déplacé pendant que je transpirais comme un goret dans mon lit ?

— Oh ! (Ma mère rit de ce rire sec qu'elle a quand mes sarcasmes lui mettent les nerfs en pelote.) Je dois aller chercher un chapeau au magasin.

Elle est en mission et ne compte pas s'arrêter pour moi. Je presse le pas pour la suivre.

— Et pour quelle occasion, ce chapeau neuf ?

— Lady Blithe organise une soirée mercredi soir de la semaine prochaine. Je suis ravie que tu sois suffisamment remise pour y assister.

— Pourquoi ? Ce n'est pas comme si vous cherchiez une occasion de me trouver un époux. Lymington aurait-il renoncé à *mater la mégère* et commencé à me chercher une remplaçante ?

Bonne chance à lui. Je ne vois pas quelle femme en Angleterre serait enthousiaste, cependant l'enthousiasme n'est pas obligatoire. Après tout, je ne l'étais pas, et ce détail n'a gêné personne. Je songe à l'accord entre Papa et Lymington. J'aimerais savoir contre quoi mon père m'a échangée.

— Tenez votre langue en public, Eliza, grogne Maman en s'arrêtant devant le magasin du modiste. (Puis elle ajoute :) Je dois dire qu'il faudrait songer à nous rattraper après votre absence.

— Pourquoi ? J'étais malade.

— Comme votre père, dit-elle dans un souffle en poussant la porte de son magasin.

Son mécontentement cède aussitôt la place à l'émerveillement, ce qui est loin d'être mon cas. Papa était malade ? Pourquoi ne m'a-t-on rien dit ? Parce que je me serais inquiétée pour lui ? Peut-être ont-ils jugé que la nouvelle était trop alarmante et qu'elle ralentirait ma guérison. Cependant, pour revenir à mon problème principal, aussi pénible que je sois, je suis toujours promise à Lymington, et je ne vois pas en quoi ma réapparition devrait être un événement d'importance. Que diable se passe-t-il ?

Je suis ma mère, déjà prête à l'interroger pour obtenir l'information à laquelle j'ai droit, puisque *ma* vie et *mon* bonheur vont servir de compensation à Père, mais elle s'occupe déjà de chapeaux, ce qui me rend d'autant plus soupçonneuse.

— Mère, dis-je en la rattrapant.

— Oui, ma chérie ? répond-elle avec un grand sourire.

Florence Melrose a d'innombrables talents. Marcher vite en fait partie. Elle est déjà rendue au comptoir du fond du magasin. Elle a également une capacité extraordinaire à ajuster l'expression de son visage en un clin d'œil. Une véritable actrice. Elle excelle en cela. On croirait une femme qui n'a pas l'ombre d'un souci. Il n'y aurait rien d'inconvenant à ce qu'une femme dont le mari est malade soit morose en public. Même si je n'aime pas beaucoup ce que ses affaires font de lui en ce moment, je sais que son cœur déborde d'amour. Et s'il a été malade, j'aimerais qu'on me rassure sur le fait qu'il est pleinement rétabli.

Je lève les pans de ma robe pour accélérer, pressée de rejoindre Mère et de lui demander, discrètement bien sûr, comment va Papa, mais je suis à peine en mouvement que j'entends la porte s'ouvrir dans mon dos et que le silence se fait parmi les clients. Le froid rentre dans le magasin, et je vois tout le monde tourner la tête vers l'entrée d'un air méfiant.

Me demandant ce qui attire ainsi leur attention, je me retourne.

Et tombe nez à nez avec le duc de Chester. Nous sommes si proches que je dois renverser ma tête en arrière pour mieux le voir. Je sais que c'est une mauvaise idée, mais, que je sois maudite, son visage est comme un aimant pour mes yeux. Il semble tendu. En colère. C'est une colère que j'ai déjà eu la malchance de rencontrer. Je n'en avais rien à faire la première fois, d'autant qu'elle était dirigée contre moi, et je ne m'en soucie pas plus maintenant, même si la mauvaise humeur du duc semble encore une fois m'être adressée. Néanmoins, mon corps réagit comme d'habitude et je me retrouve bientôt en proie à des frissons depuis les orteils jusqu'au sommet de mes cheveux. Et j'ai chaud. Très, très chaud.

Nos yeux se croisent, c'est le vert le plus vert que j'aie jamais vu, peut-être parce qu'ils brillent différemment à la lumière du jour, et sa mâchoire est serrée. Il est *très* en colère. Je ne sais pas quoi dire, d'autant que nous ne sommes pas seuls, et le duc lui aussi reste mutique. Des bruits de pas se font entendre, et un par un, tous les hommes présents dans le magasin sortent en s'écartant au maximum du duc, et donc de moi. C'est ridicule. Il n'est un danger pour personne. La seule chose en danger à cet instant, c'est mon cœur. Je rechigne à l'admettre car nous nous sommes quittés en mauvais termes lors de notre dernière rencontre, mais je peine à réprimer mon ébahissement devant son charisme.

— Venez, Eliza, dit Maman en me prenant par le coude. Nous reviendrons une autre fois.

Je dois arracher mes yeux à la contemplation du duc. Maman le regarde avec froideur. Partir ? Je baisse les yeux et ne vois pas de chapeau dans les mains de Mère.

— Nous sommes ici pour récupérer votre nouveau chapeau, non ?

— En effet.

— Alors récupérons ce chapeau.

Je lève le menton et me tourne sans accorder un coup d'œil au duc, ce qui est difficile quand tout mon corps réclame son attention. Quelle pénible attraction il exerce sur moi. En temps normal, ce serait une bénédiction d'avoir ce genre de réaction en présence d'un homme, si cet homme était un prétendant potentiel. Malheureusement, le duc ne l'est pas. Seigneur, ce doit être le seul homme sur la planète dont le titre de duc n'a aucun poids. Ce n'est pas un meurtrier, pour l'amour de Dieu. Même s'il semble apprécier le malaise qu'il provoque chez tous ceux qu'il rencontre et qui le croient. Le seul crime dont Johnny Winters soit coupable, c'est d'être un débauché. Et un débauché orgueilleux, pardessus le marché.

— Venez, Mère. (J'arrive au comptoir et souris au vendeur, qui a l'air intimidé.) Quand vous serez prêt… dis-je, et il se met en action, cherchant maladroitement le chapeau de Maman avant de le lui présenter.

Mais pendant tout ce temps, ses yeux ne lâchent le duc que le minimum de secondes possible. Je me retourne et m'aperçois avec un certain amusement que celui-ci n'a pas bougé d'un millimètre. Son regard, lui, est intensément concentré. Sur moi.

Je souffle et retourne mon attention sur le vendeur et sur Maman, qui se tient raide comme une statue à côté de moi, gardant le duc à l'œil elle aussi. Quelle est cette folie ? Que croient-ils qu'il va arriver ? Un meurtre ? Un incendie ? Je récupère le chapeau de Mère avec un sourire de remerciement, puis je guide ma mère à travers le magasin jusqu'à la porte. Le duc me suit du regard sans se gêner.

— Bonne journée à vous, lui dis-je d'un ton agacé en sortant.

Il a du culot de me traiter avec tel mépris. Après tout, c'est lui qui m'a presque jetée dehors dans le froid, *et*, pour ajouter l'insulte à la blessure, qui a laissé Lady Dare, la scandaleuse aventurière, entrer chez lui. Et qu'ont-ils fait ? Je frémis à cette pensée. Je parie qu'ils n'ont pas eu une très longue conversation.

Je n'en montre rien, mais je respire beaucoup mieux une fois dans la rue. Je me demande comment j'ai fait pour survivre à une telle pression dans le magasin.

— Reprenez vos esprits, Maman.

Je jette un coup d'œil vers la vitrine. Le duc est toujours au même endroit, et je dois me retenir de lui tirer la langue avant de partir. J'ai une foi de pendu, tout à coup. J'ai presque envie de traîner ma mère dans une taverne et de vider une pinte de bière pour étancher ma soif. La pauvre en aurait bien besoin, elle aussi.

— Eh bien ! dit Mère en revenant soudain à la vie. Quel grossier personnage !

— Il n'a pas prononcé un mot.

— Il n'en a pas besoin.

Elle attrape son nouveau chapeau et s'éloigne en faisant signe à Lady Tillsbury, sans doute pressée de lui parler de cet événement, auquel elle ajoutera quelques détails piquants, bien sûr. Je soupire. Je sais ce qui va suivre, et j'ai beau n'avoir que peu d'estime pour le duc à cet instant, je dois dire que je n'aime pas du tout l'idée que cette scène chez le modiste soit déformée pour le peindre sous une lumière plus sombre. Il me semble que son monde est déjà assez sombre comme cela, sans l'aide des aimables habitants de Belmore Square et d'ailleurs.

Ce sentiment de responsabilité est aussi déplacé qu'irritant. En quoi peut m'importer que la réputation du duc soit ternie un peu plus, au-delà même de son déshonneur actuel ? Lui n'a pas eu besoin de beaucoup d'encouragement pour entacher la mienne.

Je me précipite derrière Mère.

— Oh !

Alors que je vais m'élancer derrière elle, on m'attrape par-derrière. Et je n'ai pas le temps de hurler qu'un homme me retourne et me plaque contre un mur.

— Que faites-vous ? (Ma respiration est heurtée.) Ce n'est pas convenable. Comment osez-vous me traiter de la sorte ?

— Votre regard méprisant ne fonctionne pas avec moi, Eliza.

Quel culot il a !

— Alors vous n'auriez pas dû me traiter avec autant de mépris, réponds-je, scandalisée

— Où étiez-vous passée toute cette semaine ? J'étais mort d'inquiétude !

Je suis abasourdie. Il s'inquiétait pour ma santé ? Cela ne devrait *pas* me plaire.

— Cela ne vous regarde pas.

— Apparemment, oui. Et pourtant, j'étais inquiet, c'est très perturbant.

Sa colère est palpable. Le feu brûle nos deux corps, intense. Mon cœur semble prêt à jaillir de ma poitrine.

— Je me suis dit que peut-être…

Il ne finit pas sa phrase.

— Que vous êtes-vous dit ? Que peut-être on avait eu vent de nos entrevues ?

— Oui, en effet.

Il secoue la tête d'un air désespéré, bien qu'il ait sûrement compris à ce stade qu'il se trompait.

— J'ai voulu vous rendre visite et…

— Quoi ?

J'ai presque hurlé.

— Vous m'avez entendu, Eliza. Je suis venu vous rendre visite chez vous.

Mon Dieu, Dalton n'a pas dû savoir quoi faire d'un tel visiteur. Et mon père ? Il devait être horrifié. Aucun prétendant digne de ce nom ne m'a rendu visite à la maison depuis que je suis arrivée à Londres. Père a gentiment mis les choses en ordre, de ce point de vue. Mais, j'y pense, le fait que Frederick Lymington me fasse la cour n'a pas, comme c'est courant, donné à des hordes de gentlemen l'idée que je suis digne d'être poursuivie. Pourquoi donc ? Pas un homme ? Je sais que je ne suis pas une vraie lady, ni par mon statut, ni par le titre que je n'ai pas, mais je suis tout de même dotée d'une silhouette honnête. Grâce à ma mère. Certes, mon caractère, que je dois à mon père, n'est pas des plus faciles. Le pire étant que ce caractère, louable chez un homme, ne l'est pas chez une femme.

— Et quand vous êtes venu, qu'avez-vous dit ?

— J'ai demandé si vous étiez chez vous. Votre majordome a paru alarmé et il a fait appeler votre père. Celui-ci, comme je m'en doutais, m'a interrogé.

— Il a demandé si nous nous connaissions ?

— Bien sûr.

Seigneur. Si vraiment mon père est malade, cela explique tout. Ma mère est-elle au courant de cette visite du duc ?

— Et…

— Naturellement, je lui ai dit que non, mais que j'aurais aimé faire votre connaissance.

Je ris sous cape. Soit le duc est très, très courageux, soit il se fiche de tout. C'est sans doute la seconde solution, mon père ne fait pas particulièrement peur. Il a toujours eu du mal à se mettre en colère, ce qui rend d'autant plus durs à accepter son humeur maussade et ses mots cassants.

Bien entendu, je ne suis pas surprise que le duc ait fait face à un mur. En revanche, je m'étonne qu'il ait eu recours à une action aussi risquée. Parce qu'il s'inquiétait pour moi ? Je n'ai aucune envie de lui expliquer que j'avais attrapé la mort et que j'étais clouée au lit. Il me lâcherait comme si j'étais contagieuse, or, que Dieu ait mon âme, j'aime beaucoup trop cette proximité entre nous.

— Je ne veux pas vous voir, dis-je en me débattant.

Il respire profondément.

— Ne gigotez pas comme ça, Eliza. Je ne peux pas promettre de me contrôler.

Je m'immobilise immédiatement, alarmée par la dureté de quelque chose qui se presse contre mon bas-ventre. C'est perturbant, d'autant que cette robe est matelassée, ce qui signifie que le duc est à l'évidence bien doté.

Doux Jésus.

Il baisse les yeux un instant, puis les relève et semble remarquer mon bonnet.

— Qu'est-ce que c'est ? demande-t-il d'un air désapprobateur.

Je lève les yeux au ciel.

— Ce n'est pas moi qui l'ai choisi.

— Alors pourquoi le portez-vous ? Vous, la lady si forte tête ?

— Si j'étais forte tête, je vous frapperais devant tout le monde et j'appellerais à l'aide.

Il hausse les sourcils.

— Je pense que j'aimerais une altercation physique.

— Par malheur, vous allez devoir attendre que Lady Dare vienne toquer à votre porte.

Ses yeux s'arrondissent. Les miens se rétrécissent.

— Je me fiche de cette femme.

— Alors pourquoi l'avez-vous laissée entrer chez vous le soir où vous m'avez demandé de partir ?

— Vous m'avez espionné ? Encore ?

Coupable.

— Si vous aviez attendu quelques minutes de plus, vous auriez vu Hercule la raccompagner sur le pas de ma porte.

Oh ? Ma foi, c'est agréable à entendre.

Puis son visage s'approche tant qu'un instant, je crains qu'il ne m'embrasse. Hors de question !

— Ma mère…

— Elle est beaucoup trop occupée à m'inventer des péchés. (Son souffle chaud inonde mon visage.) D'ici demain matin, vous verrez que je brandissais un pistolet chez ce modiste.

Cela m'arrache un sourire.

— Je commence à penser que vous aimez être au centre des conversations.

— Je préfère votre compagnie, de loin.

— Ma foi, dis-je en riant. Vous ne risquez pas de gagner l'approbation de quiconque avec cela. Mon père préférerait mourir que me voir ne serait-ce que me promener avec vous.

— Dommage.

— Oui, dis-je, les yeux rivés sur ses lèvres, des pensées obscènes plein la tête. Nous avons fait bien pire que simplement marcher ensemble sans chaperon.

J'ai été seule avec cet homme. À plusieurs reprises. Si l'on découvrait ces transgressions, je serais maudite à jamais. Je me soucie comme d'une guigne de l'avis de la bonne société. Mais je ne veux pas que mon père pâtisse de mon comportement. Et le duc ? Oh, lui, il continuera à intimider le monde. Sa réputation ne peut guère souffrir maintenant qu'il est presque rayé de la société.

— Mais comme je vous l'ai déjà dit plusieurs fois, reprends-je, je suis promise à un autre.

— Oui, votre père a fait mention de l'imbécile.

Je mordille ma lèvre inférieure entre mes dents.

— Ne faites pas cela, Eliza.

— Pourquoi ?

Qu'ai-je fait encore ? Je ne dois pas l'encourager dans sa folie. Cela ne peut pas bien finir. Soudain, il s'écarte, passe la main dans ses cheveux, l'air frustré.

— Tout cela est assez malheureux.

— Comment cela ? dis-je en essayant de rassembler mes esprits.

— Il se trouve que j'aime votre compagnie.

— Et vous êtes surpris ?

— Franchement, oui.

Je crois que le duc essaye de me dire, sans être explicite parce que je pourrais trouver cela insultant, en quoi il montre qu'il est capable de faire preuve de perspicacité, qu'il n'avait prévu qu'une intimité physique. Il ne pensait pas *vraiment* m'apprécier.

— Donc vous m'aimez un peu ?

Il esquisse un sourire canaille qui pourrait me faire fondre sur place.

— Vous avez le cœur bien placé, Eliza.

Un petit rire moqueur m'échappe.

— Peut-être que vous aussi, sous vos dehors bourrus.

— Surtout, n'en parlez à personne, répond-il avec des yeux rieurs.

— Pourquoi faites-vous tout ce que vous pouvez pour que personne ne vous aime ? Imaginez si les gens vous aimaient…

Sa tête se penche curieusement.

— Oui, imaginons…

Je tourne la tête vers la promenade.

— Je dois vraiment y aller. Ma mère aura bientôt fini de raconter comment elle a échappé à la mort de justesse dans le magasin du modiste.

— Il faut que je vous revoie, me presse le duc. Ce soir. Nous aurons… une aimable conversation, et du vin d'Italie.

D'Italie ? Est-il allé là-bas ?

— Et comment voulez-vous que je m'y prenne ?

Il joue avec sa cravate en fronçant les sourcils.

— Ne jouez pas à cela, Eliza. (Il tourne les talons et commence à partir.) Trouvez un moyen, mais que Dieu me vienne en aide s'il vous prend de nouveau l'idée de descendre par des tuyaux…

— Et que feriez-vous, Votre Grâce ?

Il se retourne, un air de défi dans les yeux.

— Vous le sauriez bien assez tôt.

Je tape du talon. Mère a raison. Quel grossier personnage. Mais quel superbe personnage. Quel personnage irrésistible. Mon Dieu, je suis absolument, totalement, follement amoureuse de lui ! *Non*, Eliza, me dis-je, me sentant suffoquer. *Entre tous les hommes, tu tombes sous le charme du moins convenable.* Pour mon propre bien, je dois mettre un terme à… à… je ne sais comment appeler ce qui se passe.

Après avoir pris un moment pour reprendre contenance, je rejoins Maman sur la promenade. Par bonheur, elle captive toujours Lady Tillsbury avec son histoire. Je ne peux qu'imaginer à quel point elle a brodé, car j'ai été absente un bon moment. D'un coup d'œil par-dessus mon épaule, j'aperçois le duc qui marche d'un bon pas le long de la promenade. Il a une démarche très gracieuse pour un homme de sa stature, et en regardant autour de moi, je constate que toutes les femmes le suivent des yeux. Je sens leur désir, leurs jambes qui flageolent sous les robes. Toutes meurent d'envie d'en savoir plus sur l'infréquentable duc. Le désir et la peur mêlés. Une combinaison puissante. Je peux en attester. Sauf que ma peur ne ressemble pas à la leur.

Je n'ai pas peur de Johnny Winters lui-même.

J'ai peur de ce qu'il a fait à mon cœur. Il me l'a ravi et je suis terrifiée à l'idée qu'il ne me le rende jamais.

10

Le souper se déroule comme à l'ordinaire. Frank est encore absent, mais personne ne semble vouloir y prêter attention, et à côté de mes spéculations sur mon frère, je n'ose interroger Père, qui a l'air en pleine forme d'ailleurs, sur la récente visite du duc. Je n'ose pas non plus demander à Mère. A-t-elle oublié ou feint-elle l'oubli ? Il est possible qu'elle ait tiré une ou deux leçons des déboires vécus par ces mères protectrices de la bonne société, qui sonnent l'alarme dès qu'elles ne sont pas sûres de la fiabilité d'un prétendant. Difficile de savoir, mais ce qui est certain, c'est que toute mention du duc suscitera des questions auxquelles je n'ai pas envie de répondre. Je n'ai aucune envie d'attirer leur attention sur ce sujet, car, que Dieu me vienne en aide, je dois absolument le revoir. Je mourrai si je ne le revois pas. J'exagère, d'accord, mais pas de beaucoup. Je suis amoureuse.

Ce soir, me dit-on, le vicomte Millingdale donne un petit dîner avec des invités triés sur le volet. À la grande satisfaction de Mère, Papa et elle font partie des élus.

— Encore heureux, s'esclaffe Papa en reprenant des pommes de terre. Après tout, sur les quatre-vingts banques qu'il y a à Londres, c'est la sienne que j'ai choisie pour s'occuper de notre fortune. En plus, il passe de la publicité pour sa banque dans le journal à un tarif avantageux, ce qui lui rapporte des affaires.

— Vous savez aussi bien que moi que l'argent n'a pas autant de poids qu'un titre, et ce ne sont pas les titres qui manquent à Belmore Square.

Mère tend la main vers Clara et écarte une mèche de cheveux de son visage. Ma sœur, agacée, détourne la tête.

— Comme l'a prouvé le choix de Mrs Fallow, poursuit-elle en ignorant la rebuffade de Clara. Elle se comporte comme si elle-même avait un titre.

Père regarde Mère avec tendresse, amusé par son esprit de compétition.

— Porter et sa femme nous accompagneront ce soir.

Mère grimace. Comme moi, elle trouve insupportable le rédacteur en chef du journal de Papa.

— J'espère que Marion n'aura pas de coquard que nous devrons faire semblant de ne pas voir.

— C'était un accident, dit Père en l'avertissant d'un regard de ne pas aller plus loin. Et nous n'avons aucune raison de ne pas croire l'explication de Porter quant à ce malheureux incident.

Maman grogne. Je suis de son côté, même si j'arrive à contenir mes doutes, quoiqu'avec grande difficulté.

— Je vais demander qu'on me prépare la voiture demain.

— Et où mon épouse compte-t-elle se rendre ?

— Je pars avec les filles en excursion.

— Ah ? dis-je.

— Quoi ? fait Clara, qui parle pour la première fois depuis son arrivée à table. Je n'ai pas envie de faire une excursion.

Sans tenir compte de sa remarque, Mère boit une gorgée de vin en souriant.

— Une petite sortie nous fera le plus grand bien. Du temps entre mère et filles. Oui. Ce sera charmant.

Je la regarde avec méfiance.

— Et où irons-nous ?

— Au théâtre, et à l'adorable nouveau salon de thé de Regent Street. Lady Tills… Apparemment, c'est charmant. Elle espère donc toujours gagner les faveurs d'au moins l'une des patronnesses d'Almack.

— Où est Frank ?

La question tombe de façon inopinée, mais l'absence de mon frère me paraît de plus en plus curieuse. Je voudrais savoir ce qu'il pense des nouvelles concernant le vieux vicomte Millingdale et la jeune Lizzy Fallow.

— Ton frère est plus mystérieux de jour en jour, répond Papa d'un air songeur. Et les ventes s'effondrent aussi de jour en jour.

— Oh, mon cher, j'ai la matière pour un article ! claironne Mère.

Et voilà, c'est parti, me dis-je en me renfrognant.

— L'horrible duc a provoqué le chaos chez le modiste alors qu'Eliza et moi y étions pour récupérer un chapeau.

— Le chaos, vous dites ?

— Un chaos absolu, affirme-t-elle en appuyant ses dires d'un hochement de tête.

Johnny a peut-être raison. Quand cette histoire sortira dans les journaux, il aura un pistolet à la main. Mon Dieu… La réalité a presque disparu.

— Je peux l'écrire, dis-je timidement à Papa.

— Certainement pas, me rabroue-t-il. C'est à Frank de l'écrire.

— Je l'écrirai, dit Clara en mangeant ses patates.

Je l'ignore. Elle n'a pas envie d'écrire.

— Tout cela est bel et bon, Papa, mais personne ne sait où se trouve Frank.

Mon regard passe de ma mère à mon père, et je les vois tous les deux remuer sur leur chaise avec inquiétude. Qu'ai-je raté durant mon alitement ?

— Quelqu'un peut-il me dire où est Frank, au nom de Dieu ?

— Il est tombé dans la boisson, répond Mère en traçant en l'air un geste désinvolte de la main. Il dort au fond d'un fauteuil du club de gentlemen de Mayfair, sans doute.

Père s'avachit dans sa chaise en se frottant le front et en soupirant.

— Qu'ai-je fait pour mériter des enfants aussi difficiles ?

Il y a une réponse à cette question, une réponse valide, mais je rechigne à mettre tout le poids sur les épaules de mon père, qui a déjà l'air prêt à s'écrouler. Ainsi, Frank s'est perdu ? Mon Dieu. C'est pire que je ne pensais. Il a dû prendre conscience qu'il aimait Lizzy Fallow. Je mordille une carotte en réfléchissant. Le pauvre. J'imagine que Lizzy est aussi heureuse d'épouser ce vieux décrépit de vicomte que je le suis de me marier avec Frederick Lymington. Cela dit, mon prétendant a au moins le mérite de pouvoir marcher sans le soutien d'une canne et de voir sans l'aide de lorgnon.

Je me tourne vers Clara, elle aussi a un air mélancolique. Elle retourne sa nourriture avec sa fourchette, distraite. On dirait que je ne suis pas la seule Melrose à vivre une tempête intérieure.

À peine Papa et Maman sont-ils partis pour la soirée chez Mrs Fallow, et Clara s'est-elle retirée dans le boudoir pour travailler à son ouvrage de broderie, que je m'enfuis. Le visage dissimulé sous une capuche, je m'aventure dans les rues obscures de Mayfair. Oui, le duc m'a demandé d'aller le voir, et je suis extrêmement déçue de ne pas pouvoir lui obéir, mais j'ai des choses plus importantes à régler.

Je fais attention à rester dans l'ombre, la tête rentrée dans les épaules, tout en progressant. Une fois à Regent Street, je commence à respirer mieux. Je regarde la plaque dorée apposée sur le mur du club le plus prestigieux de Mayfair, et sans doute de Londres. Malgré ma capuche, je n'ai aucune chance de pénétrer dans l'établissement et de faire croire à quiconque que j'ai ma place ici. Après avoir réfléchi une minute, je me résous à parier sur l'audace. Je rabaisse ma capuche, enfonce ma tête dans mes épaules et appuie sur la sonnette, en me disant qu'au fond, c'est la même chose que toutes les fois où je suis allée au pub chercher mon frère ivre mort avant que ma Mère le découvre, car elle l'aurait ramené à la maison en le tirant par l'oreille, sans cérémonie.

Soudain, on m'attrape par-derrière, on me soulève et on me traîne plus loin avant de me reposer sur mes deux pieds. Je crie, me retourne, et découvre deux yeux verts furieux posés sur moi.

— Vous avez intérêt à avoir une sacrée bonne raison pour errer dans les rues à la nuit tombée, Eliza, me tance-t-il en brandissant son index devant mon visage. En fait, non. Aucune raison ne serait satisfaisante. À quoi diable jouez-vous ?

Il fait les cent pas devant moi, laissant libre cours à sa colère. Je ne peux pas dire que je lui en veuille. J'ai conscience que j'ai agi avec imprudence. Mais…

— C'est mon frère, dis-je, espérant le calmer, bien que cela semble peu probable.

Il est livide.

— Qu'a-t-il, votre frère ? s'emporte-t-il, en me regardant avec une certaine curiosité.

— Je m'inquiète pour lui. (Je secoue la tête.) Je ne l'ai pas vu depuis des jours. (Je préfère éviter la première raison à cela.) J'ai peur qu'il ne soit en train de se détruire, je veux l'en empêcher.

— C'est un grand garçon.

— Certes, mais… (Je remonte les pans de ma cape.) Je m'inquiète pour lui, alors si vous voulez bien m'excuser, Votre Grâce…

Je ne vais nulle part, le duc me barre le chemin de sa carrure imposante et son expression ombrageuse me met au défi d'oser le contrarier. J'ose. Il sait que je vais oser.

— Il n'est pas là, Eliza.

— Quoi ? (Je regarde par-dessus son épaule la plaque du club.) Ma mère a dit qu'il était à Gladstone.

Johnny me montre l'autre bout du carrefour.

— Votre mère se trompe. Il est à Kentstone.

— Kentstone ? Je n'en ai jamais entendu parler.

— Nous sommes peu nombreux à connaître.

— C'est exclusif ?

— Si l'on veut.

— Alors j'irai le sauver là-bas.

Je commence à traverser la rue et à approcher du bâtiment.

— Vous n'entrerez pas dans cet établissement.

— D'après qui ? dis-je en avançant d'un pas décidé vers la porte discrète.

— Moi !

Sans hésiter, il me soulève à nouveau et s'éloigne. Une fois de plus, je me retrouve ballottée sur son épaule.

— Et tous ceux qui comptent dans ce pays, ajoute-t-il.

— Ce n'est qu'un club de gentlemen, Votre Grâce.

Je me débats comme une diablesse, refusant cette position sur son épaule, bien qu'il m'en coûte, je dois l'avouer.

— Je serai sortie en un rien de temps. Je ne crois pas que tout cela mérite une réaction pareille.

Il grogne, et c'est un grognement primaire qui, franchement, me met sur mes gardes. Puis il me repose par terre.

— Je vais aller le chercher.

— Non !

Je remets ma capuche en place. Frank se demandera au nom de quoi le duc intervient et il refusera de le suivre. La seule option serait que Johnny prévienne mon frère de ma présence devant l'établissement, mais elle engendrerait trop de questions auxquelles je ne souhaite pas répondre. Frank fera un infarctus en apprenant que je suis ici. Et il en fera un deuxième s'il découvre avec qui je me trouve, sans chaperon qui plus est. Cette dernière pensée m'amène à réfléchir un instant.

— M'avez-vous suivie, Votre Grâce ?

— Bien sûr que je vous ai suivie. Je n'allais pas vous laisser vous aventurer dans les rues en pleine nuit, non ?

Il lève les yeux au ciel. Cela lui arrive souvent, et c'est le signe qu'il me trouve particulièrement exaspérante. Ma foi, moi aussi je le trouve exaspérant.

— Je suis tout à fait capable de ramener mon frère sans votre aide…

Une porte s'ouvre et une femme apparaît, vêtue de…

— Nom d'un chien dis-je tandis que le duc vient se placer devant moi pour me cacher sa vue.

Elle est à moitié nue ! Et pas par accident ! J'essaye de me tordre le cou pour voir par-dessus l'épaule du duc. Ma curiosité signera ma perte. Mais il lève le bras pour m'avertir de rester derrière lui.

— Oh, dit la femme d'une voix amusée. Ce n'est pas la peine, avec vos bagages, de venir dans une ruelle crasseuse, Votre Grâce.

Je m'écarte déjà du duc, scandalisée et prête à protester. Mais Johnny se tourne vers moi et pose sa main sur ma bouche pour me faire taire.

— Taisez-vous, Eliza, murmure-t-il en penchant la tête d'un air que je commence à connaître.

Une mèche de cheveux blond foncé tombe sur son front et je dois retenir ma main, ma traîtresse de main, de se lever pour l'écarter. Je deviens beaucoup trop attachée au contact, au toucher entre nous.

Cependant, son regard implorant me ramène à la soumission, je hoche la tête comme je peux tandis qu'il libère ma bouche, tout cela sans quitter mes yeux pendant de longues secondes. Huit, au total. Je le sais parce que je compte.

— Je m'en occupe.

Ses yeux brûlants me lâchent enfin pour se retourner vers la femme à demi nue qui, apparemment, le connaît.

Votre Grâce.

Il est déjà venu ici ? Mon Dieu… Naïvement, je pensais que c'était un établissement sophistiqué où les gentlemen buvaient un verre en parlant affaires et en fumant. Cette femme, qui semble avoir égaré ses vêtements, suggère autre chose.

Oh, Frank.

Dans quel pétrin s'est-il fourré ? C'est insupportable. Soulevant ma cape, je passe devant le duc et la femme et me précipite vers la porte restée entrouverte.

— Eliza !

Je tombe aussitôt sur d'autres femmes dévêtues, les seins à l'air, sans honte, copieusement maquillées. Bien que je me sente trop habillée en leur présence, j'ai d'autres affaires plus urgentes en tête que ma décence ou mon indécence. Entendant les bottes du duc dans mon dos, je presse le pas en faisant confiance à mon flair et à l'odeur du tabac.

J'arrive dans une grande salle luxueuse où flottent de larges nuages de fumée qui gênent ma vision, ce qui ne m'empêche pas de remarquer d'autres femmes alanguies sur des hommes, qui caressent et se laissent caresser. Alors que ma stupéfaction commence à passer, le duc me rattrape.

— Pour l'amour de Dieu, Eliza, s'écrie le duc en me prenant par le poignet. Ce n'est pas un endroit pour une dame.

— En effet, dis-je en me libérant. Mais je suis ici, alors autant m'occuper de ce qui m'a fait venir.

J'avance en scrutant les hommes, tous ces hommes qui tiennent le haut du pavé, jusqu'à ce que j'aperçoive mon frère. Il est avachi dans un fauteuil avec une bouteille de gin et une femme à califourchon sur lui, la poitrine généreuse presque écrasée contre son visage. Il est à peine conscient.

— Frank !

Je m'étrangle en le voyant dans une posture si obscène.

Il bat des paupières, tente de se redresser, écarte brusquement la femme assise sur ses genoux.

— Eliza ?

Il se lève abruptement, chancelle.

— Que… Qu'est-ce… que tu fais i… ici ?

— Je suis venue te sauver de… de… (Comment dire ?) De cette tentation !

Un rire rauque s'élève dans mon dos, je pivote et vois le duc qui semble beaucoup s'amuser de la situation. Il ne va pas sourire longtemps, je vais m'en occuper.

— Avant qu'il soit impossible de te sauver, dis-je à voix haute pour être sûre que le duc m'entende. Comme je m'y attendais, son rire s'éteint et fait place à un ricanement belliqueux.

— Je vais te faire la gentillesse de t'attendre dehors, le temps que tu puisses t'habiller décemment en privé.

Décemment ? En privé ?

— Je te fais confiance, ne me laisse pas trop longtemps seule à la merci de tous en pleine nuit dans les rues de Londres.

Et là-dessus, je m'en vais, les yeux de tous les hommes plantés dans mon dos jusqu'à la sortie.

Une fois à l'extérieur de ce temple de la luxure, je ne respire toujours pas tranquillement. Cela, un club de gentlemen ? Quelle hypocrisie ! Je regarde à droite et à gauche. Ce n'est pas un endroit pour une dame, pas à cette heure en tout cas. Sauf, bien sûr, si vous êtes de la catégorie des prostituées.

— Avez-vous perdu la tête, Eliza ?

Je regarde par-dessus mon épaule. Le duc est planté sur le seuil. Il n'a pas l'air enchanté par la situation. Je me moque de ce qu'il pense. Il ne m'a pas échappé que la femme dans la ruelle le connaissait.

— J'aimerais que vous vous en alliez.

— Et j'aimerais vous mettre en cage, hélas, je suis un homme raisonnable.

— Ah, ne soyez pas ridicule ! Où est mon frère ?

— Sans doute en train d'ajuster son pantalon.

Me voyant trembler de tout mon corps, il décide d'essayer de me calmer.

— Écoutez, cela va sans doute prendre un moment. À cause du gin, sa coordination est entamée.

— Pourquoi cette situation vous met-elle tant en colère ? Je veux savoir !

— Parce que… (Il s'approche, le visage presque collé au mien.) Eliza, j'ai du mal à vous l'avouer, mais il semble que j'ai développé un souci quelque peu exagéré et déplacé pour votre bien-être.

Oh ?

— Eh bien, débarrassez-vous-en. Et laissez-moi !

— Jamais de ma vie je n'ai rencontré une telle…

La porte du club s'ouvre et Frank apparaît, titubant. Son regard passe du duc à moi, et son esprit embrumé par l'alcool met beaucoup trop longtemps à comprendre qui est devant lui.

— Eliza ? dit-il en fermant un œil comme pour se concentrer sur moi.

— Oui, oui.

Je grimpe les marches et le prends par la taille.

— Nous avons déjà établi que c'est bien moi.

— Tu n'as rien à faire ici.

— Toi non plus.

Il s'appuie sur moi de tout son poids. Il est trop lourd, je n'arriverai pas à le faire marcher jusqu'à Belmore Square.

— Ce serait bien aimable si tu pouvais marcher sans mon assistance.

— Eli… za ! bafouille-t-il en s'écartant de moi. Je… je… suis par… par… parfaitement sobre.

Johnny rit, et comme si la situation n'était pas assez catastrophique, je sens que je pourrais m'arrêter pour admirer cette vision du duc à la mauvaise humeur permanente riant de bon cœur.

— Nous ne sommes pas d'accord, réponds-je en guettant le moindre signe indiquant que Frank pourrait s'écrouler de tout son long.

Au moins, j'ai la réponse à la première question que je me posais. Je constate de mes propres yeux la réaction de Frank à la nouvelle que Lizzy Fallow va épouser le vicomte Millingdale. À savoir, se soûler et faire comme s'il ne s'était rien passé. Le problème, c'est qu'il ne pourra pas rester éternellement ivre, même si cette solution lui paraît tentante à cet instant. Je n'arrive pas à savoir ce que je pense de sa réaction. Lizzy Fallow n'est pas Lady Dare, et c'est tout ce qui compte à mes yeux.

— À ce que je vois, dit le duc, vous n'irez pas bien loin sans assistance.

Il a raison.

— Voulez-vous m'aider ?

— Avec plaisir.

— Attendez une minute, dit Frank en levant la tête pour observer le visage du duc. Vous êtes Johnny Winters.

— On dit *Votre Grâce*, fais-je remarquer à mon frère.

Frank s'esclaffe.

— Je… je ne parle pas… avec rrr… respect… aux meurtriers.

— Vous devriez peut-être, rétorque le duc en avançant d'un pas vers Frank. Sinon, un meurtrier risquerait de vous tuer.

— Ça suffit ! m'écrié-je en me plaçant entre eux avant qu'ils échangent des coups de poing ou, pire encore, qu'ils organisent un duel à l'aube. Personne ne va tuer personne.

— Ne comptez pas trop là-dessus, Eliza, répond le duc d'une voix froide.

— Une seconde ! s'exclame Frank en levant le doigt en l'air, comme si les brumes de l'alcool se dissipaient soudain. Vous vous connaissez ?

— Non, dis-je en riant.

— Si, réplique le duc.

Je lui jette un regard noir qui n'aura aucun effet. Dieu merci, il s'arrête là, même si je vois avec inquiétude qu'il doit faire un effort sur lui-même.

— J'ai vu Miss Melrose dans la rue. Je l'ai reconnue puisque nous sommes presque voisins et, comme n'importe quel gentleman l'aurait fait, je suis venu lui demander si elle avait besoin d'aide.

Bien. Très bien.

— Oh. (Frank se frotte le front.) Bon, je pense qu'il vaut mieux rentrer.

— C'est sans doute la meilleure idée que tu aies eue depuis un bon moment, dis-je, ravie par ce revirement. J'ai un article à écrire sur un duc disgracié qui a provoqué le chaos chez le modiste.

Je souris à Johnny, qui lève les yeux au ciel.

— Allons, rentrons, dis-je à Frank.

— Suis-je venu à cheval ?

— Cela m'étonnerait.

— Pourtant, répond-il d'une voix pâteuse en regardant autour de lui d'un air confus, je suis presque certain que oui.

— Possible, dit le duc en observant Frank, que votre frère ne sache plus qui a monté qui.

— Quelle horreur !

À vrai dire, je ne suis pas aussi choquée que je devrais l'être. Mes yeux et mes oreilles ont été exposés à des choses qu'une innocente est censée ignorer.

— Je crois que je suis un peu soûl, dit Frank en riant et en titubant vers moi.

— Frank ! Tu vas m'écraser contre le mur !

— Laisse-moi m'appuyer sur toi.

Le duc s'interpose et prend Frank sous les aisselles pour me sauver d'un sort funeste.

— Il ne tient pas la boisson, commente-t-il.

— Il est en deuil.

— Quelqu'un est mort ?

— Non.

Je regarde avec pitié mon frère, dont le duc soutient gentiment le corps presque inerte. — D'après ce que je comprends, Frank s'est lié à une certaine lady qui doit aujourd'hui se marier à… comment dire ?

— Dites-le simplement.

— Quelqu'un de préhistorique.

— Oh.

— Voilà. (Je secoue la tête.) J'espère que cela ne va pas le pousser à revenir au badinage avec une dame peu recommandable.

— Une dame peu recommandable ? répète le duc.

— Vous la connaissez sans doute, dis-je en rabaissant ma capuche sur ma tête. Je parle de Lady Dare.

Je me place de l'autre côté de mon frère, bien que je ne sois pas d'une grande aide.

— Maman, marmonne Frank. Maman, tu peux me raconter une histoire ?

Je souris avec tendresse.

— Ah, il rêve déjà.

— Il ne se soutient plus, Eliza.

Le duc se donne du mal pour maintenir Frank debout.

— Restez dans l'ombre, cachez-vous.

Me cacher.

Frank a le menton qui tombe sur sa cravate mal nouée. Il marmonne des mots incompréhensibles, gémit.

Quand nous arrivons aux abords Belmore Square, je suis à court de souffle. Pourtant, je n'ai guère aidé le duc à transporter mon frère. Je le soupçonne même de considérer que je le retarde, à en juger par sa façon d'ahaner.

— Vous pouvez le déposer sur le perron, dis-je. Je vais demander à Dalton de le coucher.

Un petit rire se fait entendre.

— Qu'est-ce que c'est ? demande le duc en s'immobilisant, Frank pratiquement pendu à lui.

— Je ne sais pas.

J'arrête de faire semblant de l'aider et me tourne vers les jardins. J'entends de nouveau le rire. J'avance vers l'entrée.

— Eliza, m'appelle-t-il. Eliza, revenez immédiatement.

Les sourcils froncés, j'entre dans le square.

— Clara ?

Des bruits de pas, puis je vois une ombre sur les pavés, et enfin ma petite sœur, penaude, émerge d'une haie de lauriers.

— Es-tu devenue folle ?

Je la prends par le bras et la ramène vers la maison.

— Que se passe-t-il encore ? demande le duc en nous suivant des yeux. C'est votre sœur ?

— Oui ! revendique Clara avec force.

Elle pose les mains sur ses hanches et regarde tour à tour le duc et Frank.

— J'ai l'impression que c'est moi qui devrais demander ce qui se passe.

— J'ai sauvé Frank d'un sort éminemment plus funeste que la mort, dis-je. Et toi, que faisais-tu ? De la broderie avec la gouvernante ?

Clara hausse les épaules avec dédain. Aucune de nous deux n'aime la broderie.

— Qu'est-ce qu'il fait ici ? demande-t-elle en regardant le duc pour détourner l'attention.

— Tu étais avec le garçon d'écurie, dis-je d'une voix accusatrice.

— Au moins, ce n'est pas un meurtrier.

— Clara !

— Pour l'amour de Dieu, murmure le duc en lâchant Frank sur le perron sans ménagement.

Je me précipite pour aider mon frère, qui s'étale en grognant sur les marches.

— Bonne nuit, nous dit sèchement Clara en enjambant Frank avant de disparaître dans la maison.

Le duc me prend la main, ce qui me fait sursauter. En croisant son regard, je lis une drôle d'expression dans ses yeux. Quelque chose comme du regret. De la peine. Ses yeux sont rivés à mes lèvres. Je retiens mon souffle tandis qu'il approche son visage du mien. *Mon Dieu, mon Dieu, mon Dieu.* Nous y sommes ? Enfin ? Dois-je l'arrêter ? Je ne peux pas l'arrêter, car je brûle d'envie de sentir ses lèvres contre les miennes. De ravaler mes paroles. De devenir aveugle à tout sauf au plaisir qu'il me donne. Je ferme les yeux, frémissante. J'attends. Encore. Je retiens mon souffle. Son parfum envahit mes sens. Mon cœur cogne. Mais au bout de quelques longues secondes, toujours pas de baiser. Il relâche ma main. Son absence m'est déjà odieuse.

Je rouvre les yeux, il a reculé, le front lourd, le regard dur.

— Merci pour votre aide, dis-je en détestant la douleur que je lis dans son regard.

Sans m'offrir de réponse, il baisse les yeux sur Frank, étalé sur les marches.

— Votre père a dû faire quelque chose d'atroce dans une vie antérieure, dit-il doucement.

Sa réflexion me heurte, ainsi que son ton solennel, mais je ne conteste pas. Tous les trois, mon frère, ma sœur et moi, nous nous comportons de façon totalement inappropriée et frayons avec des gens à qui nous devrions à peine adresser la parole.

— Je dois y aller, dit le duc en tirant sur sa veste pour la rajuster. Adieu, Miss Melrose.

Sans me jeter d'autre regard, il part, et à chaque pas qu'il fait, à chaque pas qui l'éloigne de moi, je sens mon cœur sombrer. Son adieu m'a semblé tellement… final.

11

Le chantage était la seule façon de me tirer d'affaire. C'était surtout le seul moyen de faire entrer Frank discrètement dans la maison, sans finir dans le livre noir de Papa ou Maman. Peu importait que j'aie moi-même des secrets plus que choquants à cacher. Clara ne pouvait pas les révéler sans révéler aussi les siens, et je me suis servie de cette arme sans hésiter. Elle ne s'est pas fait prier pour m'aider à traîner notre frère jusque dans son lit. Se croyant déjà dans l'intimité de sa chambre, Frank a commencé à se déshabiller et a semé ses affaires par terre. Nous avons tout ramassé en vitesse. Et, par chance, à leur retour de la soirée chez les Fallow, nos parents étaient fort joyeux, ayant abusé du vin. Aussi n'ont-ils pas fait attention à notre petit oubli : la cravate de Frank, restée au milieu de l'escalier, où je l'ai retrouvée ce matin en descendant prendre mon petit-déjeuner.

Quelle soirée !

Il n'est pas encore huit heures mais j'ai renoncé à dormir. Mon apparition matinale dans le salon prend Dalton par surprise, il se dépêche de dresser la table et va chercher du café en s'excusant inutilement à plusieurs reprises.

— Ne vous inquiétez pas, Dalton, dis-je pour le rassurer en me laissant tomber sur une chaise devant la table inhabituellement calme. Je n'ai pas réussi à me rendormir.

— Vous vous sentez mieux, Miss Melrose ?

— Je crois que la semaine dernière, je me suis assez reposée pour toute une vie.

Je me sers du café, bois une gorgée et, dès qu'il sort de la pièce, vais me poster à la fenêtre. À cette heure, Belmore Square est tranquille. Aucune trace de l'animation que j'ai sous les yeux en temps ordinaire quand je me réveille. J'observe la résidence des Winters, l'esprit tiraillé entre ma résolution de couper le contact avec le duc et mon envie de poursuivre notre relation. Mon hésitation me rend folle ! Je n'ai pas honte d'avouer que je me suis attachée à ce grand butor, même si je m'empresse d'ajouter, sans doute pour diminuer l'ampleur de mon affliction, que j'ai aussi vu de la douceur et de la tendresse chez le duc si froid et distant. Ses sourires sont comme un jour de beau soleil, ce qui a quelque chose d'ironique car ils sont aussi rares que les jours de soleil ici. Sa vivacité d'esprit est également agréable. Quant à sa façon de me toucher…

Je soupire en buvant mon café. Inutile de le nier. Je suis en train de tomber amoureuse. Mais qu'est-ce que cela change ? Il m'a laissée tremblante hier, anticipant un baiser.

— C'est bien dommage, dis-je tout bas.

— Qu'est-ce qui est dommage ?

Je me retourne et découvre Clara, assise à la table. Elle a dû descendre l'escalier à pas de loup, je n'ai pas entendu le moindre grincement. Hum. Je plisse les yeux.

— Tu te réveilles bien tôt.

— Toi aussi.

Elle se sert une tasse de café, puis prend un pain dans le panier que vient d'apporter Dalton. Puis elle s'approche de la fenêtre, contemple le manoir des Winters.

— Nous avons de la chance d'être encore en vie.

Elle met un morceau de pain dans sa bouche et me sourit d'un air espiègle.

— Après notre rencontre avec ce meurtrier, je veux dire.

— Oh, je t'en prie.

Je retourne m'asseoir sur ma chaise.

— Nos parents nous tueront avant le duc, dis-je, s'ils découvrent nos escapades d'hier, bien sûr.

— Ne crains rien, ma sœur. Ton secret ne franchira pas mes lèvres.

— Et ton secret ?

— Quel secret ?

C'est la voix pâteuse de Frank qui pose cette deuxième question. Je tourne la tête, il est adossé contre la porte et vêtu de manière tout à fait inappropriée avec… presque rien.

— On dirait que tu as croisé la mort.

Il se frotte le visage à deux mains, traverse le salon avec une lenteur rare et s'écroule sur une chaise.

— Moi aussi, c'est l'impression que j'ai.

— Tu m'as causé pas mal de soucis, hier.

— Et à moi aussi ! renchérit Clara en nous rejoignant à table.

— Toi ? Ce n'est pas toi qui l'as porté depuis le club de gentlemen.

— Toi non plus, fait-elle remarquer avec un sourire rusé. Il me semble bien que c'est quelqu'un d'autre qui s'est chargé de notre ivrogne de frère.

— Quoi ? balbutie Frank en battant des paupières.

— Rien. Clara est mauvaise langue. (Je la préviens d'un regard de ne pas aller plus loin et la vois se ratatiner sur son fauteuil. Bien.) Tu peux nous laisser.

— Comment cela ?

Je n'ai pas envie d'avoir cette conversation en présence de ma petite sœur. La tête penchée, je la fixe pour bien lui faire comprendre que je suis sérieuse, et comme elle a un secret quelque peu scandaleux à cacher – quoique je ne sache pas grand-chose du potentiel scandale de son contenu –, elle se lève en ronchonnant et me laisse m'occuper de notre frère égaré. Doux Jésus, depuis quand suis-je devenue la plus raisonnable et la plus docile de nous trois ? Peu importe. Mon batifolage avec le duc n'en est pas vraiment un. J'espère que les entrevues de Clara avec le garçon d'écurie demeurent dans un cadre innocent. Deux mineurs rêvant à voix haute d'une vie heureuse qui n'adviendra pas. Mais l'effronterie de Frank a semé des graines dans nos esprits. Je tourne mon attention vers lui.

— À quoi joues-tu ?

Il plisse le front. Son beau visage paraît usé par ses excès.

— Je ne me souviens plus. Qu'est-ce que…

— Le club de gentlemen. Kentstone.

L'horreur se peint sur son visage.

— Que sais-tu de Kentstone ?

— Plus que je n'aurais voulu savoir !

Il pose les deux mains à plat sur la table tandis que son visage se referme

— C'est-à-dire ?

— Je sais que ce n'est pas un lieu pour un gentleman respectable, même si je doute de ton éligibilité à ce titre.

Était-il soûl au point de ne se souvenir de rien ? Pratique !

— Mère sait-elle ce qui s'y passe ?

Sa grimace me dit que non.

— Et Père ?

Une autre grimace.

Bien, bien, bien. On dirait que je tiens mon frère à ma merci.

— J'étais pathétique, gémit-il.

— En effet, dis-je. Et tu n'as pas envie d'avoir une réputation de dépravé. Surtout maintenant que nous sommes à Londres.

Un masque d'ennui pur se peint sur son visage, comme il fallait s'y attendre. Dans notre ancienne vie, ses errements étaient sans conséquence. Peu importait qu'on le voie dans un état pathétique. Cependant, je me sens insultée. Tous les sermons qu'il m'a faits, et il s'enfonce ainsi dans la débauche ?

— Rends-toi présentable avant que Papa et Maman ne se lèvent.

— Je me sens totalement méprisé.

— Il vaut mieux que ce soit par moi plutôt que par Papa, tu en conviendras.

Il me jette un regard noir. Je le tiens, il ne peut pas contester.

— C'est juste, dit-il en se levant avec effort avant de sortir.

Mon Dieu, j'espère que Frank ne retrouvera pas la mémoire. C'en serait fini pour moi.

Pour quelqu'un qui défend l'idée qu'on doit vivre comme on l'entend, quelles que soient les attentes qui pèsent sur nos épaules, j'ai le jugement un peu… facile. Je devrais être soulagée que mon frère et ma sœur suivent le chemin de la disgrâce avec moi. Mais je ne le suis pas. Un enfant égaré – à savoir moi –, c'est suffisant pour des parents. Ils ne méritent pas d'en avoir trois ! D'ailleurs, Frank peut choisir qui il souhaite épouser. J'espère que Clara aura elle aussi ce privilège. Tant que ce n'est pas le garçon d'écurie, évidemment. Dès qu'elle aura l'âge de se marier, Mère mettra tous les célibataires de Londres dans ses pattes et Clara n'aura que l'embarras du choix.

Alors que je suis plongée dans mes pensées, on frappe à la porte. Il est beaucoup trop tôt pour une visite. Qui cela peut-il être ? J'arrive dans l'entrée au moment où Dalton ouvre la porte.

— Je dois parler immédiatement à Mr Melrose, dit une voix.

Une voix reconnaissable, cassée par la fumée de la pipe et, d'après la rumeur, ses excès dans les nombreux clubs qu'il fréquente. À défaut de pouvoir confirmer son comportement dans les clubs, je sais qu'il n'est pas le dernier à se laisser aller à divers plaisirs, l'un d'entre eux étant l'écriture de longs articles fouillés sur la vie londonienne.

— Mr Porter ? dis-je, passant devant Dalton.

— Ah, Miss Melrose. Allez chercher votre père.

— Je vous demande pardon ? Je crains qu'il ne soit encore au lit. Dois-je vous rappeler, dis-je en sentant les effluves d'alcool émanant de lui, qu'il est encore très tôt ?

Vu la façon dont il se présente chez nous, je suppose que Mr Porter arrive directement d'un de ces clubs qu'il affectionne. Dieu merci, il n'était pas à celui de Kentstone hier soir.

— Inutile, répond-il en mettant la main sur la poche où il range sa montre gousset. J'ai un message urgent à lui transmettre, Miss Melrose.

— Je vais aller chercher mon frère, dis-je en me mettant de côté pour le laisser entrer. Je sais qu'il est réveillé.

— Comment va-t-il ? me demande-t-il, l'air intéressé.

— Cela dépend comment on voit les choses, réponds-je en riant. Mais entrez donc.

— Merci, dit-il en s'avançant.

— Allez attendre dans le salon. Dalton a servi du café.

L'odeur d'alcool que dégage Mr Porter me tord le ventre. Je recule d'un pas.

— Excusez…

— Mr Porter ?

Père apparaît, l'air endormi et hirsute, lui qui a toujours une mise impeccable.

— Je suis navré de vous déranger à une heure indue, Melrose, mais il s'agit d'une affaire urgente.

Père fronce les sourcils et désigne d'un vague geste son étude.

— Apportez du café, Dalton, dit-il en se mettant en mouvement, suivi par Porter.

Mince ! Quelle affaire peut être pressante au point de le pousser à une visite à une heure pareille ?

Je vois Dalton repartir après avoir servi le café et, honte à moi, je colle mon oreille contre la porte.

— Et cela vient d'une source fiable ? dit Papa.

— Vous me connaissez, Melrose. Je m'efforce toujours d'être exact.

Je ris intérieurement. Porter n'a jamais laissé la question mineure de vérité interférer avec une bonne histoire. Mais de quelle histoire s'agit-il ici ? J'imagine quelque chose d'explosif, pour justifier cette visite.

Des bruits de pas se font entendre dans l'étude. Surprise, j'ai à peine le temps de m'écarter de la porte que celle-ci s'ouvre.

— Il faut que je trouve mon fils !

— Il est rentré hier soir, Papa.

Il semble soulagé, ses épaules retombent légèrement.

— Dalton, allez chercher Frank, voulez-vous ?

— Immédiatement, monsieur.

Dalton grimpe à l'étage. Père ne m'accorde pas même un regard avant de se renfermer dans son étude.

Cinq minutes plus tard, Frank descend d'un pas lourd l'escalier, l'air à peine mieux en point que la veille.

— Que se passe-t-il ? me demande-t-il en remarquant que je suis postée sur le seuil du salon, juste en face de l'étude.

Je hausse les épaules.

— C'est à propos d'un article, je crois. Mr Porter a fait une entrée fracassante.

— Oh ?

— Il puait l'alcool et le tabac froid.

Frank grimace. Il regarde la porte de l'étude, une main sur le ventre. À l'évidence, il ne se sent pas très bien.

— Je serais toi, cher frère, je retiendrais mon souffle.

Il suit mon conseil et prend une bonne inspiration avant d'entrer dans l'étude.

— Porter, salue-t-il en expirant, et je ris de l'imaginer inspirer l'air frais en urgence. Père.

— Je suis content que tu sois à la maison, fiston, dit gentiment Papa avant de se racler la gorge, prêt à parler affaires. Maintenant, recommencez, Porter.

On frappe encore à la porte. Je me demande bien qui ça peut être, cette fois. Je me dépêche d'aller ouvrir et me retrouve nez à nez avec Lymington, qui me regarde des pieds à la tête avant de passer devant moi et d'entrer sans prévenir dans l'étude de Papa. Je n'ai pas la moindre idée de ce qui se trame, mais je n'aime pas cela.

— Miss Melrose, dit Dalton en s'approchant de moi, un muffin, peut-être ?

Traduction : « Je vois que vous écoutez aux portes, puis-je me permettre de détourner votre attention ? »

— Merci, Dalton, réponds-je en allant dans le salon.

Je prends un muffin en souriant et, dès que Dalton repart, je retourne coller mon oreille à la porte de l'étude.

— Le journal est passé de six à douze pages, Melrose. Il y a une certaine pression pour remplir ces pages d'autre chose que de publicités et d'annonces.

— Oui, oui, marmonne Papa. J'en ai bien conscience.

Son ton trahit une certaine fatigue. Ce qui n'a rien de surprenant. Je sais à quelle heure Maman et lui sont rentrés de leur soirée, il manque au moins deux heures de sommeil à Père.

— Et Frank ne produit guère d'articles passionnants ces derniers temps, ajoute Lymington. Il s'est vite essoufflé, dirait-on.

— Es-tu diminué physiquement ? demande Père.

— Non, répond Frank d'une voix pincée. J'aimerais savoir qui est cette source fiable.

— Ne jamais dévoiler ses contacts, Frank, répond Mr Porter. Première règle du journalisme. Ainsi, vous ne vous souvenez pas de l'incident ?

— Non, répond Frank. Je me rappelle être rentré à pied à la maison…

— D'où ? demande Lymington.

— De Gladstone.

Les cheveux se dressent sur ma tête. *Gladstone ?* Bien sûr, il ne peut pas parler ouvertement. Cela provoquerait un scandale catastrophique ! Et je me demande sérieusement si Frank se rappelle quoi que ce soit après son départ de Kentstone. Mais cela ne répond pas à ma question : quel est le sujet de leur discussion ?

— Et vous avez été attaqué, déclare Porter. Par Winters et un complice.

— Oui, confirme Lymington. Nous savons tous de quoi il est capable.

Quoi ?!

— Je ne dirais pas *attaqué*, murmure Frank.

— Molesté ? propose Porter.

— Avez-vous vérifié vos affaires ce matin ? demande Lymington.

— Oui, répond Frank, comme à contrecœur. Tout est en ordre. Je ne me rappelle pas grand-chose, à dire vrai. Je crains que cela ne mérite pas vraiment d'être imprimé.

— Sottises ! clame Lymington. Vous allez immédiatement écrire un article, Porter.

— Comment ? s'alarme Frank. Mais je ne me souviens de rien !

— J'ai tous les détails dont j'ai besoin, déclare Porter avec suffisance. Ma source…

— Oui, voilà, le coupe Lymington. Quant aux annonces, j'aimerais publier celle du mariage de Miss Melrose et de mon fils demain.

Je sursaute comme si j'étais frappée par la foudre. Une annonce ? Personne ne publie d'annonce avant le mariage. C'est après. Toujours !

— Et quand aura lieu le mariage ? demande Porter.

— Dans quatre semaines à compter de ce samedi.

— Excellent.

Je regarde la porte, incrédule. Moi qui pensais que je devais présenter mes excuses à Frederick après mes frasques, il semblerait que ce ne soit pas nécessaire.

— Bonne journée, messieurs.

Sa voix est proche. *Mince !* Je me précipite dans le salon au moment où Lymington et Porter sortent. Père monte à l'étage, sans doute pour se remettre au lit, tandis que Frank reste seul dans l'étude.

Bien entendu, je vais le rejoindre.

— Tu as menti, dis-je d'une voix accusatrice.

— Que voulais-tu que je fasse, Eliza ? dit-il en passant nerveusement la main dans ses cheveux. Que je t'expose ? Et que je m'expose par la même occasion ?

— Nous ne pouvons pas laisser faire. Cela risque de gâcher la vie de Winters.

Frank rit.

— Allons, Eliza, la vie du duc est déjà gâchée. Et puis, si une rumeur malveillante peut nous sauver la mise… Qu'est-ce que ça peut te faire ?

— C'est immoral !

— Toujours sur tes grands chevaux. (Il se rapproche, et je n'aime pas son regard interrogateur.) Raconte-moi ce qui s'est passé hier. Tous les détails.

Certainement pas !

— Je m'inquiétais pour toi. Alors je suis allée à Gladstone. Bien entendu, tu n'y étais pas, et je t'ai retrouvé dans un établissement beaucoup moins correct, et dans une position très compromettante avec… une jeune femme. (Je me racle la gorge.) Si j'avais su ce qui se déroulait dans ce genre d'endroit, je n'y aurais jamais mis les pieds. Je suis marquée à vie !

Il lève les yeux en l'air.

— Tu m'as surpris bien d'autres fois dans des situations compromettantes. En quoi est-ce un problème aujourd'hui ?

Je ne sais quoi répondre. C'est une bonne question. D'où vient ma réaction ?

— Continue, soupire-t-il.

— Je vais essayer, dis-je, soulagée qu'il ne me demande pas d'autres explications.

Cela dit, je vais devoir y réfléchir. Peut-être parce que je m'inquiète pour Père. À moins que je ne supporte pas l'idée que Frank se retrouve entre les griffes de Lady Dare.

— Je n'arrivais pas à te bouger, tu étais inerte. Il s'est trouvé que le duc m'a vue me débattre avec toi et m'a proposé son aide.

— Et tu as accepté ?

— Tu aurais préféré que je te laisse dans le caniveau ?

— Il t'a aidée ?

— Oui !

Frank se tord les lèvres.

— Ma foi, c'est assez malheureux, en effet.

— Sauf si nous nous assurons que la vérité soit respectée.

— Et alors, ma chère sœur, c'est ta réputation qui sera entachée.

— Sans parler de la tienne. J'essayais simplement de t'épargner le déshonneur.

— Et ce faisant, tu as pris le risque de te déshonorer. Pour l'amour de Dieu, Eliza. Comment as-tu pu te compromettre en pareille compagnie, et sans chaperon qui plus est ?

— J'avais un chaperon, réponds-je avec un peu trop de morgue pour une femme dans ma position.

Frank pousse un soupir las.

— Oh, tu veux parler d'un chaperon en état de chaperonner ?

— Idéalement, oui.

— Certes, mais rien dans la situation n'était idéal, dis-je en secouant la tête avec consternation. Alors j'ai été forcée d'agir.

Peu importe que je mente. Ici, le mensonge ne porte pas à mal. Alors que les inventions de Porter causeront du tort. Je ne le laisserai pas faire.

— Il dit qu'il a une source fiable.

Frank éclate de rire.

— C'est ce qu'ils disent toujours.

— Tu veux dire qu'il ment ?

— Je ne sais pas, répond Frank. Comment est-il assez au courant pour affirmer que Winters m'a molesté ?

— Il faut empêcher Porter.

— Et comment proposes-tu d'y parvenir ?

— Je n'en ai pas la moindre idée, dois-je avouer. Mais je sais qu'il est inutile d'exposer qui que ce soit. Sauf Porter et Lymington, qui sont des rustres sournois et malveillants. Quel est leur problème avec Johnny ?

— C'est le journalisme, Eliza. (Frank se masse le pourtour des yeux.) Et c'est pour cela que Père ne te laissera jamais entrer dans le monde sordide qui a fait sa fortune. Ce n'est pas un milieu pour une lady.

— Je n'ai jamais été une lady.

— Très bien. Ce n'est pas un milieu pour une femme, et tu en es une, je pense ?

— Je trouverai un moyen de prouver que Porter ment, dis-je d'une voix menaçante.

— D'accord, n'hésite pas à venir me réveiller quand tu sauras comment.

Il sort de l'étude, et je regarde par-dessus mon épaule le cabinet en verre où Papa conserve un exemplaire de chaque édition du journal. Certains contiennent des articles que j'ai écrits. Il n'y a pas de mensonges dans mes articles, et il n'y en aura jamais. L'intégrité est fondamentale. Je retourne dans le salon me servir du café. Que fait-on lorsqu'on veut empêcher un article d'être publié ? Je me pose la question en tambourinant la table du bout des doigts. Et une idée me vient. Mes doigts restent en l'air. On écrit une histoire plus grande encore. Plus forte. Plus scandaleuse.

Une histoire vraie.

Cela peut s'avérer délicat, car la vérité est rarement plus captivante qu'un tas de mensonges bien assaisonnés. Sauf, bien sûr, si je parle de mes aventures avec Johnny Winters. Elles sont parfaitement vraies et parfaitement scandaleuses. Je soupire.

Et puis, soudain, j'ai la solution. Venue de nulle part. Mes méninges s'activent. Cette idée, franchement, c'est du génie ! Je vais faire ce que je reproche à Porter. Broder. Ou plutôt, inventer complètement quelque chose.

De fausses informations.

L'intégrité n'est peut-être pas toujours fondamentale, et surtout pas dans cette situation.

Et comme c'est pour une juste cause, je pourrai me pardonner. Mon Dieu, cela pourrait être l'article du siècle ! Mais comment vais-je m'y prendre ? Avant tout, il ne sert à rien de me sous-estimer. Je suis plus que déterminée.

Et amoureuse.

RUMEUR SUR LA BANQUE MILLINGDALE :
LA FAILLITE SERAIT POUR DEMAIN

Imaginez que toute votre fortune, jusqu'au dernier shilling, soit perdue à cause d'une mauvaise décision prise par le lord qui préside aux destinées de la banque où vous l'avez placée. Une source fiable m'apprend que Lord Millingdale…

12

Le lendemain matin, et pour la première fois de mon existence, j'intercepte la livraison de notre journal quotidien et respire profondément en lisant la manchette. Puis je vais à la fenêtre et regarde les habitants de Belmore Square quitter leur maison en panique, certains ayant à peine terminé de s'habiller, et se diriger vers la banque Millingdale afin de retirer leur argent.

— Oups… dis-je en retenant un grand sourire.

Dalton arrive dans mon dos, m'obligeant à maîtriser davantage encore mon expression.

— Miss Melrose ?

Une fois certaine que ma culpabilité ne se voit pas trop, je me tourne vers lui.

— Oui, Dalton ?

La mine soucieuse, il va à la porte, l'ouvre, regarde dehors. Je vois la comtesse Rose passer en courant presque.

— Savez-vous ce qui se passe ?

— Aucune idée, Dalton, dis-je en allant au salon sans plus retenir mon sourire.

Je parcours le reste du journal, cherche l'autre article, et après quelques publicités, dont l'une, ironiquement, pour la banque Millingdale, je ne trouve rien sur l'agression supposée de Frank Melrose. Ma foi, tout cela est fort bizarre.

Je suis soudainement tirée de ma perplexité par un cri. C'est ma mère, dans l'entrée, qui se prend la tête à deux mains.

— Maman, qu'y a-t-il ?

Est-elle en train de pleurer ? Oh non. Je suis sur le point de la rassurer en lui expliquant que son argent est à l'abri, quand j'aperçois tout à coup un sourire entre ses mains.

Elle se reprend, renifle, et finit par me dire :

— J'ai réussi. Je suis approuvée.

J'essaye de voir les enveloppes qu'elle tient dans sa main droite.

— Qu'est-ce que c'est ?

— Une invitation pour Almack, signée de la main de Lady Tillsbury !

Oh. Je parviens à ne pas lever les yeux en l'air, de justesse.

— Je suis heureuse que tu sois récompensée du temps que tu as passé à caresser Lady Tillsbury dans le sens du poil, Maman.

Je dois reconnaître qu'elle s'est donné beaucoup de mal pour entrer dans ce cercle sacré où les membres les plus en vogue, les plus riches et les plus influents de la bonne société doivent être vus.

Je reviens à mon interrogation concernant l'absence d'article de Porter sur l'agression. Frank. Il faut que je lui parle tout de suite. Par pitié, dites-moi que je ne me suis pas donné pour rien la peine d'inventer de fausses informations et ensuite de tromper Dalton en lui demandant de l'apporter à la presse, selon des instructions fictives de Papa.

— Il y en a une pour vous aussi, me dit Mère, que cela semble surprendre.

Elle n'est pas la seule, cela dit.

— Quoi ?

— Vous avez aussi une invitation, confirme Maman en brandissant les enveloppes.

— Pourquoi ?

Mère réfléchit un instant, et j'attends patiemment de connaître le produit de sa réflexion. Mais il n'y a pas d'explications. Ses invitations, ses tickets, ses bienfaits tombés du ciel, appelez cela comme vous voudrez, sont comme de la poussière d'or. Nul ne les distribue avec frivolité.

— Je ne sais, dit Mère. Mais je demanderai !

Elle pivote et part en chantonnant vers le salon tandis que je regarde le journal que je tiens à la main, ma perplexité ayant redoublé. Frank. Je monte à l'étage et fais irruption dans sa chambre sans frapper.

Il grogne, tire les draps sur sa tête.

— Il n'y a pas d'article sur le duc.

— Toi dois être ravie, alors. Eliza a encore sauvé le monde.

Ravie ? Non, je suis confuse.

— Maintenant, laisse-moi, ronchonne-t-il. L'aube est à peine levée.

Je regarde sa forme prostrée avec indignation.

— J'ai entendu que la banque Millingdale pourrait faire faillite aujourd'hui.

Les draps volent aussitôt et Frank émerge en battant des paupières.

— Quoi ?

— J'imagine que les Fallow ne seront pas ravis que leur fille épouse un banquier en faillite et un vicomte disgracié.

— Tu es sérieuse ?

Je lui fais un client d'œil qui le déconcerte et referme la porte.

— De rien, cher frère, dis-je à part moi en fouillant une dernière fois le journal, au cas où mes yeux m'auraient menti.

Mais rien sur l'agression.

Je lis en diagonale, malgré tout. Pas non plus d'avis de mariage concernant une certaine Elizabeth Catherine

Melrose et un certain Frederick Lymington. Je m'en consolerai sans trop de difficulté.

Mais je me demande bien ce qui a pu se passer.

Je n'ai toujours pas dissipé le brouillard quand arrive le souper. Père et Frank ont été absents toute la journée pour leurs affaires tandis que Mère est allée se montrer au parc royal, sans doute avec ses invitations fixées sur le front. Elle ne m'a pas invitée et je n'ai pas protesté. Après avoir posé une main sur mon front, lorsque je lui ai dit que je me sentais un peu mieux, elle a marmonné de cet air pénétré qu'elle a dans ces cas-là, et a déclaré qu'il était sans doute préférable que je me repose encore, ne serait-ce que pour ne pas gâcher mon invitation à Almack. Elle craint que je ne fasse une rechute après ma longue semaine de maladie. Dalton, qui frottait l'argenterie à proximité, a haussé les sourcils en entendant cela, mais n'a pas fait de commentaire.

J'ai tourné en rond toute la journée en me postant sans cesse à la fenêtre, guettant le moindre bruit chaque fois que la porte d'entrée s'ouvrait, dans l'espoir que ce soit Père qui rentre. Je me disais que je pourrais le sonder gentiment pour qu'il m'explique l'absence des nouvelles auxquelles je m'attendais, ou plutôt, que je craignais.

Mais je ne sais pas si c'est une bonne idée. Ma culpabilité est trop visible dès que j'ouvre la bouche sur ce sujet. En revanche, je peux redemander à Frank. Et je compte bien le faire. Il a bien dû avoir aujourd'hui des informations qui expliquent tout cela.

Mon cœur bondit en entendant une voiture rouler sur les pavés, je me précipite à la fenêtre pour voir s'il s'agit de Père et Frank. *Oui !* Mère arrive à pied, traînant une Clara misérable, et Emma, chargée de ce qui doit être une robe neuve.

À peine sont-elles entrées dans la maison que Dalton remet une enveloppe à ma mère, qui lit son contenu puis s'écrie :

— Burt ! Regardez, les figures tutélaires de la société nous admirent aujourd'hui !

— De quoi s'agit-il ? demande Père en battant des paupières.

— C'est le sceau royal ! Mon Dieu, nous sommes invités ! (Mère paraît au bord de l'attaque cardiaque.) L'anniversaire du prince !

— Calmez-vous, Florence, grogne Papa, peu impressionné. Vous allez faire de l'apoplexie.

Il tourne son attention vers moi en plissant les yeux. Je me redresse, comme si me faire plus grande pouvait le convaincre que… je ne suis au courant de rien.

— Bonjour, Papa.

Il me scrute longuement, je passe d'un pied sur l'autre.

— Il semblerait que la banque Millingdale soit parfaitement à l'abri.

— Oh, tant mieux.

Je souris comme une idiote.

— En effet.

Sans rien ajouter, il part dans son étude en appelant Frank à le rejoindre. Je me détends et suis du regard Frank, qui semble crispé.

— Regardez, Eliza ! s'écrie Maman, ce qui me fait sursauter. Oh, je vais devoir acheter une autre robe immédiatement. (Elle serre l'invitation contre sa poitrine.) Mais d'abord, nous devons nous préparer pour le bal d'Almack ce soir.

Elle s'en va, suivie comme son ombre par Emma.

— Vous avez l'air d'aller mieux, ma chérie. Je suis heureuse que vous puissiez venir.

C'est drôle, parce que je ne me sens pas bien du tout.

— Et moi ? râle Clara.

Je ne comprends pas pourquoi elle tient tant à aller faire des ronds de jambe à Almack.

— Peut-être dans un an ou deux.

Je regarde du côté de l'étude de Père tandis que Clara monte l'escalier. Suis-je seule ? À mon grand soulagement, oui. Je m'approche à pas de loup, colle l'oreille à la porte, mais suis surprise en pleine action par quelqu'un qui frappe à la porte de façon agressive. Je porte la main sur ma poitrine, mon cœur a fait un bond. Veut-on me faire mourir de frayeur aujourd'hui ?

— Melrose ! Melrose, ouvrez immédiatement !

Je serre les dents avec dégoût. Que peut bien vouloir Lymington de si urgent ? Je n'en sais rien, mais je meurs d'envie de l'apprendre, et je décide donc de soulager Dalton de cette tâche.

— Votre Grâce, dis-je en ouvrant.

Il me jette à peine un coup d'œil et, de façon assez grossière, entre dans la maison sans y être invité.

— Melrose ! aboie-t-il.

La porte de l'étude s'ouvre, et Frank apparaît.

— Votre Grâce, le salue-t-il.

Une certaine confusion se lit sur ses traits. Et peut-être de l'inquiétude.

Frank se fait lui aussi bousculer par Lymington, qui l'écarte sans lui accorder d'attention.

— Que signifie tout cela ? crie-t-il en brandissant sa canne en l'air, menaçant. Nous avions un accord. L'âge diminue peut-être ma vue, Melrose, mais pas mon esprit. Nous avions convenu que ce serait annoncé aujourd'hui ! Où est Porter ?

Avec de grands yeux ronds, je vois Lymington arpenter le bureau de long en large, suivi par Père qui tente de l'apaiser.

— Malheureusement, nous ne savons pas où il est à cet instant, mais Frank a envoyé notre avocat chez lui. Il sera congédié, vous avez ma parole.

Congédié ? Pour avoir oublié un avis de mariage ? Je n'aime pas beaucoup Porter, qu'on ne se méprenne pas, mais il ne mérite pas le traitement décidé par Papa pour une simple erreur.

On frappe encore à la porte, mais de façon plus polie cette fois. J'ouvre de nouveau, presque sonnée par tout ce qui se passe.

— Miss Melrose. (Mr Casper me salue d'un hochement de tête en souriant aimablement.) Je viens voir votre père.

— Entrez, je vous en prie.

Je m'écarte pour le laisser passer tandis que des cris retentissent depuis l'étude. Toute la rue doit les entendre !

— Je crains que ça ne devienne physique, Mr Casper.

— Mon Dieu… dit-il en se dépêchant de les rejoindre. Calmez-vous, messieurs, lance-t-il tout en posant son cartable de travail sur une chaise près de la cheminée. J'ai parlé à l'épouse de Porter, et elle m'a expliqué où il est.

— Alors, où se trouve cet incapable ? beugle Papa.

Je ne sais pas si j'ai déjà vu mon père dans un tel état, mais je ne crois pas.

— À York.

— Quoi ? s'étonne Frank.

— Quoi ? répète Papa.

— York ? s'emporte Lymington. Qu'est-il parti faire à York ? Alors qu'il a des affaires qui l'attendent ici !

La canne tendue vers Papa d'un air menaçant, Lymington s'avance d'un pas. Si je n'étais pas choquée par cette malheureuse situation, je rirais de ce vieil homme fragile. Frank pourrait le mettre à terre d'une pichenette ! Bien sûr, il ne le fera pas, mais une intuition perturbante me dit que le statut du duc n'est pour rien dans tout cela.

L'accord.

— Si je ne lis pas l'avis demain matin, menace le vieil ogre, vous êtes fini, Melrose. Vous m'entendez ? Fini !

— La date est fixée, dit Père. J'ai signé le contrat et accepté toutes vos conditions ! Nous avons commencé l'organisation.

Vraiment ? Pourquoi ne suis-je au courant de rien ? Après tout, c'est mon mariage. Et quel est ce contrat ? Quelles conditions ? Ce n'est pas simplement ma vie qu'on brade. Il y a des conditions, et je suppose qu'elles ne sont pas ce qu'il y a de plus traditionnel.

Lymington vitupère.

— Faites en sorte que cela fonctionne, Melrose. Je ne me gênerai pas pour vous ruiner si vous échouez.

Et là-dessus, il quitte la maison comme une furie.

— Mon Dieu… soupire Mr Casper, une fois le calme revenu. Je ne peux pas dire que cet accord m'inspirait une grande confiance.

Je rentre dans l'étude de Père sans y réfléchir à deux fois.

— Je veux connaître les conditions.

— Pas maintenant, Eliza, soupire Papa en balayant d'un geste ma question.

Il semble épuisé.

— Si, maintenant.

— Eliza… m'avertit Frank.

— Je vais vous laisser, dit Mr Casper, qui joint le geste à la parole à la hâte.

Sa sortie ne fait qu'augmenter mon inquiétude. Pour un avocat, c'est-à-dire un homme formé à la dispute, il a l'air bien désireux d'éviter une querelle.

Je ferme la porte de l'étude, résolue à ne pas bouger de là tant que je n'aurai pas de réponse. À la tête que fait mon père, je constate avec satisfaction qu'il a pris la mesure de ma détermination. Il me regarde comme quand j'étais une petite fille et que je lui faisais un rapport détaillé de tout ce qui m'avait intéressée dans la journée.

— Eliza, commence-t-il en venant vers moi, les bras grands ouverts. C'est tout ce que j'ai rêvé pour toi. Et pour Frank et Clara. Un avenir assuré !

— Notre avenir est assuré, réponds-je. Grâce à ton travail acharné, nous n'avons pas besoin de maris et de femmes qui nous aident à vivre en sécurité. (Je lui fais mon regard implorant.) Ou nous apportent un bonheur contraint. Je suis heureuse comme je suis. Je suis heureuse avec ma famille. Je ne veux pas être envoyée en Cornouailles, où je serai éternellement malheureuse.

Il se recule en soupirant.

— Quand tu auras tes propres enfants, tu seras loin d'être malheureuse.

— Si j'aimais les enfants, et je ne sais pas si c'est le cas, j'aimerais un père qui a envie de les engendrer avec moi !

— Je vous en prie, Frank, grogne Papa, aidez-moi à faire revenir cette jeune fille à la raison.

— Ce n'est pas moi qui ai besoin de revenir à la raison, Papa, c'est vous. Je ne veux pas épouser Frederick, et vous ne devriez pas m'y obliger.

— Il est trop tard, Eliza.

Ses épaules s'affaissent, tant est lourd son fardeau. Mais j'ai une révélation à lui faire : le mien est plus lourd encore !

— Quelles sont les conditions dont vous parliez ?

— Vous rendrez les terres et la fortune à la mort de votre époux.

— Pas d'héritage ? (Je ne peux m'empêcher de rire, bien que je ne m'amuse guère.) Alors, je ne serais même pas payée pour le calvaire d'épouser un homme que je n'aime pas ?

— Mais vous garderez votre titre. Et vous resterez en Cornouailles.

— Je serai enterrée en Cornouailles, réponds-je avec une virulence trop longtemps contenue. On se sert de moi pour produire un héritier, c'est tout. Ils ont honte de moi et ils veulent juste m'enfermer à double tour, loin de ma famille. (C'est encore pire que ce que j'imaginais !) Frederick est incapable de s'attacher une femme.

Je suis de plus en plus convaincue que ce n'est pas vraiment sa faute, si terne et ennuyeux qu'il soit. S'il n'a pas de femme, c'est surtout que personne ne veut s'associer à son tyran de père.

— Je suis le dernier recours de Lymington pour assurer l'avenir de son duché !

Je regarde Frank, espérant du soutien. Il sait que j'en mourrais, il le sait. *S'il te plaît, Frank, parle.* Je prie, encore et encore. Hélas, mon frère, les yeux baissés sur le bout de ses chaussures, refuse de me regarder. Le lâche !

— Vous serez heureuse d'élever des enfants, murmure doucement Père. Et vous serez heureuse d'apporter à votre famille le statut qu'elle mérite mais qui nous manque à cause de ce qu'ils appellent le lignage.

J'ai la gorge nouée et les larmes au bord des yeux. Je ne sais plus quoi dire. Comment peut-il me faire cela ? Être mariée sans avoir son mot à dire est déjà assez terrible, avec des conditions aussi déraisonnables ? C'est de la folie !

— Maintenant, allez vous préparer pour ce fichu bal d'Almack avant que votre mère ne fasse une attaque, et je vous demanderai poliment, si je puis me permettre, en tant que père, de faire un effort avec votre fiancé ce soir afin d'apaiser Lymington.

— Mon fiancé ? Il a officiellement demandé ma main ? Il est venu ici et vous a parlé ?

— Oui, et il a parlé de vous avec beaucoup de tendresse.

Je penche la tête et observe mon père.

— Et Frederick est-il le seul prétendant qui soit venu vous trouver ?

Admettra-t-il que Johnny Winters s'est présenté devant lui ?

Il soupire.

— Vous êtes la plus belle jeune femme de cette saison, Eliza.

Mais il ne dit rien de plus. Pas de confirmation explicite. Pourtant, c'en est une. Je me fiche de toutes les propositions, sauf d'une.

— Je vous en prie, ma chère fille, faites-moi confiance.

— Comment vous ferais-je confiance, Papa ? Vous me condamnez à une vie de misère, et pour quoi ?

— La voiture viendra vous chercher à huit heures, votre mère et vous.

Il détourne le regard pendant que je me demande, l'espace d'une seconde, car c'est le temps qu'il me faut pour conclure que ma supposition est juste, si Lymington a joué un rôle dans cette invitation à Almack, juste pour que je sois vue en public avec Frederick. Pour assurer à la bonne société que nous sommes heureux et amoureux, que tout va bien. Alors que rien ne va.

Je sors du bureau, grimpe l'escalier quatre à quatre et me précipite dans ma chambre où je me jette sur le lit pour pleurer.

Je pleure toutes les larmes de mon corps, comme jamais cela ne m'est arrivé.

*

J'ai beau sourire et féliciter Maman, qui tourne sur elle-même dans le salon tandis qu'Emma s'efforce de faire les derniers ajustements, je ne parviens pas à avoir autant d'enthousiasme qu'elle. Emma pourrait se donner du mal jusqu'à la fin de ses jours afin de dompter les froufrous de cette robe, je pense qu'elle n'y parviendrait pas. L'exubérance de cette tenue est intentionnelle de la part de ma mère, elle veut être sûre qu'on ne l'oubliera pas de sitôt.

— Vous êtes merveilleuse, dis-je, mais d'une voix trop mesurée, manquant de verve.

Mère ne le remarque pas, distraite qu'elle est par le devoir de contenir friselis et murmures de soie.

— Merci, Eliza. (Elle vient vers moi et tend les bras pour m'atteindre, sa robe ne lui permettant pas d'être trop proche.) J'ai peur que vous n'ayez pas l'air suffisamment apprêtée, commente-t-elle en tirant sur le col carré de ma robe.

— Oh, Mère, peut-être en faites-vous un peu trop ?

Ses mains arrêtent de s'agiter et elle me regarde avec un air où je lis un peu de pitié.

— Vous êtes toujours si belle. Vous le tenez de moi, bien sûr.

Un clin d'œil accompagne cette plaisanterie.

— Avez-vous parlé à Lady Tilbury ?

Ma curiosité n'est toujours pas assouvie sur ce point.

— À quel sujet ?

— Sur la raison qui l'a poussée à m'offrir l'une de ses si rares et précieuses invitations alors qu'il ne manque pas de jeunes ladies rêvant d'être soulevées de terre dans un lieu si prestigieux, par l'un ou l'autre de ces beaux et jeunes gentlemen. Cela vient de Lymington, n'est-ce pas ?

— Elle ne semblait pas désireuse d'aborder cette question, et, franchement, peu importe qui vous a recommandée. Si seulement vous compreniez l'importance de cette invitation, Eliza…

— Mais je ne l'ai pas demandée, Maman. C'est vous qui l'aviez demandée, et je ne comprends donc pas du tout, à moins, comme je viens de le dire, que Sa Grâce ait voulu s'assurer que tout le monde sache que je vais épouser Frederick.

Parce qu'il n'y a pas d'endroit plus prestigieux où être vu. Tout le monde parlera de cet événement jusqu'au prochain. Et pour ce que j'en sais, l'événement qu'il voulait à toute force voir imprimé dans le journal ne l'a pas été.

— Vous réfléchissez trop, balaye Mère.

— Si vous le dites…

Je vois soudain Père et Frank passer devant la porte du salon, les bras chargés de papiers. Frank hoche la tête à notre intention, mais Père ne daigne même pas jeter un coup d'œil dans notre direction. Je suis toujours sur sa liste noire, mais ce n'est pas un problème, il est sur la mienne.

Mère, cessant de se préoccuper de moi, s'écrie avec ravissement :

— Frank, vous êtes à la maison !

Frank ralentit à contrecœur en jetant un regard méfiant de notre côté. J'imagine qu'il voulait m'éviter. Oui, lui aussi est sur ma liste noire, et il y restera car c'est un fieffé couard qui n'a pas eu le cran d'avouer à Père ce que lui inspire vraiment la situation dans laquelle on me jette.

Je lève le menton et lui tourne le dos pour qu'il soit bien au courant de mon mépris, au cas où il y aurait un doute. Qu'il sache que je ne me mettrai plus en danger pour le sauver d'une situation compromettante. Ni pour libérer de l'horrible vicomte la femme sur laquelle il avait des vues.

— Vous êtes ravissante, Mère, dit-il tandis qu'Emma me lisse les cheveux en bouclant leur extrémité afin qu'ils reposent parfaitement sur le haut de ma poitrine.

Après quoi elle entreprend de fixer un superbe peigne incrusté d'améthyste sur le côté de ma tête.

— Et moi ?

Je pivote pour lui faire face, obligeant la pauvre Emma à reprendre depuis le début la fixation du peigne.

— Non que cela ait quelque importance, bien sûr, puisque je suis déjà fiancée et promise aux délices du mariage et de l'enfantement avec un mari exquis. Cependant, je me demande pourquoi on m'oblige à me rendre ce soir au bal, qui n'est qu'un marché aux célibataires après tout. Mon pauvre esprit n'arrive pas à trouver d'explication. Je me dis que c'est gâcher l'invitation que quelqu'un s'est donné la peine de réclamer à Lady Tillsbury. Peut-être que vous devriez y aller à ma place, mon cher frère.

— L'invitation est à votre nom, répond-il tranquillement. Et j'ai des affaires à traiter.

— Oh, vous avez localisé Porter ?

— Porter ? demande Mère. Qu'y a-t-il avec lui ?

— Rien, répond Frank en soupirant. Il est simplement parti rendre visite à des membres de sa famille à York.

— Surprenant, dis-je en me tenant immobile pour Emma. Entre le bal d'Almack ce soir et l'anniversaire du prince qui est pour bientôt, il ne manquerait pas de matière pour ses articles.

— Eliza, accordez-moi un peu de répit, marmonne Frank. Je n'ai pas de temps pour rester ici et être la cible de vos sarcasmes. Nous avons rendez-vous avec le Premier ministre.

— Oh, à quel sujet ? demande Mère.

— Au sujet des impôts, répond Frank. Il augmente les taxes sur les journaux.

Oh, tant mieux. Espérons que les riches, qui sont connus pour leur avarice, refusent de payer et que Père finisse en banqueroute, ainsi, nous pourrons retourner chez nous. La noirceur de mes pensées me fait grimacer, car j'ai beau être fâchée contre lui, je ne souhaite pas que mon père échoue. Je souhaiterais seulement qu'il m'épargne une misère éternelle. Et si je voulais vraiment que le journal de mon père soit en faillite, je n'aurais qu'à révéler que je suis l'auteur des articles les plus populaires. Lymington en serait horrifié et il mettrait un terme à leur accord. Mais comme je fais partie de cet accord, je devrais faire du mal à Père pour me sauver, ce qui est inconcevable. Aussi, malheureusement, personne ne doit le savoir.

— Votre voiture vous attend, Mrs Melrose, annonce Dalton.

— Venez, Eliza

Mère sort presque en tourbillonnant du salon.

— Oh, regardez, dit-elle lorsque je la rattrape. Lady Rose.

— Elle n'a pas l'air habillée pour la soirée, dis-je en notant l'absence de plumes montant au ciel.

— C'est parce qu'elle n'est pas invitée.

— Quoi ? Pourquoi ?

— On l'a entendue dire du mal du dernier roman de Lady Blithe.

— Lady Rose lirait des histoires pareilles ?

Je n'en crois pas mes oreilles.

— Non, justement. C'est de la pure malveillance. Malheureusement pour elle, Lady Blithe est également une patronnesse. Elle a fait révoquer la souscription de la comtesse.

— Oh…

Je suis assez amusée, et je vois que Mère aussi.

— Rappelez-moi de ne jamais insulter Lady Blithe.

Mère rit franchement avant de descendre les marches vers notre fiacre.

— Bonsoir, Lady Rose, dit-elle aimablement, ce qui lui vaut un regard noir. Aurons-nous le plaisir de votre compagnie ce soir à Almack ?

Je suis Mère tandis que Lady Rose s'éloigne en pestant.

— Vous êtes terrible, Maman.

— Elle l'a bien cherché, cette vieille sorcière. (Elle s'installe en maintenant des deux mains les froufrous de sa robe.) Vous n'avez qu'à écouter comme elle me parle. Il est évident que pour elle, nous n'avons pas notre place à Belmore Square.

— Ce qui est vrai, dis-je dans un souffle.

Mes yeux vont se poser sur la façade des Winters.

J'ai l'impression de n'avoir ma place nulle part.

Les promesses de luxe et de faste n'étaient pas exagérées. À mon arrivée en haut du grand escalier, la salle de bal, avec ses chandeliers spectaculaires qui brillent de mille feux et ses lourdes tentures de velours, m'a donné l'impression d'entrer dans un palais. Mère n'avait pas tort de dire que je ne suis pas assez apprêtée pour cette occasion et en un tel lieu, pourtant je trouve excessives les tenues sophistiquées et surchargées de la plupart des ladies présentes.

Mère m'a laissée aux bons soins de Frederick qui, en vétéran de la saison, est habitué à ces événements, bien qu'il semble peu à l'aise. Elle n'est pas loin, mais son attention est trop accaparée par les autres invités pour qu'elle garde l'œil sur sa fille, qui plus est accompagnée par un homme qui connaît la société. Elle semble heureuse parmi les membres les plus éminents du Tout-Londres, alors que j'ai l'impression d'être écrasée sous le poids du marbre et des dorures. Le souper a été servi, il est plus de onze heures, mais j'ai l'impression que les minutes s'écoulent avec une lenteur pénible. Combien de temps pourrai-je supporter ce cirque ? Et mon Dieu, c'est une pensée effrayante mais je ne parle pas que de cette soirée. Je regarde autour de moi et, maintenant, je ne vois plus une salle magnifique. À la place, je vois de la brique nue et des barres en fer, et je n'entends plus l'orchestre mais la torture sonore de rires désaccordés.

La panique s'empare de moi, mon cœur accélère cruellement.

— J'aimerais prendre l'air, dis-je d'une voix faible.

— Oh, ce n'est pas possible, répond Frederick.

C'est la première fois qu'il m'adresse la parole de la soirée. Nous avons gardé le silence tout du long, ce qui n'augure rien de bon pour notre avenir commun.

— Les portes ferment à onze heures.

— Comment cela ? Voulez-vous dire que nous sommes emprisonnés ?

Cette idée augmente ma panique, que je peine à refouler.

— C'est la tradition. Nul ne peut entrer après onze heures, quel que soit son statut.

Je déglutis difficilement.

— Mais je ne veux pas entrer, je veux sortir.

— Oui, mais vous ne serez pas autorisée à revenir, vous comprenez, Eliza, donc vous ne pouvez pas partir tant que Mrs Melrose n'y est pas disposée.

Maman est en train de rire avec des gentlemen dont le haut rang est évident, ne serait-ce qu'à leurs boutons de veste en or, et je me demande si elle n'est pas déjà en quête de prétendants pour Clara. Quoi qu'il en soit, elle semble confortablement installée et très loin de vouloir s'en aller. Elle ne sortira en douce que si je l'y oblige, je le sens, car elle ne veut pas rater un instant de cet événement. Je ne me doutais pas que Mère avait une telle endurance, à vrai dire, et je la trouverais impressionnante si elle n'était pas aussi irritante à l'occasion – par exemple ici, où elle ne m'arrange pas.

— Je suis sûre que si je m'explique, on comprendra et on me laissera rentrer.

— Pardonnez-moi, Miss Melrose, mais même une duchesse ou une vicomtesse, ou n'importe qui d'un rang équivalent, d'ailleurs, ne pourrait remettre en cause ce règlement, et vous n'êtes ni duchesse ni vicomtesse, très loin de là, donc je crains que ce soit impossible. Et, très franchement, je serais désappointé si vous osiez ne serait-ce que vous renseigner à ce sujet, car cela provoquerait des ragots qui risqueraient de nuire à la réputation de ma famille.

Je regarde avec incrédulité Frank, qui a les yeux braqués sur la piste où les gens dansent, parlent et rient.

— Et nous ne pouvons pas nous le permettre, n'est-ce pas ?

— Non, nous ne le pouvons pas.

Tout cela est bel et bon, mais je crains que la crise de panique qui m'a prise par surprise ne puisse attendre. Je suffoque.

— Me rattraperez-vous si je tombe, Frederick ?

— Pardon ?

— J'ai peur de m'évanouir, alors je vous pose de nouveau la question, en espérant une réponse claire. Si je tombe, me rattraperez-vous pour m'éviter l'embarras ?

Le pauvre Frederick, alarmé, regarde autour de lui.

— Eh bien… Je…

— Ce n'est pas une question difficile, Frederick, et la réponse est oui, bien sûr, je vous rattraperai, parce que je ne voudrais pas que vous vous blessiez en vous heurtant la tête contre le sol.

— Bien entendu, murmure-t-il, pétrifié, comme s'il se préparait à un effondrement immédiat. Ou peut-être devrais-je aller vers Mrs Melrose. J'ai remarqué à plusieurs reprises ce soir qu'elle est plutôt grande et qu'elle a de bonnes épaules.

— Oh, pour l'amour de Dieu, Frederick, il faut que je sorte d'ici.

Je me lève, passe derrière lui et descends l'escalier vers la piste, où je croise Mère, occupée à bavarder gaiement avec Lady Blythe.

Je sors de la salle et rejoins l'entrée gardée par deux patronnesses, dont Lady Tillsbury. Quelle chance, me dis-je, j'aimerais tant savoir qui lui a demandé une invitation à mon nom. Mais d'abord, j'ai besoin d'air.

— Je vous prie de m'excuser, dis-je, le souffle court, mais j'ai besoin d'aller dehors prendre l'air.

L'autre lady, femme assez forte aux joues roses et au gros nez épaté, ne trouvant pas ma requête à son goût, lève son nez bulbeux de manière inamicale et me regarde de haut.

— Oh, vous manquez de chance, répond-elle d'une voix sèche. Les portes sont fermées et je ne pourrai vous autoriser à revenir si vous sortez.

Comme je ne souhaite pas rejoindre son horrible fête, son problème n'en est pas vraiment un. Cependant, le réalisme me force à accepter qu'il n'est pas possible de rester seule dans la rue, d'autant que je risquerais d'inquiéter Mère de manière inutile. Et en fin de compte, je ne vois pas comment régler cette situation loin d'être idéale.

— Je vois, dis-je, ayant de plus en plus de mal à avaler ma salive. Et dans ce cas, comment proposez-vous de…

— Laissez, intervient Lady Tillsbury, je vais m'occuper de Miss Melrose.

Elle me regarde avec douceur et me sourit avec douceur, car tout chez la baronne de Shrewsbury, comme j'ai eu l'occasion de l'observer, se fait en douceur.

— Comme vous voudrez, dit l'autre, mais les règles…

— Je vous remercie, Lady Weatherby.

Le sourire de Lady Tillsbury passe sans transition de doux à cassant maintenant qu'il s'adresse à Lady Weatherby, ce qu'elle semble regretter à en juger comme elle se ramasse sur elle-même. Après un hochement de tête, elle s'en va, et Lady Tillsbury revient à la douceur.

— Peut-être vous faut-il un peu d'eau pour résoudre votre problème, dit-elle en me prenant par le bras et en me conduisant plus loin dans l'entrée. Ou je pourrais vous éventer un instant. (Elle sort un éventail de soie spectaculaire, qu'elle brandit devant moi.) Il faut bien que ces engins servent à quelque chose, après tout, ajoute-t-elle avec un sourire.

Elle hausse un sourcil qui semble dire que Lady Tillsbury apprécie les éventails, mais sans doute pas pour cette raison.

— *Les hommes ont des épées*, dis-je, récitant une phrase que j'ai lue il y a longtemps et qui s'est gravé dans ma mémoire parce qu'elle m'a frappée, *les femmes ont des éventails, et l'éventail est sans doute l'arme la plus efficace.*

Lady Tillsbury rit, et son rire aussi est doux. Quelle femme désirable, me dis-je, et respectable aussi, non seulement pour son rang, mais peut-être pour sa sagesse.

Elle me prend encore par le bras, et baissant la voix comme pour ne pas être entendue, elle dit :

— J'ai peur que vous ne soyez une femme aux intentions dangereuses.

— Je n'ai pas d'intentions, et encore moins dangereuses.

Sa déclaration un brin péremptoire m'a décontenancée, et un peu inquiétée aussi. Que sait-elle de mes intentions ?

— Vous pouvez être aussi libre que vous le voulez, douce Eliza, mais, et je parle d'expérience, il faut que vous mainteniez un certain degré de conformité.

— Je ne comprends pas.

— Évidemment, vous êtes jeune. Il vous faudra des années pour apprendre ce qui est nécessaire et ce qui ne l'est pas.

Elle s'arrête, se tourne vers moi, et je suis certaine que son doux sourire vise à me rassurer car elle lit de la perplexité sur mon visage.

— Parfois, dans ce monde, Eliza, nous, les femmes de la bonne société, nous devons faire ce qu'on attend de nous afin de pouvoir faire ce que nul n'attend.

Elle me caresse la joue avec tendresse, et je sens une sollicitude quasi maternelle pour moi.

— Vous avez été invité par un inconnu, n'est-ce pas ?

— Oui, en effet. Je sais que j'ai l'air d'une parfaite intruse ici.

— Je ne trouve pas. Je pense que vous pourriez parfaitement vous adapter si vous aviez la patience de chercher votre place.

— Ma place, apparemment, est en Cornouailles, d'où je ne pourrai jamais partir.

— Oh ?

Elle recule d'un pas, et c'est un soulagement de voir cette réaction chez quelqu'un d'aussi peu excessif que Lady Tillsbury. Je découvre aussi que ce n'est pas Lymington qui m'a procuré cette invitation. Lui aurait-elle rendu ce service s'il le lui avait demandé ? Quelque chose me dit que non.

— Jamais ?

— Jamais. Je me retrouve dans cette situation affreuse sans y être pour rien, je ne serai qu'une génitrice au service de la perpétuation de la lignée des Lymington.

— Oh, quelle perspective effrayante.

Le regard songeur de Lady Tillsbury va se perdre quelque part vers la salle de bal.

— N'est-ce pas ?

La panique me reprend, mon cœur s'accélère.

— Puis-je vous donner un conseil ? demande-t-elle.

— Je vous en prie.

— Une femme qui pense par elle-même est une créature dangereuse, douce Eliza.

— Vous ne pensez pas par vous-même ?

— Oh, bien sûr que si, mais j'ai le bon sens de le cacher. Comme je vous l'ai dit, faites ce qu'on attend de vous pour avoir le luxe de faire ce que nul n'attend.

Je ne comprends rien à ce qu'elle raconte.

— Je crois que j'aimerais de l'air, maintenant.

Lady Tillsbury déploie son éventail et commence à l'agiter devant mon visage.

— Comme Lady Weatherby a eu la gentillesse de le rappeler, les règles sont les règles, aussi contraignantes et peu nécessaires soient-elles, et il faut veiller à ne pas les enfreindre.

L'éventail me fait du bien, contrairement à toute attente. Je lui souris pendant qu'elle continue à me faire de l'air.

— Je suis surprise que ma mère ne vous suive pas à la trace.

Elle rit.

— Votre mère est adorable, Eliza. Je vois de qui vous tenez.

— Elle sera ravie de l'entendre.

Elle balaye l'air d'un geste, comme si ce n'était rien.

— Je comprends qu'elle cherche sa place dans ce nouveau monde, comme vous-même. Elle a besoin de se sentir acceptée.

— Comme nous tous, non ?

— En effet, dit une voix d'homme.

Je me fais mal au cou en me retournant trop vite, ayant reconnu cette voix grave.

— Votre Grâce… dis-je d'une voix faible en portant la main à ma nuque pour me masser. Vous êtes là ?

Ma voix est tant partie dans les aigus que j'ai dû percer les tympans de tout le monde à cent lieues à la ronde.

Le duc tourne son attention vers Lady Tillsbury, qui ne semble pas le moins du monde troublée par sa présence :

— Vu les circonstances, et étant donné que nous risquons de causer un certain tumulte si Miss Melrose devait s'évanouir, je suis sûr que nous pouvons faire une exception pour cette fois.

Lady Tillsbury ne peut faire autre chose que sourire.

— Mais certainement, dit-elle de cette façon presque timide qu'ont les femmes pour laisser penser qu'elles sont ravies.

Et comme je serais étonnée qu'elle le soit d'enfreindre les règles, il ne reste qu'une autre explication. Son éventail se soulève et bat de gauche à droite tandis qu'elle bat des paupières.

— L'argument de Votre Grâce me semble valable.

— Je suis heureux que nous soyons d'accord, répond le duc de ce ton grave capable de faire perdre la tête à n'importe quelle femme. Je vais l'accompagner.

— Non ! Vous ne pouvez pas !

— Pourquoi ? demande-t-il. Préférez-vous que je vous laisse vous effondrer ?

— Je me sens beaucoup mieux, merci.

— Vous ne maîtrisez pas encore à la perfection l'art de mentir, Miss Melrose, rétorque-t-il en me prenant par le bras et en me conduisant vers la porte.

— Je ne peux pas rester seule avec vous.

— Je suis terriblement désolé de vous annoncer une mauvaise nouvelle, répond-il avec un froncement de sourcils qui gâche sa beauté, mais vous êtes déjà restée seule avec moi à plusieurs occasions.

— Pour ce que cela vaut, personne n'était au courant.

— Si cela peut vous tranquilliser… dit-il en se retournant vers Lady Tillsbury.

— Je n'ai rien vu, déclare-t-elle en souriant et en agitant tranquillement son éventail. N'oubliez pas ce que je vous ai dit, Miss Melrose.

Faites ce qu'on attend de vous afin d'avoir de luxe de faire ce que nul n'attend.

J'en reste bouche bée. C'est Lady Tillsbury qui m'a accordé une invitation ce soir ? Sur ordre de Winters ? Mon Dieu, les femmes répondent-elles favorablement à tout ce qu'il exige ? Je lui jette un coup d'œil, elle se contente de me sourire.

— On ne nous laissera pas revenir.

— Mais si, assure-t-il en marchant. Allons prendre l'air dont vous avez besoin avant que vous ne tombiez à mes pieds. (Il me regarde.) Personne ne voudrait une chose pareille, n'est-ce pas ?

— Vous n'avez pas honte ?

— On me le demande souvent.

Nous arrivons dehors, et je dois dire qu'à part ma nouvelle raison de paniquer, à savoir la présence du duc, l'air frais est le bienvenu, et je respire à pleins poumons.

— Je ne tenais plus, là-dedans.

— Ce n'est guère surprenant, vu la compagnie que vous étiez forcée de supporter.

Le duc marche en long et en large, les deux mains dans le dos, le regard rivé sur ses chaussures, et je devine plus que je ne vois son air pensif. Il réfléchit intensément à un problème. J'adorerais savoir ce qu'il se dit, mais je n'ose poser la question.

À la place, je lui demande :

— Que faites-vous ici ?

— J'ai une souscription annuelle.

— Vous ? dis-je en riant.

— Oui, moi. Vous semblez avoir du mal à le croire.

— Bien sûr que j'ai du mal à le croire ! Avec tous les gens qui finissent rayés de la liste, vous ne l'êtes pas ?

— Et pourquoi le serais-je, Miss Melrose ? Parce que je suis un assassin ? Un débauché ? Un idiot ?

— Tout cela, réponds-je avec un air de défi. Sauf assassin.

— C'est ironique, car j'ai parfois envie de vous tuer.

Je recule, offensée.

— Elle est bonne. Alors que j'ai risqué ma vie pour sauver la vôtre.

— Je n'ai pas besoin qu'on me sauve. Je suis heureux d'être…

— Haï ?

Ses yeux se rétrécissent en deux fentes d'où jaillit un feu brûlant qui m'hypnotise momentanément. Puis il s'avance, me faisant sortir de ma transe.

— Me haïssez-vous, Miss Melrose ?

Ma poitrine enfle de tout l'air que j'inspire.

— Peut-être les patronnesses vous ont-elles laissé entrer parce qu'elles veulent toutes leur nuit avec le duc.

— À n'en pas douter, répond-il dans un murmure. Et vous, Miss Melrose, voulez-vous une nuit avec le duc ?

— Non.

Ma voix m'a trahie, elle n'est plus qu'un filet. Mon corps est repris de ces frissons délicieux que provoque le duc lorsqu'il est proche, et plus je ressens ces frissons, plus je me demande quelles autres sensations il pourrait déclencher avec un baiser.

— Vous mentez mal.

Mon dos se presse contre les briques froides derrière moi tandis qu'il s'approche de toute sa hauteur, athlétique et imposant.

— Je ne mens pas.

Ma voix a retrouvé une vigueur étonnante, vu ma situation. Sa poitrine n'est plus qu'à quelques centimètres de la mienne, et s'il continue, elles se toucheront.

— C'est dommage.

— Pourquoi ?

— Parce que je me suis donné énormément de mal pour rester loin de vous.

Ses yeux se posent sans vergogne sur mes seins, et sa main écarte les mèches brunes qui y reposent, effleurant vicieusement ma chair du bout des doigts.

— Votre Grâce…

— Vous ne voulez pas ? demande-t-il en croisant un instant mon regard.

Sa langue vient lécher sa lèvre inférieure et mon corps s'enflamme. *Mon Dieu, quelle est cette torture ?*

— Vous ne voulez pas que je vous embrasse ?

Sa bouche descend, son souffle se répand sur ma poitrine, ses hanches frôlent les miennes. Le désir me submerge. Assaillie par les frissons, je dois réprimer des convulsions. S'il n'y avait ce mur derrière moi, je tomberais. J'ai déjà connu le désir avec cet homme, les réactions incontrôlables de mon corps, mais je franchis un cap et entre dans un territoire entièrement différent, et lorsque les hanches du duc se pressent en avant et que je sens son désir à lui, je succombe à l'interdit. Mille pensées désordonnées fusent dans mon esprit, mais l'une en particulier hurle pour se faire entendre. Quitte à être punie de façon si horrible, autant commettre un crime digne de la punition qu'on m'imposera, et quelques rencontres secrètes avec un beau duc disgracié et interdit ne sont pas à la hauteur de ma condamnation. Quitte à vivre ma vie en prison et à mourir d'ennui dans le malheur, j'aimerais avoir des souvenirs à emporter dans la tombe. Je me souviens qu'hier encore le duc était froid. Il me regardait avec un mélange d'admiration et de mépris. Mais je me souviens aussi comme il me touchait. Comme il brûlait pour moi. Je l'ai vu au fond de ses yeux verts. Je ne peux pas, en bonne science, quitter ma vie sans savoir ce que cela fait d'être embrassée par lui. Je ne peux pas !

— Si, je le veux.

— Même si cela vous ruine à jamais ?

— Je me fiche de me ruiner. La seule chose qui m'inquiète est de ruiner mon père. Ma famille.

Je serais davantage ruinée sans ce baiser, me dis-je, les yeux fixés sur ses lèvres, je veux le sentir sur moi, en moi. Une pulsion. Une chaleur. Mon Dieu.

Il grogne et s'écarte.

— Mon désir me rend stupide, on dirait, dit-il en passant la main dans ses cheveux. (Et, me laissant haletante contre le mur, il recommence à faire les cent pas.) Je n'arrive pas à me dire que je vous souillerais.

La déception fond sur moi, mais je sais que je ne devrais pas. Il secoue la tête, l'air en colère, mais je ne sais pas si c'est contre lui ou contre moi.

— Vous devriez retourner dans la salle de bains avant qu'on nous surprenne ensemble.

— Non, dis-je avec force, ce qui paraît l'alarmer. Je ne vous laisserai pas me rejeter encore une fois, Votre Grâce. (Je lève un doigt en l'air et le brandis devant son visage, à sa grande surprise.) Vous me l'avez fait trop de fois. (J'enfonce l'index dans son épaule tout en me demandant ce qui me prend.) Vous m'embrasserez, je l'exige.

Et comme un lion bondissant sur sa proie, il se jette sur moi, couvre ma bouche de la sienne et y plonge la langue. Que Dieu ait mon âme, j'ai le souffle coupé et je me perds dans cet acte défendu, mes mains agrippent ses épaules tandis que sa langue tourne follement et qu'il grogne en écrasant mon corps contre le mur. Il est hors de contrôle et je suis sans défense contre son pouvoir, mais je décide à cet instant, entre les bras du duc, que cette impuissance est des plus plaisantes. Je n'aurais pas dû m'inquiéter. Mon corps semble savoir exactement ce qu'il doit faire, ma langue suit naturellement la sienne.

— Peste ! s'écrie-t-il en s'écartant, pantelant, et en s'essuyant grossièrement la bouche du revers de la main tout en me regardant avec des yeux fous, un rictus sur le visage.

Je halète, la main posée sur la poitrine, les cuisses humides du désir qui s'écoule de moi, impossible à arrêter. Il me fixe, et je le fixe moi aussi en me répétant à quel point cet homme est fascinant. Désirable. Complexe. Et… brisé. Je n'ai jamais rien connu qui ressemble à ce baiser, et je souffre de me dire que je ne le connaîtrai peut-être jamais plus.

J'avale ma salive, refusant de détacher mon regard du sien, et il grogne encore.

— Il faut que vous soyez encore à moi, dit-il en se jetant de nouveau sur moi et en m'embrassant violemment. Mon Dieu, Eliza, vous êtes la chose la plus douce que j'aie jamais goûtée.

Je me perds dans sa fureur, sa bouche, et je sursaute en sentant ses deux mains prendre mon derrière en coupe, m'attirant contre son corps. Je suis bouleversée par l'envie, mes mains pressent ses joues, mes gémissements de bonheur se libèrent, et je me reproche que le duc ait cédé à son désir à cet instant, alors que nous pouvons être épiés.

Il ralentit notre baiser et me mordille la lèvre inférieure avant de fermer les yeux et de poser son front contre le mien.

— C'est extrêmement malheureux.

Après un soupir, il me regarde, et je vois un regret que je n'aime pas dans ses yeux.

Je me rétracte. Il n'a pas aimé notre baiser. Évidemment qu'il n'a pas aimé ! Je n'ai jamais embrassé d'homme, je n'ai pas d'expérience, et le duc a pris tant de femmes tant de fois. Il a un petit sourire ironique, et je ne suis pas sûre non plus de l'aimer. Il a pitié de moi ?

Je m'écarte à contrecœur et tente l'impossible en voulant reprendre contenance, tout cela en gardant les yeux baissés pour éviter de croiser son regard.

— Je ferais sans doute mieux de retourner au bal.

Alors que je fais un pas pour m'éloigner, il m'attrape par le poignet pour me faire tenir tranquille.

— Pourquoi ne voulez-vous pas me regarder, Eliza ? demande-t-il avec une certaine irritation. Faites-moi au moins cet honneur avant de partir.

— Pourquoi ? (Que veut-il de plus que ma capitulation ? Je la lui ai donnée, et il me rejette une fois qu'il a eu ce qu'il voulait.) N'est-ce pas évident, Votre Grâce ?

— Pour qui ?

Je serre les dents, fais un autre pas, mais je ne vais nulle part. Le duc me plaque de nouveau contre le mur et me force à le regarder. Une fois de plus, j'ai le souffle coupé, et une fois de plus, je suis submergée de sensations qui transforment mon cerveau en bouillie. Encore maintenant, je suis en admiration devant lui, énamourée.

— Vous viendrez à moi ce soir, déclare-t-il d'une voix péremptoire.

Venir à lui ? Pourquoi ferais-je une chose pareille ? Il m'a volé mon premier baiser. Je ne le laisserai pas me voler davantage. J'ai fait assez de dégâts, mais je peux sauver le reste de mon innocence. Je ne viendrai pas que pour une nuit.

Je le repousse doucement mais fermement au moment où les portes s'ouvrent et où Lady Tillsbury apparaît. Elle comprend instantanément notre danse, bien sûr, et elle en tire les bonnes conclusions, même si je ne l'admettrai jamais. Mon Dieu, qu'ai-je fait ?

Je me racle la gorge, me redresse.

— Je vous remercie pour votre générosité, dis-je à Lady Tillsbury en m'en allant.

Bonté divine, je n'arrive même pas à comprendre ce qui vient de se passer. Tout ce que je sais, et c'est sûrement dangereux, c'est que je me suis sentie vivante quand il m'embrassait et morte quand il m'a regardée avec regret.

En regardant par-dessus mon épaule, je vois le duc qui garde sagement ses distances, bien qu'il me fixe toujours d'un œil aussi acéré et impitoyable que chacun de ses baisers. Mais c'était vrai, ce que je me suis dit plus tôt : quel simulacre ç'aurait été de mourir sans connaître un baiser du duc, même si je me retrouve dans une situation encore plus désespérée maintenant.

Car j'en veux encore.

Heureusement, Mère est tenace dans son ambition d'être acceptée par la bonne société, ce qui signifie qu'elle ne fait pas du tout attention à mon retour dans la salle de bal. Je ne peux pas en dire autant de Frederick, qui se tient seul au bord de la piste, un verre dans chaque main, l'un d'eau, l'autre de champagne, l'air perdu. En revenant vers lui, seule, je le vois scruter mon visage, cherchant le signe que je me suis écroulée ou blessée. Après m'avoir examinée des pieds à la tête, et je suis sûre qu'il ne m'a jamais autant regardée, il semble se détendre et me tend les deux verres.

— J'ai jugé plus sage de parer à toute éventualité, dit-il, alors je vous ai pris les deux.

J'accepte l'eau, me disant que l'alcool ne serait pas raisonnable alors que j'ai déjà l'esprit embrouillé.

— Merci.

— Je vous en prie. Voulez-vous danser ?

Je suis à deux doigts de recracher mon eau.

— Quoi ?

— Je vous demande si vous voulez danser, dit-il en montrant le parquet où d'innombrables couples tourbillonnent. Même si je vous avoue sans ambages que je suis quelque peu novice en la matière.

— Vous n'avez jamais dansé ?

— Jamais.

— Oh, c'est inquiétant. Me restera-t-il des pieds ?

— Je m'efforcerai de faire attention à vos orteils, Miss Melrose.

— Nous ferions peut-être mieux de simplement regarder.

Je sens ma peau se hérisser, et ce n'est ni dû à mes nerfs, ni à de la mauvaise volonté, mais à une certaine prudence.

D'un coup d'œil, j'aperçois le duc à l'autre bout de la salle, qui m'observe d'un œil assassin, et je me souviens qu'il a plusieurs fois parlé de Frederick avec un mépris évident. Se connaissent-ils ?

— J'insiste, dit Frederick en prenant mon verre et en le posant dans un coin avant de m'entraîner sur la piste. Il est grand temps.

— Grand temps de quoi ?

Je ne sais trop ce qui lui prend, mais ce n'est pas le comportement auquel il m'a habituée.

— Eh bien, que nous dansions. C'est l'occasion parfaite, puisque l'avis de nos fiançailles va être publié.

Oh ? Porter est finalement revenu de son voyage à York ? L'insupportable père de Frederick a-t-il vu ses exigences exaucées ?

Mon regard tombe à nouveau sur le duc et je constate que son humeur est toujours aussi noire. Il a l'air sinistre, ce qui commence à m'agacer. Pourquoi semble-t-il si irrité ? Malgré ma nervosité, j'entre sur la piste et Frederick, le menton haut, raide comme une planche, me prend maladroitement par la taille. Jamais je n'ai été dans une position aussi inconfortable, et quand Frederick se met en mouvement, elle devient même chancelante.

J'aperçois encore le duc entouré d'une cohorte de femmes qui rôdent sans vergogne autour de lui en espérant qu'il les invite à danser, chacune mourant d'envie de vibrer entre les mains du dangereux duc. Je m'attends à ce qu'il ne réponde pas à leurs avances, mais soudain, les yeux toujours braqués sur moi, il tend la main sans même regarder qui il invite. Moi, en revanche, je le vois.

Lady Dare, enchantée, exécute une courbette, et ils tournoient bientôt dans une position très proche, intime, même. Sans compter qu'ils dansent très bien tous les deux, ce que je ne peux pas dire de l'entremêlement de membres emportés que nous formons avec Frederick. Je suis humiliée. Blessée. Je suis tant de choses que je ne devrais pas être, et en même temps, en regardant Johnny faire tourner une autre femme, la faire danser, je sens un atroce accès de jalousie me fondre dessus. Incapable d'en supporter davantage, et craignant que mes sentiments se lisent trop facilement sur mon visage, je m'arrache à la perfection du duc et me concentre afin de conserver les pieds intacts au sortir de la piste.

— Oh, me plains-je comme Frederick me piétine un orteil. Aïe ! il m'écrase l'autre pied.

Les lèvres pincées, le menton levé, le regard fixé au loin, il continue à tournoyer. Je vois Johnny et comprends son intention une seconde avant qu'il nous percute.

— Toutes mes excuses, grogne-t-il, un rictus aux lèvres, en entraînant Lady Dare dans une autre direction.

— Il l'a fait exprès, s'exclame Frederick, indigné, en me lâchant et en se redressant. Mon père a raison, c'est une menace.

— Lymington semble avoir contracté une forte aversion pour Johnny Winters. Je devrais le faire mettre dehors.

— Oui, vous devriez, dis-je avec férocité pour l'encourager.

— Regardez comme il est habillé, il se fiche de toutes les conventions !

En suivant le duc du regard, je remarque pour la première fois qu'il a un pantalon noir. Les autres gentlemen portent des chausses descendant sous le genou. Je ne l'avouerais jamais, mais il est adorable.

— Oui, vous avez raison, il faut le faire sortir d'ici tout de suite. Vous devriez aller vous en assurer.

Après un hochement de tête résolu, Frederick enfile sa veste et s'en va faire part de ses doléances. Je me détends, soulagée.

— Eliza, m'appelle Mère en me faisant signe de la rejoindre. Vous avez dansé avec Frederick. C'était charmant.

— Vous avez ri ?

Ma question est sérieuse. Du coin de l'œil, je vois Frederick en pleine discussion avec un homme gros comme une barrique, dont les braies sont si serrées que son ventre passe par-dessus sa ceinture. Ils regardent tous deux le duc, qui continue de faire tournoyer sur la piste une Lady Dare aux anges.

— Je n'ai rien fait de la sorte ! proteste Maman.

— Vous mentez horriblement mal.

Je n'ai même pas besoin de la regarder pour en être certaine, la voix de Mère monte d'une octave quand elle ment.

— Oh, que se passe-t-il ? demande-t-elle en apercevant soudain Frederick et le gros homme interrompre la valse immaculée de Winters et Lady Dare.

Le gros homme parle discrètement à l'oreille du duc, le duc lui répond, puis il repart à danser sur la piste, imperturbable.

— Je vois que ma discussion avec Lady Dare a porté ses fruits et qu'elle jette son dévolu sur quelqu'un d'autre, dit Mère avec satisfaction.

— Quoi ?

Ma mère lève un sourcil, étonnée par ma réaction.

— Je veux dire, bien, tant mieux.

— Eliza ?

Elle me regarde d'un œil soupçonneux.

— Ah, voilà Frederick, dis-je, et j'en profite pour m'échapper.

Je m'en veux d'être aussi transparente. Je passe mon bras dans le sien et le laisse m'emmener loin de Maman et de sa curiosité.

— Prenons un verre. Avez-vous trouvé un accord avec le duc ?

— Pas vraiment.

— Qu'a-t-il dit ?

— Je préfère ne pas répéter ses propos devant une lady, je ne voudrais pas que vos oreilles se mettent à saigner.

— Quel horrible bonhomme, dis-je en suivant des yeux le duc qui continue à faire tournoyer Lady Dare.

Celle-ci semble dans son élément. Combien de baisers a-t-elle échangés avec le duc ? Combien de frissons a-t-elle ressentis ? Je regarde Frederick en me demandant si au fond ce n'est pas un meilleur parti. Un parti plus sûr. Au moins, avec lui, je ne me poserais pas de questions. Je ne douterais pas de moi. Mais ce baiser, mon premier baiser, était tellement enivrant. Ce n'est que le premier, cela dit. Pour ce que j'en sais, peut-être sont-ils tous comme cela. Ne serait-ce pas merveilleux ? Prise d'une pulsion, et sans y réfléchir, ou à moins que ce soit pour me venger, car il a fait valser Lady Dare exprès pour me faire enrager, j'entraîne le pauvre Frederick dans un recoin.

— Que faites-vous ? s'inquiète-t-il.

— Taisez-vous, Frederick.

Je guette autour de nous pour m'assurer que personne ne peut nous voir. Puis j'écrase mes lèvres contre les siennes et l'embrasse en attendant, en espérant, en priant l'étincelle pour qu'elle me trouve et me consume, mais rien ne vient, je suis dévastée, et ce n'est pas parce que ma bouche est fermée.

— Eliza ! s'écrie Frederick, scandalisé, en me repoussant.

Il a raison, c'est une mauvaise idée. C'est décevant, et je n'ai aucune envie de revivre jamais une telle déception.

— Je vous présente mes excuses, Fred…

Je m'arrête en voyant surgir le duc derrière Frederick, qu'il domine d'une tête. Il fulmine, la mâchoire serrée, le regard fou, prêt à tuer dirait-on.

— Vous avez fini de danser ?

Je plante mon regard dans le sien pour le défier.

— Quoi ?

Frederick me regarde, les yeux écarquillés, et j'ai l'impression que c'est son expression la plus courante. Oui, il a toujours l'air éberlué, voire alarmé.

— Rien, dis-je tandis que le duc repart, non sans me jeter un regard de haine pure.

Pourquoi est-il toujours si déroutant ? Et que signifie tout cela ?

13

Maman n'a pas cessé de parler pendant tout le chemin du retour. Il ne m'a pas échappé qu'elle mangeait ses mots. À vrai dire, elle était totalement ivre, ce que Papa a remarqué lui aussi quand elle s'est jetée dans ses bras sans cérémonie à notre arrivée. Elle a détaillé sa merveilleuse soirée et répété tous les ragots entendus, ce qui, Dieu soit loué, n'incluait pas ma rencontre avec le duc, mais, à mon grand désespoir, l'histoire de Winters renversant intentionnellement Frederick sur la piste de danse. Une belle invention ! Maman ferait une excellente journaliste. Père a haussé un sourcil en entendant cela, mais il a évité de croiser mon regard, qui semblait dire : « Oui, le duc a bousculé mon fiancé sur la piste. »

Vous viendrez à moi ce soir.

J'y repense avec dédain. Jamais.

Sur cette conclusion, qui me paraît raisonnable, je me déshabille et étends ma robe lavande sur le dossier de ma chaise quand j'entends un bruissement étonnant dans la soirée. Dans ma culotte ? Je me lève, fouille le tissu et découvre un bout de papier. Mon cœur commence déjà à battre la chamade, bien que je le supplie de se calmer, car toutes ces réactions me mettent les nerfs en pelote. Et là, ce n'est qu'un bête bout de papier. Je le déplie et lis les mots joliment calligraphiés.

J'attends votre venue en retenant mon souffle, et soyez assurée que si vous manquez à répondre à mon appel, je ne me gênerai pas pour venir vous chercher moi-même. À vous de choisir, Eliza. Je pense que la première option serait plus discrète, pas vous ?

Votre dévoué,

J. W.

Un déluge de frissons s'abat sur moi, me forçant à m'asseoir sur le matelas, bien que je lutte de toutes mes forces contre mes pensées.

Vas-y.

N'y va pas.

Je me lève, marche jusqu'à la fenêtre et regarde de l'autre côté du square en tirant les rideaux pour me cacher. Des voitures passent, ramenant des noceurs chez eux. Le bruit des sabots sur le pavé résonne dans le noir. Il fait si sombre. Mais je le vois tout de même, debout à l'orée des jardins. Soudain il avance et vient se placer dans le clair de lune, et je suis certain qu'il le fait exprès, pour que je voie le sérieux sur son visage. Il est impassible, et ses mains gantées sont croisées devant son corps raide, immobile. Si je ne le connaissais pas, il me ferait peur.

Quand il recule dans l'ombre, je comprends que je suis convoquée. Je vais devant mon miroir et libère mes cheveux du peigne ornemental. Ils dégringolent sur mes épaules. Je les peigne, songeuse, en fixant mon reflet. Mon esprit ne m'appartient plus, il pense des choses impensables. *Le duc.* Mes sens se mettent à hurler, ma poitrine est tendue, et la chair entre mes cuisses vibre d'une pulsation presque douloureuse. *Ce baiser.* Mes lèvres s'écartent, mon cœur explose, et toutes ces sensations, aussi malvenues soient-elles, car je ne devrais pas y aller, excitent mon envie.

Si je réponds à l'appel du duc, nous céderons aux caprices de notre désir, malgré la colère que j'ai éprouvée, et ma vie sera sans doute gâchée. Nous devrions peut-être parler. Converser. J'ai encore beaucoup de questions, je ne fais que les accumuler.

J'enfile une chemise, une cape, mes bottes, et je sors doucement de ma chambre. Je traverse la maison en me faisant petite comme une souris. Heureusement, je sais quelles marches grincent, quelles lattes du parquet, et lorsque j'arrive dehors, le duc arpente la chaussée d'un air ombrageux. Il m'aperçoit et s'arrête abruptement, et je vois les ténèbres se lever sur son beau visage.

— Je craignais que vous ayez rompu avec moi, dit-il tandis que ses épaules se relâchent.

— Je suis là, dis-je en plaçant ma capuche sur ma tête. Mais je reste là.

Inquiet, il s'approche et rabat ma capuche en arrière en regardant autour de lui.

— Et qu'est-ce que cela signifie ?

— Que je suis ici, pas chez vous ni dans votre lit, et que je n'ai aucune intention d'y aller.

— J'obtiens toujours ce que je veux, Eliza, alors nous verrons bien.

— Nous verrons, dis-je d'un ton cassant, car je n'apprécie pas qu'il me rappelle ses débauches.

Et je vois avec plaisir qu'il regrette ses mots. Ses deux mains s'accrochent à ma capuche tandis que ses yeux verts, des yeux dans lesquels je pourrais me perdre, plongent dans les miens.

— Ne commençons pas notre soirée par une fausse note.

Il recule, créant entre nous un espace saturé d'électricité, bien que j'essaye d'étouffer mes sens.

— Notre soirée a commencé il y a des heures, et cela a été une succession de fausses notes.

— Vous écrirez peut-être sur tout cela dans le journal de demain.

Je recule, lentement, en cherchant désespérément une riposte, quelques mots pour me défendre.

— Pardon ?

— Oui, murmure-t-il en prenant un air contemplatif, imaginez si je connaissais bien votre esprit, si j'étais suffisamment attentif, si j'avais l'oreille assez fine pour reconnaître votre plume quand j'ai le bonheur de lire vos mots.

Ma gorge se noue. Qu'il aille en enfer. C'est comme s'il savait exactement quoi dire pour gagner mon affection, ce qui n'explique pas pourquoi il le fait, attendu qu'il me rejetait il n'y a pas si longtemps.

— Oui, imaginons.

C'est une parade plutôt faible, j'en conviens, mais je ne peux pas confirmer ses soupçons. Il ne faut pas que ce ça se sache. Lymington s'assurerait que je n'écrive plus jamais rien s'il découvrait que Porter et Frank ont signé des articles que j'ai rédigés.

— Vous avez peut-être beaucoup d'imagination, poursuis-je, ce qui le fait à peine sourire. Mais une seule nuit ne m'intéresse pas.

J'ai dit cela en bafouillant quelque peu, et pas uniquement parce que je voulais changer de sujet de conversation.

— Vous en voulez plus ?

J'ai du mal à déglutir face à cet homme qui semble lire dans mes pensées. Un homme qui se soucie de ce que je pense. Qui m'encourage à penser.

— Peu importe, puisque je ne peux pas avoir une nuit sans que ma vie soit gâchée.

— Et cela vous embêterait ?

— Est-ce que cela vous embêterait de gâcher ma vie ?

— Énormément.

— Pourquoi êtes-vous là, dans ce cas ?

Il fuit la question.

— Venez.

Me prenant par la main, il m'entraîne vers l'entrée des jardins.

— Restez dans la pénombre.

— Que faites-vous ?

Je ne parviens pas à résister à sa force, et mes pieds doivent s'activer pour le suivre.

— Je vous emmène pour avoir une conversation.

Au bout des jardins, face au manoir des Winters, le bras du duc m'arrête.

— Attendez, murmure-t-il.

— Qu'y a-t-il ?

— J'ai un visiteur.

Je me tords le cou et pousse un long gémissement qui me vaut un regard ulcéré du duc.

— Y a-t-il une femme à Belmore Square qui résiste à votre charme ? dis-je en voyant Lady Blythe frapper à sa porte. Elle cherche peut-être l'inspiration.

Je suis certaine qu'il est capable de mettre dans son lit toutes les femmes qu'il a rencontrées, ce qui en dit long sur la gent féminine. Nous sommes plus courageuses que les hommes. Plus dures au mal qu'eux. Je n'imagine aucun lord et aucun gentleman des environs oser rester seul dans une pièce avec le duc de Chester, ils auraient trop peur de ce qui pourrait leur arriver, et pourtant il semble que toutes les femmes soient prêtes à écarter les jambes pour lui. Et pour la première fois, je me demande ce que je fais là avec lui. Hypocrisie ! Je suis là parce qu'il me plaît. Parce qu'il m'excite. Avec lui, je me sens vivante. Sans lui, dans le monde, j'ai l'impression d'être morte. C'est un homme désirable, oui. Et si d'autres femmes que moi ont vu la douceur dont il est capable en plus, il n'y a rien d'étonnant à ce qu'elles persistent à frapper à sa porte. Je déteste cette pensée !

Elle me rend malade. Je ne suis qu'une conquête de plus, même si je n'ai pas encore cédé. Je n'ai pas envie d'épouser Frederick, mais si par miracle je réussis à lui échapper, j'aurai peut-être envie de marier à quelqu'un d'autre, qui sait ? Mais je serai souillée. Aucun homme ne m'envisagera. Je suis sens dessus dessous, les pensées qui m'assaillent ne me ressemblent pas. Je ne souhaite pas me marier ! Une conversation, c'est ce qu'il a dit. Le problème, c'est que je n'arrive pas à lui parler ni même à partager la même pièce que lui sans avoir des réactions incontrôlables. Je regarde ma main dans la sienne. J'aime cette image.

— J'ai peur de commettre une grave erreur, dis-je dans un murmure, pour moi-même plutôt que pour le duc, qui attend que Lady Blythe s'en aille pour m'attirer dans sa grotte.

Mais à quoi suis-je en train de jouer ? Notre baiser ne compte pas. Personne ne l'a vu. Personne n'est au courant. Je peux arrêter cette folie.

Je recule mais ne fais qu'un pas avant d'être soulevée de terre.

— Oh non, dit-il en se mettant en mouvement. Pas encore, Eliza.

— Je vous demande de me lâcher.

— Arrêtez de penser, m'ordonne-t-il en ouvrant sa porte et en me portant à l'intérieur. C'est tout ce que je demande, car je pense que vous réfléchissez trop.

Il me repose sur mes pieds et recule, non pour me donner de l'espace, mais pour s'offrir un répit, car nos corps brûlent lorsqu'ils sont proches l'un de l'autre.

— Il y a pourtant à réfléchir.

— Je suis d'accord, dit-il en me faisant signe avec élégance de le suivre dans son étude. Après vous.

Je traverse le couloir et vois Hercule portant un plateau et me regardant avec inquiétude parce que j'ai les jambes flageolantes. J'entre dans la pièce où un feu crépite et où des bougies sont allumées, créant une ambiance que j'oserais qualifier de romantique. Je me laisse tomber dans un fauteuil dès que le duc me le propose et secoue la tête quand il me présente une bouteille de vin. Sans tenir compte de mon avis, il nous sert deux verres.

— Pourquoi avez-vous embrassé Frederick Lymington ? demande-t-il en me tendant un verre d'un air consterné.

Ses doigts effleurent les miens dans ce geste, et je suis certain qu'il l'a fait exprès pour me rappeler que Frederick ne bouleverse rien chez moi alors que lui bouleverse tout. Je me recule, faisant tomber un peu de vin.

— Attention, murmure-t-il en portant ma main à ses lèvres, puis en la léchant.

Son regard croise le mien pendant que sa langue me nettoie. Je commence à trembler, ce qui ne passe pas inaperçu.

— Je l'ai embrassé parce que j'étais folle de rage contre vous.

Je détourne le regard et m'en veux immédiatement.

— Pourquoi étiez-vous folle de rage contre moi ?

— À cause de votre dégoût évident après m'avoir embrassée, voilà pourquoi.

— Mon dégoût ? Pour vous, Eliza ?

Je tourne les yeux vers lui.

— Jamais, dit-il doucement en me prenant le verre des mains et en le posant sur la table. Je n'ai de dégoût que pour moi-même. (Il tend la main vers mon cou, dénoue ma cape et la fait tomber de mes épaules. Ses yeux se posent sur mes seins.) Mon Dieu…

Il se met à genoux devant moi, pose sa tête sur mon ventre. Je sens ses tremblements. Mon cœur qui cogne. Le désir qui suinte de nous deux.

Le pouvoir. Mon Dieu, quel pouvoir j'ai. Je peux le mettre à genoux devant moi, ce païen qui effraye le monde. Je peux le plier à ma volonté, le briser. Je sais aussi qu'il peut me faire la même chose. Mais je sens qu'il y rechigne, ce qui est quelque peu déroutant. Sa lettre était pleine d'assurance, comme son baiser. Oh, son baiser.

— Y a-t-il un problème ?

Il rit, un rire vrai, plein d'humour, et peut-être aussi de désespoir. C'est inattendu.

— Oui. Vous dans cette chemise.

Poussant soudain un juron, il se relève, finit son vin d'un trait, tire sur sa cravate comme un damné tout en se mettant à faire les cent pas.

— Je ne suis pas le genre d'homme sur lequel une lady peut bâtir ses châteaux de sable, Miss Melrose.

Quel culot. C'est maintenant qu'il dit cela ?

— Je suppose que vous m'avez fait venir ici justement pour m'en informer, c'est cela ?

Un autre juron. Je ne vais peut-être pas tarder à l'imiter, car moi aussi, je commence à me fâcher. Il me veut. Il ne me veut plus. Il me veut. Il ne me veut plus. Fort bien, il m'arrive à moi aussi d'avoir des sautes d'humeur, je l'avoue, mais le duc est plus avancé que moi dans le domaine, et je trouve cela pénible à la longue.

— Si vous voulez me parler franchement…

— Oui, il le faut. Apparemment, et sans que ce soit très rassurant, je suis à peu près incapable d'arrêter de m'imaginer tous les moyens que j'aurais de vous donner du plaisir.

Je me cambre dans mon fauteuil.

— Vous devriez tenter de résister à ces pensées lubriques.

— Vous ne pouvez pas me demander de résister quand vous vous présentez de cette façon.

Sa main me désigne des pieds à la tête. Est-il en train de suggérer que je suis la seule responsable ?

— Comme je comprends la situation, c'est vous qui l'avez provoquée, depuis l'invitation à Almack jusqu'au baiser dehors. Sans parler de la lettre et du fait que vous venez de me retirer ma cape.

— Je m'interroge, je vous prie de le croire, Eliza, marmonne-t-il en se passant nerveusement la main dans les cheveux. Je vous trouve irrésistible. Votre langue trop bien pendue, vos ambitions, votre obstination. (Il soupire.) Pour ne nommer que quelques-unes des qualités qui me séduisent chez vous. Mais vous serez déshonorée si vous capitulez devant moi, et je ne veux pas nuire à vos perspectives.

Il se renfrogne, l'air confus, comme s'il était lui-même surpris par son raisonnement.

— Alors laissez-moi nous tirer tous les deux de ce mauvais pas. (Je me penche, ramasse ma cape et la remets sur mes épaules.) Nous pouvons tous les deux convenir que c'est préférable, et je vous demande de vous abstenir de me tenter encore à l'avenir.

Je marche jusqu'à la porte, l'ouvre et sursaute quand elle se referme devant moi. Je me retourne. Je sens la force de son conflit intérieur qui fait comme une tempête sous son crâne.

Il grogne, rabat de nouveau ma cape et me plaque contre la porte. Son front commence à luire tandis que ses yeux fixent ma poitrine. Mon cœur cogne contre ma cage thoracique, ma peau tout entière réclame qu'il la touche mais je sens un reste d'hésitation chez lui, comme chez moi d'ailleurs, parce que nous aurons peut-être plus qu'une nuit, mais nous ne serons jamais acceptés.

— Votre Grâce, si je peux…

— Ne parlez pas, Eliza, m'avertit-il, une main levée. J'ai besoin de silence.

— Pourquoi ?

— Pour entendre votre souffle désespéré. Il me dit que vous me désirez autant que je vous désire.

— Oui.

Même une horde de chevaux sauvages ne pourrait m'arracher à lui à cet instant. Et encore moins ma conscience. Ou ma peur. Ou mon inquiétude.

— Je ne peux pas vous épouser, Eliza. Et ni votre père ni votre mère ne pourront m'y forcer, sachez-le.

Je hoche la tête. Il sourit, comme s'il avait de la sympathie pour moi, mais son sourire s'efface lorsque ses doigts se posent sur ma nuque. Je ferme les yeux.

— Pardonnez-moi, murmure-t-il en retirant sa main.

Ses doigts. Rien que le bout de ses doigts ! Ils doivent être doués d'un pouvoir magique, car à peine effleure-t-il ma peau qu'il se passe des choses incompréhensibles. Je convulse. Je tremble. Je frémis. Tant et si bien que je dois m'accrocher à ses bras pour ne pas défaillir. Un feu dévorant brûle dans le fond de ses yeux, son hésitation n'est plus qu'une vague lueur au loin.

— Jamais de ma vie je n'ai voulu quelque chose autant que je vous désire, Eliza.

Il s'avance, réduit à rien l'espace entre nous, et je dois lever la tête pour le regarder. Comment peut-il être si beau, si brisé et si sombre ? Mais je vois des étincelles de lumière ici et là.

Ses deux mains se posent sur mes seins et, soudainement, je manque d'air. J'ose poser mes deux paumes sur sa poitrine, comme la première fois que je l'ai rencontré, et m'émerveille de la puissance qu'il dégage. S'écartant d'un pas, et me laissant ainsi à la merci de mes jambes instables, il retire sa veste et la laisse tomber à terre. Puis sa cravate, qu'il jette à son tour. Et sa chemise blanche. Si j'arrivais à détacher le regard de son torse nu, je suis sûre que je lirais dans ses yeux un sentiment de pouvoir et de la certitude.

— Avez-vous déjà touché le torse nu d'un homme, Eliza ?

Comme il sait que non, je ne perds pas d'énergie à lui répondre.

En me regardant attentivement, il approche sa main de mes lèvres et caresse du bout de ses doigts leur chair tendre, sa tête se penche, étirant son cou. Une invitation. Une douleur sourde me saisit entre les cuisses, m'obligeant à me tordre légèrement. Mon Dieu, qu'il est sensuel. J'ai chaud alors que je ne porte qu'une simple chemise. Ses doigts passent dans mes cheveux, il joue avec une mèche et je me demande à quoi il pense, car son visage est tendu, sans expression.

Puis, sans crier gare, il m'attrape par le devant de ma chemise et m'attire contre sa bouche. Je ne peux pas résister, je ne veux pas résister. Son attaque éclair m'a prise par surprise, et, sans ordre ni instruction contraire, je capitule devant sa puissance. Mes mains se posent sur ses épaules nues et je me délecte de cette première expérience. Il gémit, un gémissement grave et profond, entre deux mouvements de langue, et je sens le goût du gin dans ma bouche. Alors que je crois qu'il a perdu le contrôle, car c'est ce que suggèrent ses actions, son baiser même devenant maladroit, il s'écarte, je sens son souffle sur mon visage, et il me scrute tout en posant ses mains sur les miennes.

— Je crois bien, et je m'en excuse, que j'ai dépassé la limite.

Il se redresse, s'essuie la bouche. Il m'a déjà embrassée, mais ce n'est pas de notre baiser qu'il parle. La première fois, il était habillé et cela ne s'est pas déroulé chez lui, dans son intimité.

Je regarde mes mains posées sur ses épaules ;

— Je n'arrive pas à regretter ce moment, Votre Grâce.

Il sourit légèrement, et ce sourire illumine son visage dur.

— Eliza, appelez-moi simplement Johnny.

Il prend ma joue en coupe dans sa main et je ne parviens pas à résister à cette douceur.

— Et j'espère que vous ne le regretterez jamais.

Ne sachant pas quoi répondre, je me tais et continue de haleter sèchement.

— Êtes-vous prête à être déshonorée ?

Je hoche la tête en avalant ma salive. Débordant de désir, il s'approche lentement, ses pupilles vertes passant sans cesse de ma bouche à mes yeux jusqu'au moment où ses lèvres effleurent délicieusement les miennes, et cette fois, contrairement à notre dernier baiser, celui-ci est tendre et doux plutôt qu'urgent et précipité. Il n'a rien d'un baiser volé. La main derrière ma nuque, il commence à marcher en arrière, m'encourageant à le suivre. Je me fiche de savoir où il m'emmène et je ne vois rien, mes yeux étant fermés pour profiter de notre baiser, mais la chaleur que je sens sur mon corps m'indique bientôt que nous nous rapprochons de la cheminée. Il est vrai que le duc est exceptionnellement doué pour embrasser. Une nuit ne suffira jamais, je suis heureuse qu'il m'ait donné de l'espoir. À cet instant précis, j'ai l'impression que rien d'autre n'a d'importance dans la vie que ce délicieux sentiment d'abandon.

Sa main libère ma nuque, saisit ma chemise par le col, et il se sépare de mes lèvres pour la passer au-dessus de ma tête. Je lâche ses épaules et lève les bras. Je suis nue, complètement vulnérable devant lui, mais je n'ai pas le temps ni l'envie de m'en inquiéter tant sa passion et son énergie me consument.

— Tout va bien ? demande-t-il, pressant son entrejambe contre mon ventre.

— Oui, dis-je dans un souffle, les yeux fermés, essayant de comprendre ce qui m'arrive. Oui, tout va très bien.

Il prend mon visage entre ses mains.

— Ouvrez les yeux, Eliza.

J'obéis, et lorsque mes yeux croisent les siens, il m'embrasse langoureusement.

— Je dois être doux avec vous.

— Pourquoi ?

— Vous êtes pure et innocente, non ?

Je pose mes mains sur son torse et souris, amusée par cette approche de gentleman. Franchement, cela ne lui ressemble pas.

— Bien sûr, mais je ne suis pas certaine que l'urgence de mon désir vous permettra de rester doux.

J'ai l'impression que je pourrais le mettre en pièces. Tous mes sens me hurlent de passer à l'attaque.

Il bat en retraite, sourit, et quelle vision il m'offre dans sa splendeur.

— Je veux que vous vous offriez à moi, et je veux que ce soit lent pour que j'en apprécie chaque seconde. (Il tend la main vers mon ventre, trace un cercle autour de mon nombril, et mon corps se cambre instinctivement.) Vous avez la peau douce, Eliza. Crémeuse. Pure. Je n'ai pas envie de la souiller.

— Vous le devez, dis-je. Je deviendrai folle si vous ne le faites pas.

— Folle ?

— Johnny, je vous en prie. (Je le supplie.) S'il vous plaît, ne me torturez pas plus longtemps.

Il ôte paresseusement son pantalon et sa culotte, et je l'ai enfin devant les yeux. J'en reste bouchée bée, malgré tous mes efforts pour ne pas me laisser affecter par les pulsations de la chair. *Mon Dieu, comment cela peut-il entrer ?*

— Vous allez vous ouvrir, dit-il d'une voix grave qui me fait sursauter. J'entrerai petit à petit. Vous m'accepterez. (Il tombe à genoux devant moi et prend mes fesses entre ses mains.) Mais d'abord, je dois vous préparer.

Il ne me laisse pas le temps de réfléchir à sa déclaration et à ce qu'elle peut signifier. Se penchant la bouche en avant, il embrasse avec avidité le haut de mes cuisses, je pousse un cri et m'agrippe à ses épaules, le ventre noué d'une torsion intolérable. Mon corps, qui semble doué d'une vie propre, se contorsionne et tremble.

— Johnny…

C'est à peine un murmure. Je baisse les yeux juste à temps pour le voir tendre la langue et me lécher. Je pousse un autre cri, aigu, et mes jambes cèdent. Je m'écroule au sol. Il me rattrape dans ses bras avant que je ne m'effondre sur le tapis, devant le feu. Je le regarde avec une sorte de crainte admirative. *Tu ne peux pas aimer un homme pareil, Eliza !*

— Ne faites pas cela, Eliza, dit-il doucement.

Je détourne le regard en un effort terrible pour cacher ma culpabilité. Comment pourrais-je aimer cet homme ? *Je vous somme de me dire comment !* Il est horrible. Grossier, odieux. Je devrais éprouver pour lui un mépris souverain, total, mais ce n'est pas le cas. C'est une question de sensations, car j'ai aussi vu chez lui un côté plus tendre, et je me demande s'il souhaitait me l'exposer. Je ne suis sûre de rien, ainsi offerte en sacrifice, sauf peut-être d'une chose. Je peux l'aimer parce qu'il aime mes mots et qu'ils ne le font pas s'indigner. Il me regarde avec fascination, plutôt qu'avec dédain.

— De quoi parlez-vous ?

Ma question est la plus ridicule que j'aie jamais posée.

— Vous n'êtes pas une écervelée, Eliza, alors je vous en prie, n'essayez pas de faire semblant.

— Qu'attendez-vous de moi ?

La frustration recommence à me mettre sur les nerfs. Il me prend la main et la guide jusqu'à son entrejambe. Cela répond à ma question.

— Tenez-moi, murmure-t-il d'une voix rauque.

Ses mots me poussent à l'action autant que ma langueur persistante, et j'ouvre la main pour l'empoigner. Un petit souffle guttural m'échappe quand je saisis sa chair durcie.

Je sens son pouls. Comme je n'ose pas regarder, je garde les yeux fixés sur son visage, que je trouve apaisant.

— Bougez la main, dit-il tout bas, la tête baissée, mais je n'arrive pas à prendre d'initiative. Eliza ! s'exclame-t-il presque brusquement.

— Je ne sais pas quoi faire. (Cet aveu me coûte. Ainsi, on peut ressentir le désir, vouloir l'assouvir, mais ne pas savoir comment s'y prendre ?) Je m'excuse.

Ma voix n'est qu'un murmure, l'ombre portée d'une idiote et d'une incapable.

Son sourire, pourtant plein de gentillesse, me renvoie à mon inanité. Je ne suis pas comme ses anciennes amantes, qui savent y faire, j'imagine, et qui n'ont pas besoin de ses instructions.

— J'aimerais être une maîtresse mémorable.

Mes pensées sortent de ma bouche sans que je les maîtrise, et je m'en veux d'être si maladroite.

— Vous êtes déjà mémorable, Eliza, répond-il doucement en venant se placer à califourchon sur moi, son pénis durci tendu sans honte vers le ciel.

Je suis subjuguée, et encore plus quand je le vois se dresser sur ses genoux et se prendre fermement dans sa main.

Je lui jette un rapide coup d'œil et le vois, la bouche entrouverte, les yeux baissés. C'est une vision adorable, et je me demande quelle sera la suite.

— Je vais vous montrer, dit-il en se caressant de bas en haut et de haut en bas.

Mon estomac se noue, mes jambes remuent sous lui, mon entrejambe pulse d'une vie inconnue jusque-là.

— Vous vous sentez bien ? me demande-t-il en s'appuyant d'une main à côté de mon visage, suspendu au-dessus de moi.

— Oui, dis-je en hochant faiblement la tête, sans être certaine que ce simple mot franchira mes lèvres.

Je sens alors quelque chose de dur et de chaud s'immiscer dans ma chair et je pousse un cri, mes mains remontant sur sa poitrine. Il me dévisage, mes yeux refusent de le quitter alors même que je voudrais les fermer et retenir mon souffle.

— Vous êtes prête ?

Je hoche de nouveau la tête et il pousse délicatement, se frayant peu à peu un chemin. Il glisse en moi en poussant un râle profond. La douleur me submerge, je gémis et enfonce mes ongles dans sa chair. Mon visage doit être déformé par cette sensation bizarre, mais je ne peux rien y faire. Cette douleur est inattendue et je ne sais pas comment la prendre, mais je ne veux pas me plaindre, de peur de lui déplaire.

— Eliza, grogne-t-il. Mon Dieu, Eliza, vous êtes tellement serrée.

L'expression sur son visage me fait comprendre que pour lui aussi, c'est douloureux.

— Est-ce que je vous fais mal ? demande-t-il.

— Non !

— Je ne veux pas vous faire mal.

Ses bras sont tendus pour le soutenir.

— Cela fait un peu mal, finis-je par avouer en haletant. Mais je ne veux pas que vous arrêtiez.

Il recule doucement et la douleur reflue, à mon grand soulagement.

— Cela deviendra plus facile si vous m'acceptez.

Il s'éloigne, puis revient avec prévenance, et la manière dont il me regarde, comme si j'étais la chose la plus délicieuse qu'il ait jamais vue et comme si c'était l'expérience la plus délicieuse de sa vie, ne m'aide pas à contrôler mes émotions. Je n'avais jamais imaginé que la proximité avec un homme se jouait de manière aussi intime. Je soupçonne que je ne suis pas la seule, que beaucoup s'imaginent une sorte de transaction, une obligation attendue, et je me demande avec inquiétude combien de femmes partagent vraiment un lien exceptionnel avec leur mari. Car si les femmes avaient la garantie de vivre ce genre d'expérience inexplicable à chaque fois qu'elles doivent satisfaire leur époux, elles seraient plus nombreuses à vouloir à se marier. Mais il n'y a aucune garantie. C'est même rarement le cas, sans doute. Ce que je vis est rare, malheureusement, et il faut le chérir.

Mes hanches se soulèvent, elles réclament qu'il s'enfonce plus profond maintenant que la douleur a commencé à diminuer. Il se met sur ses coudes, pose sa bouche sur la mienne et pousse plus avant.

— Est-ce que c'est bon, Eliza ?

— Oui, réponds-je dans un souffle.

— Alors nous sommes d'accord.

Il me donne sur les lèvres de petits coups de langue qui me rendent encore plus folle. M'enhardissant, je tente de capturer ses lèvres et l'embrasse plus profondément encore qu'il m'a embrassée, mais il s'écarte.

— Lentement, murmure-t-il, poussant et reculant avec maestria, les yeux plongés dans les miens, et par ses mouvements langoureux, il m'ouvre, me détend, et il réussit si bien sa manœuvre que la douleur est moins forte chaque fois qu'il me pénètre.

Je sens des muscles en moi, des muscles dont j'ignorais jusqu'à l'existence avant d'avoir rencontré le duc, des muscles sensibles au moindre de ses déhanchés. Je me tends, et j'ai l'impression que c'est essentiel, comme pour me protéger de quelque chose.

— Vous tremblez, Eliza.

— Je ne peux pas m'en empêcher !

Je crie, presque inquiète de ce déferlement de sensations.

— Et vous n'avez aucune raison d'essayer, répond-il en poussant plus fort, avec davantage d'urgence. Laissez-vous emporter.

— Quoi ? M'emporter où ?

— Au ciel, ma chérie. Je vous fais monter au ciel, et vous ne voudrez jamais redescendre sur terre.

Je hurle, le dos arqué, le corps brûlant d'une fièvre comme je n'en ai jamais connu, prête à m'embraser. De quoi parle-t-il ? Je secoue la tête, je n'en ai rien à faire. Je suis trop accaparée par ce que je sens entre mes jambes et qui prend du poids et du volume à chaque poussée.

— Oh, Eliza !

Sa bouche s'arrache à la mienne, son torse se gonfle, ses muscles roulent, ses veines pompent le sang sous sa peau, tout est tendu, y compris son visage.

Je serre ses épaules, secouant la tête en tous sens. La douleur a disparu. Mon Dieu, elle a disparu et…

— Johnny !

Il ralentit, mais ses mouvements se font plus fermes, plus directs, et il m'embrasse doucement. J'ai la tête qui tourne et mes mains, perdues dans ses cheveux blonds, tremblent aussi. Mais je n'arrête pas. Je ne peux pas. Une pression inconnue monte en moi, et je dois la libérer.

— Oui, Eliza !

Il s'écarte à nouveau, se redresse sur ses bras, et il va et vient, me percute, sans me laisser sa bouche à dévorer. Il a la mâchoire serrée, les yeux d'un sérieux mortel. Il me donne un plaisir inouï, je perds la tête, c'est merveilleux. Il accélère, augmente la pression. Je m'écrase contre le tapis.

Je hurle :

— Oh mon Dieu, sans éprouver de honte d'invoquer le nom du Seigneur en vain car je serais incapable d'arrêter ce qui se déroule à cet instant.

Tout est frénétique, un bouleversement indescriptible me submerge. Son souffle, son souffle rauque, ses grognements, mes gémissements, la sueur, la tension, nous deux tendus vers la fin, mais alors que Johnny a l'air de savoir à quoi s'attendre, de savoir où nous allons, je n'en sais rien et je m'en méfie de plus en plus. Je vois flou, son visage est indistinct. La pièce tournoie devant mes yeux et quelque chose de puissant explose, une boule de feu qui me dépasse, mon corps se cambre complètement, je jure qu'il pourrait se briser.

Et il pourrait même me briser.

Mon corps ne m'appartient plus, et mes pensées non plus, car je pense l'impensable.

Reste en moi. Ne me laisse pas partir. Épouse-moi. Aime-moi. Laisse-moi porter tes héritiers et être une bonne épouse.

Puis il rugit, un cri fauve, et je m'ouvre en grand, au lieu de rejeter cette invasion, je l'accueille, je voudrais qu'il entre encore plus loin en moi. Je voudrais que nous ne fassions qu'un. La chaleur est insoutenable, je soupire, mes bras inutiles balancent derrière ma tête et il s'effondre sur moi, pantelant dans mon oreille tandis que sa peau glisse contre la mienne.

— Je ne sais pas quoi dire, dis-je, hébété, comme ivre, jouissant encore après la jouissance.

Mon cœur n'a jamais battu si fort. Je ne me suis jamais sentie autant en vie. Fatiguée mais vivante.

Il lèche le bout de mon oreille, me faisant frissonner. C'est exquis comme sensation.

— Ce moment n'a pas besoin de mots, Eliza, ne les gâchons pas pour rien.

Je suis on ne peut plus d'accord. Le duc, qui a eu tant de maîtresses, semble être à court de paroles lui aussi, et c'est un sentiment exaltant. Son corps pèse sur moi mais c'est incroyablement bon, nous restons ainsi, inertes et à court de souffle, étendus sur le tapis près du feu, aussi nus que deux nouveau-nés, et je ressens une paix profonde. Du bout des doigts, je caresse instinctivement sa peau.

— Je sais quoi dire. Je voudrais vous remercier.

Je souris en sentant le duc, connu pour son stoïcisme, sourire aussi dans mon cou. Le prenant par la tête, je l'invite à me regarder parce que je veux le voir, une fois son désir assouvi. C'est une vision céleste. Ce que j'ai devant les yeux, le contentement que je lis sur ses traits, est tellement à l'opposé de l'arrogance et de la noirceur qui m'ont pourtant charmée sans vraiment le chercher.

— J'aimerais vous voir sourire plus souvent.

— Je garde mes sourires pour ceux qui en sont dignes.

Il repose la tête sur son avant-bras et approche son visage du mien, nez contre nez, front contre front. Et son sourire s'épanouit encore.

— Heureusement pour vous, Eliza, cher ange dévergondé, vous en êtes digne.

— Oh, merci bien, Votre Grâce.

Son sourire de biais est adorable, je… Oh et puis mince. Oui, je suis amoureuse.

Mon Dieu. Je suis amoureuse. Inutile de le nier. Impossible d'imaginer qu'un homme pourrait me faire ressentir des choses pareilles sans gagner mon cœur.

— Je vous en prie, plaisante-t-il. Mais évidemment, je dois vous rappeler que je n'offre pas mes sourires pour rien, donc, si vous le voulez bien, je ne m'opposerai pas à profiter du charme de votre conversation de l'aube au crépuscule.

Je me sens incroyablement calme et sereine, et je ne connais pas sentiment plus adorable ;

— Maintenant, allez-vous me dire depuis combien de temps vous écrivez en secret pour le journal de votre père ? Et aussi, pourquoi à Londres j'ai été le seul sujet de vos articles ?

Mon nez se retrousse, et il me tape le bout de l'index.

— Vous devriez me remercier. Si n'importe qui d'autre les avait écrits, ils n'auraient pas été exacts, et vous auriez été encore plus maudit que vous ne l'êtes.

— Je n'en doute pas.

— Cela dit, je dois vous décevoir, dis-je avec une certaine suffisance. Il y a un article qui ne concerne pas vote auguste personne.

— Oh ?

— L'article sur la banqueroute de la banque Millingdale.

Il fronce les sourcils.

— Un tissu d'âneries.

— Oui. J'ai tout inventé pour détourner l'attention d'un autre article qui devait paraître. (Je marque une pause.) Lymington et Porter voulaient rapporter une agression.

— Qui a agressé qui ?

— Vous avez agressé mon frère, réponds-je d'une voix timide.

— Et quand aurais-je…

Il ne termine pas sa phrase, semblant soudain comprendre, et je hoche la tête pour lui confirmer qu'il a vu juste.

— Lymington ne vous aime vraiment pas. Et j'ai entendu dire que vous aviez traité Frederick de bien des noms désagréables.

Il me fait comprendre d'un geste que ce n'est pas faux.

— Mais l'article n'a pas été publié ?

— Porter a disparu.

— Il a disparu ? répète-t-il.

— Il a brusquement quitté la ville pour rendre visite à des amis.

— Intéressant.

— Ah ? Pourquoi ? Que se passe-t-il ?

— Ne nous embêtons pas avec les partis pris politiques du journal de votre père.

Il bouge les hanches et je ne suis plus ni pleine ni satisfaite. Je soupire et referme les cuisses mais Johnny, à genoux, les écarte à nouveau. Son visage se tord un peu et, curieux de ce qu'il regarde, je baisse la tête. Du sang coule entre mes jambes.

— Je vais vous baigner, dit-il en se levant et en me prenant par la main.

Je le suis. Tous les deux entièrement nus, nous sortons de l'étude et montons l'escalier.

— Hercule… dis-je.

— Il s'est retiré pour la soirée, ne vous inquiétez pas.

Je le laisse me guider jusqu'à une chambre. Sa chambre. Le lit est immense et haut, les boiseries luisent, et les beaux rideaux rouges sont tirés, par bonheur. Je vois de la vapeur s'élever. Une baignoire pleine d'eau chaude se trouve dans un coin de la pièce. Elle a dû être remplie très récemment. Sur ordre de Johnny ? Évidemment. Il m'aide à m'y installer et patiente le temps que je m'habitue à la chaleur. Ma peau devient rouge et, quand je parviens enfin à m'allonger complètement, à ma grande surprise, il monte à son tour dans la baignoire et s'immerge avec moi. Puis, prenant une serviette, il l'humidifie et, doucement, amoureusement, me la passe dans le dos.

— Vous me lavez, dis-je rêveusement, et son geste s'arrête, un bref instant, avant de reprendre.

— En effet.

Je fronce les sourcils.

— Parce que vous m'avez salie.

Cette conclusion m'inquiète. Je me retourne dans le bain pour lui faire face et lui prends la serviette des mains.

— Vous vous sentez obligé de me nettoyer après m'avoir souillée, c'est cela ? Vous vous rendez compte, Johnny, que rien ne pourra effacer ce qui vient de se passer ? Vous ne pouvez pas simplement frotter pour que cela sorte de mon corps et de mon esprit.

Il me dévisage avec une sorte de sympathie que je n'apprécie pas du tout.

— Je ne supporte pas l'idée de vous gâcher la vie, Eliza, dit-il en s'efforçant visiblement de contenir son émotion. Je ne le supporte pas.

— N'en avons-nous pas déjà parlé ? (Il faut qu'il se débarrasse de cette culpabilité mal placée.) Si c'est cela, me gâcher la vie, j'insiste pour que vous me la gâchiez tous les jours que Dieu fait jusqu'à la fin de ma vie.

Je voudrais clamer ce que je ressens à la face du monde. Je voudrais que chaque femme sache à quel sommet de plaisir il m'a conduite. Mais je comprends soudain ce qu'il a dû conclure de ce que je viens de dire. Je baisse les yeux sur sa poitrine mouillée.

— Je suis désolée.

— Combien de fois dois-je vous le dire, Eliza ?

— Une fois suffit, Votre Grâce, réponds-je sèchement. Je ne risque pas d'oublier, n'est-ce pas ?

Je me lève sans fausse pudeur, l'eau dégouline de mon corps, et je sors du bain. Mais il m'attrape par le poignet.

— Si je pouvais faire autrement, dit-il lorsque je tourne le regard vers lui, je le ferais.

Je déteste son air douloureux.

— Vous n'êtes pas prisonnier de cette vie. Seulement de vous-même.

— C'est faux. Je ne peux pas vous épouser, Eliza. Je vous l'ai dit.

— Je ne demande pas le mariage. Je demande davantage.

Quelque chose comme l'amour.

— Mais il semblerait que je me suis trompée en pensant que peut-être, vous étiez le seul homme dans ce monde perdu à pouvoir m'offrir mieux que des noces. Maintenant, si vous voulez bien m'excuser, il y a un autre homme qui m'attend et qui est prêt à m'épouser, lui. (Mais que je serai incapable d'aimer.) Adieu.

Qu'est-ce que je raconte ? J'ai à peu près autant envie d'épouser Frederick que de quitter le duc à cet instant.

— Je vous interdis de partir.

Je ris et dégage mon poignet, mes dents commencent à s'entrechoquer à cause du froid.

— Je ne vous appartiens pas.

— Vous me parlez méchamment pour me faire du mal.

— Vous ne voulez pas de moi, je ne vois pas en quoi cela vous ferait du mal.

— Eliza !

J'entends le bruit de l'eau qui tombe sur le parquet tandis que je dévale l'escalier vers son étude. Je ne peux pas me punir ainsi. Non ! Certes, je ne savais pas quel plaisir j'allais connaître ce soir, mais surtout, je n'avais pas anticipé le risque que je prenais. Pas celui d'être surprise ou *salie*. Non, celui de tomber amoureuse, parce que je suis certaine que cette atroce douleur dans ma poitrine vient de là. Une nuit, j'aurai une chance d'oublier. S'il y en a d'autres, je n'y survivrai pas. Je ne veux pas son corps, sa bouche, ses mots et son esprit si je n'ai pas son cœur.

— Eliza !

— Allez en enfer !

J'enfile ma chemise à la hâte et jette ma cape sur mes épaules quand il apparaît sur le seuil, dégoulinant d'eau et d'exaspération. Nu comme un ver. J'arrache mes yeux de cette vision lascive, de peur que mon cœur me trahisse.

— Je suis déjà en enfer, Eliza. Croyez-moi, rien ne peut empirer ma situation.

— Dans ce cas, peu importe que je reste ou que je parte.

Je fais un pas vers la porte, mais il me barre le chemin.

— Je ne vous laisserai pas partir, Eliza.

Je ris.

— Vous parlez comme si vous aviez des droits sur moi. Je vous rappelle que vous ne voulez pas de cette responsabilité.

— L'amour fait mal, Eliza.

Sa famille. Il parle de sa famille, que tout le monde l'accuse d'avoir tuée.

— Vous voulez vous punir de cette façon ? Vous priver de lumière, rester dans les ténèbres ? Et sans me dire pourquoi ?

— Parce qu'être associé à un Winters signerait votre fin !

Je recule tandis qu'il se retourne en s'arrachant les cheveux.

— Je ne vous ai fait aucune promesse, Eliza. Si vous avez laissé vos sentiments vous emporter plus loin, ce n'est pas ma faute mais la vôtre.

Il fait volte-face, et son visage n'a jamais été aussi inexpressif. Il s'est refermé. J'aimerais y arriver, moi aussi.

— Johnny, laissez-moi vous aider.

Je pose une main sur sa poitrine, mais il m'attrape le poignet et me plaque contre les boiseries du mur. Il a l'air carnassier. Furieux. Son souffle chaud est heurté, sa peau nue trempe le tissu de ma cape.

— Ne prononcez pas ce genre de mots à la légère. Vous ne connaissez rien de mon calvaire.

Je le dévisage longuement.

— Expliquez-moi, Johnny.

— Impossible.

— Alors laissez-moi partir.

Au lieu de me lâcher, il écrase sa bouche humide, vorace, sur la mienne, et m'embrasse avec une fureur qui a quelque chose de désespéré, grognant comme un ours, et, comme c'était prévisible, je ploie sous tant de plaisir.

Jusqu'à ce qu'il s'arrête, haletant, les yeux fermés, et s'écarte de moi avec un cri de frustration.

— Partez, m'ordonne-t-il brutalement. Partez maintenant avant que je…

Comment en sommes-nous arrivés là ? Je partais, il essayait de me retenir, et maintenant, c'est lui qui me met dehors ?

— Avant quoi ?

Je suis ulcérée, non pas contre lui mais contre moi, car je le laisse diriger nos ébats. Je lui laisse le pouvoir.

Ses narines frémissent et, lentement, si lentement qu'il donne l'impression de ne pas même bouger, il tourne son corps nu vers moi.

— Avant que je vous assassine comme j'ai assassiné le reste de ma famille.

Le poison est violent. Il veut que je le déteste. Il n'a pas besoin de forcer la dose. Je le déteste déjà. Je le déteste de m'avoir fait ressentir de telles émotions pour les nier maintenant. Mes yeux se gonflent de larmes qui ne viennent pas, et comme un lâche il détourne les yeux. Il a honte.

— Vous n'avez tué personne à part mon esprit.

Et je m'enfuis.

Loin de lui et loin, je l'espère, je prie pour cela, de ces sentiments si douloureux et incontrôlables.

14

Inutile de dire que je n'ai pas fermé l'œil de la nuit. Ni celle d'après. Ni les trois suivantes. À vrai dire, je crains de ne plus jamais trouver le repos. Les journées sont une torture, je les passe à suivre des leçons de piano, à apprendre une langue que je n'utiliserai jamais et à faire des promenades avec un homme que je n'aimerai jamais, mais mes souffrances diurnes ne sont qu'un maigre écho de mes tourments nocturnes. Des nuits sans sommeil, sans fin.

J'ai l'esprit ailleurs et toute ma volonté n'y peut rien, et chaque seconde de répit où je ne pense pas à lui et à notre nuit ensemble, je la paye par des heures de souvenirs qui tournent en boucle dans mon esprit. Comment ai-je pu ? Quelle imbécile je suis. En succombant au charme du duc, je n'ai fait que rendre mon avenir encore plus difficile à accepter. Et par-dessus le marché, je n'ai plus envie d'écrire. Sur quoi que ce soit. Je me sens comme une coquille vide qui flotte, à la dérive, sans rien comprendre à ce qui l'entoure, incapable de trouver un point d'ancrage.

Imaginez si je connaissais bien votre esprit, si j'étais suffisamment attentif, si j'avais l'oreille assez fine pour reconnaître votre plume quand j'ai le bonheur de lire vos mots.

Je n'aurais jamais imaginé cela, quelque chose d'aussi merveilleux. Et pourtant je l'ai eu, même brièvement.

Ce soir aura lieu le bal royal en l'honneur de l'anniversaire du prince régent, et mon enthousiasme est à la mesure de mon humeur générale. Mais je n'en ai guère besoin, Mère en est pourvue en abondance, elle en a assez pour tout Belmore Square s'il le faut. Du moins, c'était le cas jusqu'à ce que le volant de sa robe se détache.

Assise dans le boudoir, le regard perdu par la fenêtre, je l'entends gémir, catastrophée, tandis qu'Emma la suit, l'aiguille et le fil à la main, pour tenter de réparer le désastre.

Malheureusement pour Père, qui choisit ce moment pour rentrer à la maison.

— C'est cassé ! s'écrie-t-elle en brandissant les masses de soie dans sa direction.

— Et que voulez-vous que j'y fasse, Florence ? J'ai eu une journée horrible au travail, et j'aimerais avoir la paix un moment dans mon étude, donc je vous prie de ne pas me déranger avec vos histoires de bonne femme.

J'en reste bouche bée. Il a l'air livide, angoissé. Il entre au pas de charge dans son étude et claque la porte derrière lui.

— Eh bien, murmure ma mère, qui se sent passablement insultée, en tendant sa robe à Emma, c'est plutôt inattendu.

À quelle réaction s'attendait-elle ? Je ne peux pas dire que j'aime beaucoup la mélancolie qui est la sienne depuis quelque temps lorsqu'elle regarde la porte fermée du bureau de Papa. J'ai remarqué, moi aussi, que sa mauvaise humeur n'a fait qu'augmenter ces dernières semaines. Je sais que les ventes ont un peu chuté car j'ai entendu Lymington s'en plaindre sans discontinuer, mais comme Porter est toujours absent et qu'on se passe des services de Frank, cela ne risque pas de changer. Oui, on se passe de Frank. Malheureusement, mon article sur la banque Millingdale n'a pas suffi à mettre un terme à l'accord entre le vicomte et Lizzy Fallow. En revanche, Frank a été accusé de répandre de fausses nouvelles. J'ai vu l'air peiné de Père ce jour-là.

Et Frank n'ayant pas voulu me trahir, il a accepté son sort d'un hochement de tête. Je sais qu'il est soulagé. Et je sais que Père est plus anxieux que jamais. Il a bien compris que ce n'est pas Frank qui a écrit cet article, mais que peut-il dire et que peut-il faire ?

Maman me sourit gentiment.

— Vous avez l'air plus en forme aujourd'hui, me dit-elle. Je ne sais pas ce qui vous est arrivé ces dernières semaines, Eliza, et je ne souhaite pas le savoir, mais j'ai noté que vous étiez morose.

Morose ? Ou complètement éteinte ? Je lui rends son sourire en me demandant laquelle de ces deux phrases est la plus fausse : *Loin des yeux, loin du cœur*, ou *L'absence est le plus grand des maux.*

Il est partout dans mon cœur, bien sûr, et je le hais encore plus aujourd'hui que la nuit où il m'a rejetée…

Où je suis partie…

— Je vais bien, Maman.

Mensonge.

— Je ne vous crois pas, Eliza. J'ai peut-être adopté une certaine…

— Cruauté ?

Elle fait la grimace.

— Je veux que nous soyons acceptés. Votre père a travaillé dur, il mérite la reconnaissance et le respect que certains semblent incapables de lui offrir. C'est la bataille des anciens et des nouveaux, et les anciens sont puissants par leur nom, et non par leur esprit.

— Alors pourquoi ce désir impérieux de me faire épouser Frederick ? Si le titre ne signifie rien et que l'esprit est tout ? Parce que je sais que je ne manque pas d'esprit.

— Oh, vous en avez en abondance, ma chère fille. En abondance. Malheureusement, lorsqu'on a conclu un accord avec Lymington, on ne revient pas dessus.

Un accord.

— Pourquoi ?

— Eh bien…

Frank entre en trombe dans la maison, et sans même nous accorder un regard, va s'enfermer avec Papa dans l'étude. Notre pauvre mère met la main sur sa poitrine, une fois de plus insultée, et tressaille en entendant la porte claquer. Je déteste voir la tristesse s'emparer d'elle ainsi. Par devoir et par compassion, et parce que je ne suis pas totalement égoïste, je m'approche d'elle et la prends dans mes bras. Nous n'échangeons pas un mot. Elle me sourit avec tendresse.

— Je ferais mieux de m'occuper de cette robe, finit-elle par dire en caressant ma main posée sur son épaule.

— Je vais vous aider, réponds-je en revenant avec elle dans le boudoir, où Emma se débat avec les couches de soie.

Je me demande pourquoi Frank avait l'air si épuisé et pourquoi il s'enferme avec Père dans l'étude alors qu'il ne travaille plus pour le journal. J'ai l'impression d'être constamment en train de m'interroger sur ce qui se passe.

Je me mets à genoux, commence à chercher l'extrémité du volant, et Mère se joint à moi en éclatant d'un rire qui me réchauffe le cœur en me voyant disparaître sous la robe.

— Oh, Eliza, je vous ai perdue !

— Et cela vous surprend ? dis-je, empêtrée dans la soie. Ah, je la tiens !

Je ramène le tissu au-dessus de ma tête et le tends à Emma en souriant.

— Il faut peut-être faire doubler la couture.

— Je devrais aller me plaindre, grommelle Maman en me prenant la main et en me souriant.

Je le lis dans ses yeux. Le regret. Elle est seule ici, seule dans toutes ces fêtes, ces événements, ces ragots. Elle veut retrouver son mari, mais elle ne l'avouera pas. Non. Elle aime la liberté que lui offre la fortune de Papa, mais elle a conscience que l'argent a aussi apporté son lot de difficultés et a volé leur liberté à ses enfants. Seulement, en parler, l'admettre, ce serait trahir le labeur acharné de Papa. Cela ne l'empêchera pas, je serais prête à le parier, à continuer longtemps encore à préparer des gâteaux en pleine nuit.

— Qu'allez-vous porter ? me demande-t-elle.

— Ma robe rouge, je pense.

— Parfait.

Je lève les yeux en l'air et, en quittant la pièce, lui réponds :

— Vous dites cela comme si j'avais des prétendants à impressionner.

— C'est auprès de votre fiancé qu'il faut faire bonne impression.

Mon mariage aura lieu dans quinze jours. Je me suis régulièrement demandé pourquoi un événement de cette importance arrivait si vite, de façon presque précipitée, et je crois l'avoir compris maintenant que les noces sont une perspective proche. C'est pour éviter que la partie la plus hésitante recule. La partie la plus hésitante, ici, c'est moi, et j'aimerais ficher le camp. Toutes les minutes que Dieu fait, lorsque je ne suis pas obnubilée par le duc et par notre unique nuit ensemble, je meurs d'envie de faire un sac et de disparaître de Londres.

Ou de me réfugier chez le duc, car cela reviendrait à disparaître d'un monde auquel je n'ai pas envie d'appartenir.

Non, Eliza !

En passant devant l'étude de Père, j'entends des bruits de voix, mais par manque de chance, Dalton surgit avec le thé et je dois continuer mon chemin. Arrivé au milieu de l'escalier, je jette un coup d'œil par-dessus mon épaule. Dalton a disparu. Je retourne en bas et colle mon oreille contre la porte, discrètement, pour ne pas les alerter sur ma présence.

— Mort ! crie mon père. Il est en train d'écrire un article sur ton agression, et la minute suivante il est mort. Tu sais à quoi ça ressemble, Frank ? À un meurtre !

Je m'écarte de la porte, sonnée. Porter est mort ? Comment ? Je n'ai pas le temps de réfléchir, ni même de faire irruption dans l'étude pour intervenir dans la conversation. On frappe à la porte d'entrée, Dalton apparaît, il court ce soir, et Mr Casper entre avec le même masque d'inquiétude que mon père et mon frère sur le visage.

Sans attendre l'autorisation de Dalton, il se dirige tout droit vers l'étude et y entre sans même frapper.

— Parlez ! lui ordonne aussitôt Papa.

— Je crains que ce soit vrai, Melrose. Porter est effectivement mort. Assassiné.

— Pour l'amour de Dieu, Casper, comment est-il mort ?

— Il est… (Casper se racle la gorge.) On l'a retrouvé éventré.

Ma stupeur est totale. Dalton, qui est en panique non parce que ce qui se raconte est choquant, mais parce que j'écoute une conversation censée être confidentielle, essaye de me faire partir. Naturellement, je conteste. Je suis trop pleine de curiosité… et de peur.

— Qui aurait fait un coup pareil ? demande Casper. Qui est capable d'un crime aussi violent ?

Je ne peux pas dire que j'aime beaucoup le silence qui s'ensuit. Il signifie que Frank et Père réfléchissent à la question au lieu de répondre en balbutiant un « Je ne sais pas ».

Ainsi… ils croient le savoir ?

— Le duc, finit par répondre Père d'une voix plate.

Il en est sûr. Horrifiée, je recule d'un pas.

— Winters ? dit Frank d'un ton empli de doute, ce qui me rassure un peu. Sûrement pas.

— Après tout, il aurait été la principale victime de l'article sur lequel travaillait Porter.

— Le duc a un alibi, Melrose, dit Casper.

J'exhale un soupir de soulagement. Ce manège émotionnel va me tuer.

— On peut toujours s'en offrir un quand on a de l'argent. Qui est cet alibi ?

— Lady Dare, dit Casper, et cette révélation me pétrifie. Elle a confirmé que le duc et elle…

Je m'écarte de la porte, foudroyée par une douleur comme je n'en ai jamais connu. Il était avec elle ? Je porte la main à ma gorge, j'ai l'impression de suffoquer. Après moi ? Je ne veux pas y croire, mais comme je ne suis pas absolument idiote, même si certains ne seraient pas d'accord, je ne vois pas *comment* je n'y croirais pas.

— Alors qui a tué mon meilleur journaliste, bon sang ? s'emporte Père.

J'entends des bruits de pas qui s'approchent de la porte, il est temps de partir.

Porter ? Éventré ?

Naturellement, comme toujours, à peine arrivée dans ma chambre, je me poste à la fenêtre et regarde de l'autre côté du square. S'il me restait encore des lambeaux de sentiments pour ce duc arrogant et déroutant, ils ont sûrement disparu après la révélation de sa nuit avec Lady Dare.

Sûrement.

15

Le palais est animé, vivant, joyeux. Tout ce que je ne suis pas, en un mot, et les efforts que je dois faire simplement pour me tenir là et respirer sont presque insupportables. Lymington parle avec la comtesse Rose, je me fiche bien de savoir de quoi, et Frederick ne me quitte pas d'un pouce. Si j'avais mauvais esprit, je penserais qu'il me surveille, mais je n'ai pas mauvais esprit. Cet homme est catastrophique en société, et cela signifie que j'ai le privilège exorbitant de subir sa présence en permanence près de moi. Heureusement pour lui, je n'ai pas envie de parler, il peut donc rester mutique en toute sérénité.

Mais il finit par me surprendre en m'adressant la parole pour la première fois depuis que je suis arrivée et qu'il m'a réclamée à ma mère. J'ai senti que Mère avait du mal à cacher sa culpabilité, mais elle a souri poliment avant de m'abandonner à lui.

— Voulez-vous boire quelque chose ? demande-t-il.

— Non, merci, je n'ai pas soif.

Je viens d'entendre prononcer un nom qui va requérir mon attention.

— J'ai mes doutes, dit Lady Rose en levant une coupe de champagne de sa main gantée de blanc. Winters est tout en haut de ma liste de suspects.

— Il y a tout de même la question ennuyeuse des preuves, relève Lymington, une moue boudeuse aux lèvres, comme s'il se demandait où trouver lesdites preuves.

— En effet, répond-elle. Son nom et sa présence sont un nuage noir suspendu en permanence au-dessus de Belmore Square.

J'éclate de rire, ça m'échappe, mais... quand même. Le duc jette un nuage noir ? Alors que je m'avance pour prendre la parole, Frederick s'interpose devant moi. Je le regarde, étonnée.

— Pardon, Frederick.

— Je vous en prie, Eliza, m'implore-t-il.

— Vous me priez de quoi ? De garder un silence de bon aloi ?

Je l'écarte avec force et me retrouve face aux visages bouffis de la comtesse Rose et de Lymington.

— Je pense, quant à moi, que ce sont les ragots colportés par les vieux membres décrépits de la bonne société qui jettent une ombre inappropriée sur Belmore Square. Dois-je vous rappeler que le duc a un alibi ?

Je ne sais pas ce qui me prend de défendre son honneur. Je ferais mieux d'économiser ma salive. Cependant, une injustice est une injustice, et... je n'aime pas l'injustice.

Lymington me dévisage, les yeux plissés.

— Vous allez vous taire, dit-il entre ses dents. Ou je vous ferai taire.

— Père ! s'écrie Frederick, ce qui me surprend autant que Lymington.

— Et vous aussi, vous allez vous taire. Venez, ma chère, dit-il en faisant signe à la comtesse Rose de le suivre. Allons souhaiter bon anniversaire au prince.

Il me jette un ultime regard noir, puis s'éloigne avec la comtesse. Ils marchent en se soutenant l'un l'autre.

— Que se passe-t-il ? demande Frank, qui nous rejoint, Frederick et moi.

— Je crois que j'ai besoin d'un verre, dit Frederick, le teint cireux, avant de nous laisser.

— Frederick vient de défendre mon honneur, dis-je à Frank.

— Très bien. (Frank semble sincèrement impressionné. Moi aussi, d'ailleurs, je dois l'avouer.) Mon Dieu, n'est-ce pas hideux ?

— J'ai toutes les raisons de trouver cette fête hideuse, dis-je en observant la foule. Mais je ne comprends pas pourquoi tu te plains.

Je fais allusion à toutes les mères présentes qui le lorgnent d'un air intéressé. Autant de rivales qui aimeraient voir leur fille en âge de se marier le prendre dans leurs filets.

— Tu as l'embarras du choix.

Je suis son regard de l'autre côté de la salle de bal. Je repère alors Lizzy Fallow avec le vicomte Millingdale.

— J'ai essayé, Frank.

Frank ne répond pas. Il observe, concentré, le couple qui traverse la salle. Je jette un coup d'œil à Lizzy Fallow, qui a l'air triste et les yeux baissés sur le bout de ses pieds, comme si elle n'osait pas les lever. Mon Dieu, est-il…

— Frank, est-ce que…

— Madame, dit Frank en saluant d'un mouvement de tête Lady Blythe qui arrive vers nous, interrompant ma question. Vous êtes merveilleuse ce soir.

— Oh, pas autant que vous, répond-elle, faussement timide, avant de tourner ses yeux noirs vers moi. Eliza Melrose, me salue-t-elle avec un peu trop d'insistance à mon goût. Vous aussi.

— Lady Blythe. (J'esquisse un sourire crispé. Est-elle retournée sonner chez Johnny récemment ?) Votre robe est spectaculaire.

— Vous êtes trop aimable. Maintenant, dites-moi, poursuit-elle en nous regardant tour à tour, avez-vous lu mon dernier roman, et, si oui, qu'en avez-vous pensé ?

J'ai un peu chaud, soudain. Lady Blythe a un peu perdu confiance en elle depuis que Lady Rose a critiqué sa dernière offrande au monde littéraire. Certes, elle a usé de sa position de patronnesse pour remettre la vieille comtesse à sa place, mais si Maman a bien entendu ce qui se raconte, et je soupçonne que c'est le cas, et aussi que l'histoire n'a pas été inventée de toutes pièces, Lady Rose a renversé la décision et sa souscription est de nouveau valable. Au moins, Lady Blythe s'est bien amusée. Et comme je n'ai aucune envie d'être sa prochaine cible, il n'y a qu'une bonne façon de répondre à sa question, sauf bien sûr si je veux être bannie de la bonne société. Je réfléchis un instant. Tout compte fait, j'aimerais sans doute être bannie de la bonne société.

— En fait, je…

— Je crois que je l'ai repéré sur la table de chevet d'Eliza, me coupe Frank.

Je suis sûr qu'il a compris ce que j'allais faire. Son regard me met au défi de prononcer les mots qui feraient de Lady Blythe une ennemie.

— Et je suis sûre de l'avoir entendue dire qu'il est extraordinaire, ajoute-t-il.

Frank a de la chance, je n'ai pas envie de me battre.

— Absolument extraordinaire, dis-je en souriant d'un air pincé à Lady Blythe.

Elle est enchantée, bien sûr, et par miséricorde, elle ne m'interroge pas sur l'intrigue, les personnages ou Dieu sait quoi concernant son nouveau chef-d'œuvre. Elle tend le cou, regarde par-dessus mon épaule, et son sourire s'efface.

— Oh, que Dieu me vienne en aide, elle m'a repérée.

Frank et moi nous tournons et découvrons Mrs Fallow qui agite frénétiquement sa main en l'air.

— Le vicomte Millingdale va être gâté, nous dit Lady Blythe à voix basse, si Lizzy Fallow est aussi agaçante que sa mère.

Elle fait volte-face, tout sourire, et nous laisse seuls, Frank et moi.

— Agaçante ? dis-je en fronçant les sourcils.

— Oui, agaçante, répond-il d'une voix rêveuse en observant de nouveau Lizzy Fallow.

— Qu'est-ce que tu me dis, Frank ?

Il bat rapidement des paupières, comme s'il sortait de transe.

— Pardon ?

— Seigneur…

Frank remet son sourire enjôleur en place. Mais je le perce à jour.

— Quoi ?

— Ne te fiche pas de moi, Francis Mel…

Mes mots s'étranglent dans ma gorge. Je viens d'apercevoir Johnny Winters, qui entre dans la salle de bal. Ses yeux croisent immédiatement les miens et je ne respire plus. Mon cœur, maudit soit ce muscle dans ma poitrine, bondit, et mon corps se met à trembler. Il est… oh, il est si beau qu'on dirait qu'il vient de tomber de l'endroit où il m'a emmenée l'autre nuit. Le paradis. C'est un dieu vêtu d'une veste de velours bordeaux, d'un pantalon crème et d'une chemise comme toujours d'un blanc immaculé, avec des cravates et des gants assortis. Tout est parfait. Même son expression menaçante.

— Eliza ? me relance Frank.

— Oui.

Je me fais violence pour détourner mes yeux du duc. *Que fait-il ici ?*

— Tu es un peu pâle.

— Je ne me sens pas très bien, je dois dire. Trop de bulles, sans doute. (Je pose la main sur mon ventre.) Je pense que je vais aller prendre l'air dans la cour un moment.

— Je t'accompagne, propose Frank, l'air inquiet.

— Non, non. (Je pose la main sur son avant-bras en un geste rassurant.) Il faut que tu sauves Maman de la comtesse Rose.

Je désigne d'un mouvement de menton notre mère, qui semble prête à frapper la vieille dame. J'aimerais bien qu'elle le fasse.

Je m'échappe sans laisser le temps à Frank de protester. Je prends le couloir, tourne à gauche, puis à droite, puis encore à gauche.

— Mince, dis-je, désorientée. C'est par là, j'en suis certaine.

Pourtant, après quelques minutes, je suis toujours perdue dans un labyrinthe de couloirs. Je reviens en arrière avec l'idée de suivre le chemin que j'ai parcouru, mais soudain une grande silhouette se découpe devant moi. Je n'ai pas le temps de lever les yeux que déjà les frissons s'emparent de moi, en même temps que son parfum familier arrive à mes narines.

— Égarée ? demande-t-il d'une voix plate, dénuée de la chaleur que j'aimais y trouver.

Non, Eliza, souviens-toi de ce qu'il t'a fait !

— Excusez-moi, dis-je en me mettant sur le côté pour passer, mais il se décale tranquillement, restant devant en moi, en travers de mon chemin.

Je me crispe, les yeux fixés sur son large torse, car je refuse de croiser son regard, cela signerait ma perte.

— Excusez-moi.

— Regardez-moi.

— Non.

— Faites-le, Eliza. Maintenant.

— Non.

Il grogne, me prend la mâchoire dans le creux de sa main et me force à diriger les yeux vers son visage. Alors je ferme les paupières, le défiant encore. Je me protège.

— Lâchez-moi. Ou je jure que je vais crier.

— Oh, vous allez crier, Eliza, grogne-t-il en me poussant doucement, mais avec fermeté, contre le mur. Soyez-en sûre.

À cet instant, encore, avec son corps pressé contre le mien, les souvenirs qui remontent et son souffle sur mon visage, je reste dans mes ténèbres.

— Pourquoi ne me regardez-vous pas ?

— Retournez voir Lady Dare. Je suis sûre qu'elle sera prête à crier pour vous.

— Pour l'amour de Dieu.

Il m'embrasse chastement, je suffoque et ouvre les yeux. Et au moment où mon regard croise le sien, la souffrance reflue, non parce qu'il a relâché sa prise, mais, plus inquiétant, parce que ses yeux m'apaisent. Il m'apaise. À regret, je dois reconnaître que Johnny Winters est le remède à la plupart de mes pensées noires.

— C'est mieux, dit-il.

Puis il m'embrasse encore, un baiser long et langoureux cette fois, et je me perds dans sa puissance, sa langue vorace qui joue malicieusement avec la mienne. Je gémis, tout grief oublié.

— Il faut que vous soyez à moi.

Sa main passe sous ma robe et il baisse ma culotte. Je halète, ma tête se renverse en arrière tandis qu'il m'embrasse frénétiquement le cou, me mordant et me léchant tout en luttant avec son pantalon.

— Dites-moi que vous avez envie de moi.

— J'ai envie de vous.

Oh oui, j'ai envie de lui ! Je geins en sentant sa chair nue entre mes cuisses, et avec un petit cri, il s'enfonce en moi en me plaquant contre le mur.

— Dieux du ciel, soupire-t-il en enfonçant son visage dans mon cou. Dites-moi que cela vous plaît, me susurre-t-il à l'oreille tandis que tout mon corps se tend et que je l'agrippe contre moi.

— Oui, continuez.

J'ai le vertige face à tant de sensations.

Et il se met en mouvement, lentement au départ, pour m'ouvrir, puis il accélère, et à mesure que notre plaisir monte, notre urgence monte aussi, nous voulons tous les deux atteindre ce point incroyable, la fin du chemin. Poussée par poussée, il m'y emmène, et cri après cri, je l'accepte. Il me regarde fixement tandis que nos corps se démènent. Ma vision devient floue, son visage se déforme, et quand il se décharge en moi, pareil à un boulet de canon me frappant entre les cuisses, mes genoux cèdent et mes jambes deviennent tremblantes, je ne peux plus me soutenir.

— Mon Dieu, dis-je faiblement en m'affaissant sur lui. Je…

Je parviens à retenir ma langue avant de dire quelque chose que je pourrais regretter.

— Qu'alliez-vous dire ? demande-t-il, pantelant, encore gonflé en moi.

— Rien…

— Ce n'est pas rien, dit-il en m'encourageant à relever la tête, enfouie dans sa poitrine. Dites-moi, Eliza. Prononcez les mots que vous retenez, j'ai besoin de les entendre.

— Pourquoi ?

— J'en ai besoin, c'est tout.

Il veut savoir. Il sait très bien ce que j'allais dire et il a besoin de l'entendre. Mais pourquoi, alors qu'il m'a constamment demandé de ne pas l'aimer ? Peut-être pas de manière explicite, mais à sa façon. Je le dévisage, ne sachant pas où cela me mènera ni quels impacts mes mots auront, mais je dois les prononcer. Je dois lui dire. Sinon, je vivrai avec le regret de ne pas lui avoir exprimé ce qu'il représente pour moi. Il est synonyme de liberté. De bonheur. De lumière.

— Je vous aime, dis-je timidement, presque nerveusement. J'ai essayé de ne pas vous aimer, mais je n'y arrive pas, et je ne sais pas à quoi cela me sert. À part à finir en enfer, je suppose. Je ne sais pas, mais penser que vous ne pourrez jamais m'aimer en retour est très pénible.

Il a un sourire triste, puis il m'embrasse sur le front et prend une inspiration.

— J'ai un aveu à faire.

Mon cœur chavire. Mon Dieu… J'aurais dû me taire.

— Si vous voulez me confesser que vous avez batifolé avec certaine habitante de Belmore Square depuis que vous m'avez attirée dans votre lit, c'est inutile. Je suis déjà au courant. (Je le repousse doucement, et je grimace lorsqu'il sort de moi.) Je n'ai pas besoin que vous me rappeliez vos manières de débauché. Je devrais au moins être reconnaissante, puisque votre soirée avec elle prouve que vous n'êtes pas responsable de la mort de Mr Porter.

— Oh, arrêtez, marmonne-t-il. Je n'étais pas avec Miss Dare, Eliza. J'étais avec vous le soir où Mr Porter a été assassiné, mais je ne pouvais pas en parler. Sauf, bien sûr, si vous voulez être jugée par tous les membres de la bonne société.

— Vous n'étiez pas avec elle ?

— Non. (Il prend un air vexé.) Je n'ai partagé mon lit avec personne depuis notre dernière rencontre, attendu que je suis incapable de penser à autre chose qu'à notre nuit.

Qu'est-ce donc que je ressens au fond de moi ? De la satisfaction ? Du soulagement ? Du bonheur ?

— Vraiment ?

— Oui, vraiment. Et…

— Et ?

Mon cœur va éclater.

— Et, Miss Melrose, dit-il en passant la main dans ses cheveux mal peignés, aussi malheureux que ce soit, pourrais-je ne pas vous aimer ?

Le pense-t-il vraiment ? Je n'ose pas le demander. Mais il le faut. Pour ma santé mentale, il le faut.

— Cela signifie…

— Oui, Eliza, je vous aime.

Mon cœur éclate pour de bon, je crois.

— Vous m'aimez ?

— Oui, et vous pouvez donc faire ce que, j'imagine, vous mourez d'envie de faire.

Il doit s'attendre à ce que je hurle et que je me jette dans ses bras. Je le pourrais, mais je ne le ferai pas.

— Je meurs d'envie de vous embrasser, dis-je.

Il hausse un sourcil moqueur.

— De m'embrasser, c'est tout ?

Il sait que j'ai envie de plus, de le couvrir de baisers et de l'entraîner jusqu'au lit le plus proche, et il ne s'en plaindrait pas puisque c'est lui qui a déclenché cette soif insatiable en moi. Une soif qu'il est le seul à pouvoir étancher. Je soupire, pose les mains sur sa veste en velours et lève les yeux vers lui.

— Qu'allons-nous faire ? Je dois me marier à un autre.

Il réfléchit un instant.

— Il faut peser les choses avec prudence, dit-il enfin.

— Vous avez intérêt à vous dépêcher, parce que je suis censée me marier dans quinze jours.

Son nez se retrousse et il m'embrasse délicatement le coin de la bouche.

— Notre histoire ne doit pas être découverte.

— Proposez-vous que nous nous cachions à vie ?

Je le repousse. Pardon, mais ce n'est pas ce que j'espérais.

— Attendez, vous proposez que j'épouse Frederick et que je vous prenne comme amant.

Il hausse les épaules, penaud. Mon Dieu, c'est exactement ce qu'il propose !

— Je ne vois pas d'autre façon de vous protéger.

— De me protéger ? (Je ne suis plus dérangée par ses propos.) Je n'ai pas besoin d'être protégée. Et de quoi, d'ailleurs ? De la bonne société ? dis-je en tendant le bras vers la salle de bal où ont lieu les festivités. Des imbéciles à l'esprit étroit, là-bas ?

J'étais atrocement blessée quand je croyais qu'une autre femme avait joui des attentions de Johnny. Qu'elle avait senti ses lèvres contre les siennes. Son corps contre le mien. Et maintenant, ce qui me ferait encore plus mal, penser qu'il accepterait de me partager avec un autre homme ? Non. Je ne peux pas accepter cette… cette… folie !

Il ferme les yeux.

— Non, je…

— Je me fiche de leur opinion. Je me fiche du dédain ou des con…

— La vérité ! s'écrie-t-il soudain avec colère, et je recule, surprise. Je vous protège de la vérité.

Je regarde sa poitrine monter et descendre, il est presque pris d'un hoquet.

— Quelle vérité ?

— Seigneur…

Il grogne.

— Johnny, de quelle vérité parlez-vous ? Dites-le-moi.

Il secoue la tête.

— Les répercussions, Eliza. La vérité. Je ne veux pas qu'on vous traite comme on m'a traité.

— Qu'ils aillent au diable !

— Vous envoyez beaucoup de gens en enfer, Eliza.

— Oui, et moi avec, il semblerait ! Vous voulez me partager ? Vous refusez de m'aider à comprendre cette folie. L'une des nombreuses raisons pour lesquelles je vous aime, c'est que vous ne me parlez pas comme à une idiote. (Je sens ma gorge se nouer.) Vous aussi, allez au diable.

Je me dégage et commence à partir en m'essuyant le visage, retenant mes larmes.

— Vous m'y avez déjà envoyé, Eliza ! crie-t-il dans mon dos. Un aller simple !

Je traverse des couloirs sans savoir où je vais, tremblante d'émotion. Mes pensées se bousculent, et lorsque je tombe sur la salle de bal, je suis étonnée d'y arriver si facilement.

— Ah, te voilà ! me dit Frank en se précipitant vers moi. Je suis allé dans la cour, tu n'y étais pas. Tout va bien ?

— Oui, ça va, dis-je en scrutant le visage de mon frère.

Ses lèvres sont assez… rouges. Je lève la main et frotte sa lèvre inférieure avec mon pouce.

— Du… jus de fraise, balbutie-t-il en s'essuyant les lèvres. Tu es sûre que tu vas bien ?

— Oui, tout à fait sûre.

Je balaye son inquiétude, mon inquiétude pour lui prenant le dessus. Étonnant, on dirait la couleur du rouge que Lizzy Fallow porte ce soir.

Frank me prend par le coude et m'entraîne plus loin dans la salle juste au moment où Johnny apparaît avec des yeux brûlants de colère.

— Tu as l'air aussi coupable que tu l'es, dis-je d'emblée en détournant le regard du duc.

— Ta maudite langue te vaut déjà assez d'ennuis, marmonne Frank. Ne m'entraîne pas dans ta chute.

— Je pourrais en parler dans mon article de demain.

Frank raffermit sa prise sur mon bras.

— Impossible, je ne travaille plus pour le *London Times* et Porter est mort, donc tes prête-noms sont indisponibles.

En outre, dois-je te rappeler que si Lymington découvre qu'une femme a écrit les articles les plus populaires, Papa va passer un mauvais quart d'heure ?

Je vous protégerai de la vérité.

— Pas la peine, dis-je à voix basse. Tu te rends compte dans quoi tu t'embarques ?

— Écoute-moi. Je suis dans la même situation, mais inversée.

Maudits soient-ils tous.

Frank regarde par-dessus mon épaule. Je tourne la tête et vois le duc qui nous observe.

— Tu t'entends ?

Il a raison, bien sûr.

— Que se passe-t-il, Eliza ?

— C'est une très bonne question, Frank.

Je soupire en voyant la tête de Frederick tourner de gauche et de droite.

— J'aimerais parler à mon fiancé.

Je me dirige vers lui en affichant un sourire forcé.

— Allez-vous bien, Miss Melrose ?

La sollicitude de mon futur époux est touchante, au fond.

— Quelle merveilleuse soirée, dis-je en passant mon bras dans le sien.

Frederick, pris par surprise, se tend.

Je vois le duc tourner autour de nous comme un lion autour de sa proie. Quel culot. Il veut que j'en épouse un autre. Puis me partager ? À le voir fixer Frederick comme s'il était prêt à le frapper si celui-ci osait ne serait-ce que me renifler, je ne crois pas qu'il soit homme à partager celle qu'il aime. Quel idiot. Il devrait réfléchir avant de parler. J'aurais presque envie d'épouser Frederick pour me moquer de lui, mais ce serait ridicule.

— Voulez-vous m'épouser, Frederick ?

Frederick bat des paupières, déconcerté, et détourne le regard.

— Bien sûr que je veux vous épouser.

— D'accord, mais avez-vous…

Je suis bousculée, poussée plusieurs mètres plus loin, mais deux grosses mains familières me rattrapent et mon corps se pétrifie pour contenir les frissons qui couvrent chaque pouce carré de ma peau. Je me fige, le souffle rauque. Je dois bouger. Je n'arrive pas à bouger.

— Mes excuses, Miss Melrose, me dit Johnny d'une voix grave dans le creux de l'oreille. (Puis il s'écarte en me regardant avec le sourire, et je vois autour de nous nombre de gens éberlués, dont Frederick.) Je ne vous avais pas vue.

Je me redresse, essaye de reprendre contenance.

— Excuses acceptées, parviens-je à répondre. Je vais bien.

Je jette un coup d'œil à Frederick, un peu à l'écart, qui dévisage le duc avec terreur, se demandant peut-être s'il a des chances de finir assassiné en s'avançant pour vérifier que sa fiancée n'a rien de grave.

— Si vous voulez bien nous excuser, dis-je, ce qui me vaut un grognement étouffé de Johnny. Bonne soirée.

— Oui, vous trouvez ? marmonne-t-il tout bas.

Je lui tourne le dos, ce qui ne va pas lui plaire, mais qu'espère-t-il de moi à cet instant ? Tous les spectateurs de l'incident reprennent leur conversation et je suis bientôt libérée de leurs regards pesants. Mon Dieu, qu'est-ce qui lui a pris ? Il ne peut pas me dicter ce que je dois faire et comment je dois le faire. Épouser Frederick. Prendre un amant. Accepter toutes les injustices avec le sourire, sans combattre.

— J'ai besoin d'air.

— Encore ? dit Frederick. Ne venez-vous pas d'aller le prendre ?

— Il m'en faut plus.

Je quitte la pièce, et cette fois j'aboutis dehors. Heureusement j'y retrouve Clara, ce qui me fait de la compagnie et réduit le risque d'être accaparée par le duc.

— Tu as l'air bien troublée, dit-elle en m'observant. Le duc de Chester est là, au fait.

— Ah oui ? dis-je en prenant un air indifférent.

— Oui, je l'ai croisé en allant chercher de la limonade.

— Et tu es encore en vie ?

J'ouvre de grands yeux ronds mélodramatiques, et elle me toise avec dédain.

— Tu finiras en enfer, Eliza Melrose.

— Je ne peux pas, dis-je en songeant que je n'en peux plus de cette soirée. Il y a trop de gens là-bas que je n'ai pas envie de croiser. Oh non…

J'aperçois Lady Dare qui parcourt la piste de danse en cherchant quelqu'un des yeux. Je suis sûre qu'il s'agit de moi, et je pense que ce qu'elle a à dire ne concerne pas ma sœur.

— Je dois y aller, dis-je à Clara en tentant de m'échapper avant qu'elle me repère.

Trop tard. Lady Dare m'intercepte. Comment fait-elle pour marcher aussi vite dans une robe pareille ?

— Êtes-vous attendue ? me demande-t-elle avec le sourire le plus faux que j'aie jamais vu.

— Oui, je crois que mon frère désire me parler. (Pourquoi diable mentionner le nom de Frank devant cette gourgandine ?) Si vous voulez bien m'excuser.

Évidemment, elle ne bouge pas et je dois admettre qu'elle n'en a pas fini avec moi.

— Lady Dare, nous sommes tous très occupés, alors je vous prie d'aller droit au but.

— Comme vous voulez. Je viens vous prévenir, Miss Melrose, si vous savez ce qui est bon pour vous, de ne pas vous approcher du duc. (Son sourire faussement amical a subitement disparu, et elle a pris un air menaçant.) J'ai vu la manière dont vous le regardez.

Nie !

Mais…

Si vous tenez à votre bien-être ? Je devrais lui éclater de rire au visage. Je sais ce qui est bon pour moi, mais je ne pense pas que cela intéresse Lady Dare. Comment est-elle au courant ? Et qu'est-ce que ça peut lui faire ? Après tout, elle ne semble pas du genre fidèle. Cela dit, et c'est un choc de le découvrir, je ne m'en fiche pas. Suis-je jalouse ? Mais oui, je le suis. Je suis jalouse que Johnny ait pu seulement regarder cette femme, et encore plus…

J'arrête immédiatement le cours de mes pensées. *Nie !*

— Et si je ne le fais pas ?

Il faut vraiment que j'apprenne à contrôler ma langue.

Je vous protège de la vérité, Eliza.

Quelle vérité ? Est-ce elle, la vérité dont il parlait ? Dois-je encore plus en découvrir par moi-même ? Mon Dieu, j'oubliais que je dois me marier avec Frederick Lymington dans quinze jours, et je n'ai pas besoin que Lady Dare complique davantage les choses avec des ragots, même si ce que je partage avec elle dans un accès de jalousie n'est pas vraiment un ragot.

Lorsqu'on a conclu un accord avec Lymington, on ne revient pas dessus.

L'accord.

— Si vous ne le faites pas, déclare Lady Dare en soulevant les pans de sa robe, je vous ferai le genre d'amabilité que j'ai eue pour Annabella Tillsbury.

Elle s'en va et je me mets à réfléchir à toute vitesse.

Bien à toi, A.

A. est Lady Tillsbury ? La lettre que Johnny a reçue et qui l'avertissait de l'article que j'avais écrit venait de Lady Annabella Tillsbury ? Oui, c'est évident. Elle a été adorable avec moi à Almack, et elle nous a laissés retourner dans la salle de bal alors que le règlement l'interdit. Et elle m'a accordé une invitation personnelle au bal sur ordre de Johnny.

Je prends la direction de la salle, décidée à trouver Johnny et à l'interroger. Mais à peine ai-je fait deux pas que je vois Frederick apparaître en me cherchant. De façon fort peu charitable, je fais un détour pour l'éviter, et j'aperçois Johnny qui a Lady Dare sur le dos. Fascinée, je le regarde l'écouter sans aucun intérêt, je sens même que sa présence l'irrite. Il me cherche, et quand il laisse en plan Lady Dare pour s'engager dans un couloir, je décide de le suivre en m'assurant que personne ne m'observe. J'entends le claquement régulier de ses bottes sur le sol.

— Johnny ! Je suis là.

Il se retourne, et au moment où je découvre son visage, je comprends que je vais avoir des problèmes.

— Qu'est-ce que vous avez fait ? (Il est furieux.) Je vous protégeais, Eliza, et vous avez failli tout gâcher !

Je me fais toute petite.

— Je ne supportais pas de l'entendre parler de vous de cette façon.

Ma défense est assez pathétique. Ce n'est pas le moment d'être possessive, mais j'aurais pu faire pire, même si je préfère ne pas en parler. J'avais envie de lui dire bien des choses.

— Vous allez le supporter comme je supporte de vous voir avec ce crétin de Lymington.

Il n'avait pas l'air de le supporter si bien que cela quand il m'a bousculée. Ni quand il nous a bousculés tous les deux, Frederick et moi, sur la piste de danse d'Almack. Cela dit, ce n'est peut-être pas une bonne idée de le lui faire remarquer à cet instant.

— De quoi me protégez-vous, Johnny ? J'exige de savoir la vérité.

D'un geste vague, il désigne la salle de bal.

— Je vous protège d'eux.

— Je n'ai pas besoin que vous me protégiez d'eux.

Il soupire, la ride de son front se creuse.

— Mais moi ?

On dirait un homme en morceaux.

— Vous devez apprendre à contrôler votre langue, Eliza.

Je ris sèchement.

— C'est fort de café. Vous prétendez m'aimer aussi pour ce que je pense.

— J'aime quand vous pensez avant de parler, pas quand vous dites ce qui vous passe par la tête.

— Je suis comme je suis, c'est à prendre ou à laisser.

— Si vous insistez.

Il se jette sur moi comme un fauve, m'embrassant férocement, et j'ai tout de suite le souffle court. Consumée. Il explore ma bouche, mais c'est tout mon corps qui réagit, comme si Johnny me connaissait par cœur, ce qui est le cas. J'ai été agréablement surprise d'apprendre que Frank et mon père étaient suffisamment attentifs pour comprendre que j'avais repris l'écriture. Qu'ils reconnaissent mon style, qui leur est familier. Mais le duc ? Il me comprend.

— Imaginez, dis-je entre deux baisers, si je savais que c'est Lady Tillsbury qui vous a écrit pour vous prévenir de mon article sur votre retour à Londres.

Je le regarde dans les yeux, mais il ne me laisse pas le temps de poser ma question.

— Jamais qu'une seule nuit, mais avec vous… (Il me caresse doucement la joue.) Une éternité ne suffira jamais, Eliza.

Je l'attrape par le col de sa veste en soupirant. J'ai peur qu'il ait raison. Et j'ai peur aussi que l'attente nous paraisse chaque fois une éternité entre deux moments volés et passés ensemble.

— Pourquoi détestez-vous autant Frederick ? Il est inoffensif.

Il rit avec légèreté.

— Pourquoi, d'après vous ?

— Avant d'avoir des sentiments pour moi, vous étiez déjà en froid avec lui.

Je ne suis pas la seule cause de son animosité, je le sens.

— Je… (Il baisse les yeux, plisse le front.) Je ne m'attendais pas à tomber amoureux, Eliza. Je ne m'en croyais pas capable. Je n'ai fait que décevoir tous ceux que j'ai aimés, et j'ai peur de… (Il secoue la tête.) Donnez-moi du temps pour faire les choses comme il faut. Je vous promets que…

Un cri de femme nous parvient depuis la salle de bal. Puis tout le palais semble sombrer dans le silence.

— Qu'est-ce que c'était ?

— Restez ici, m'ordonne-t-il un peu trop autoritairement à mon goût tout en partant à grandes enjambées.

Je le suis tout de même, et quand j'arrive dans la salle, je vois tous les invités qui se pressent vers la grande entrée. Je cherche Johnny des yeux, ne le trouve pas, alors je suis la foule.

— Eliza, tu es là, marmonne Frank en me prenant par le bras.

— Que se passe-t-il ?

Au lieu de répondre, mon frère fronce les sourcils et m'entraîne à l'extérieur du palais, parmi les autres invités.

— C'est Frederick Lymington, dit quelqu'un qui se dresse sur la pointe des pieds pour tenter de voir par-dessus les autres.

Je m'écarte de Frank et me fraye un chemin dans la foule. En émergeant, je mets la main devant ma bouche, stupéfaite. Frederick gît, inconscient, par terre. Il a une bosse grosse comme un œuf sur le front, et il se met à gémir et à gigoter tandis que des domestiques du prince approchent pour lui venir en aide.

— Frederick, que vous est-il arrivé ? lui demandé-je en me précipitant à ses côtés, alarmée par la taille de la bosse, qui semble grossir de seconde en seconde.

— Colleen ? dit-il, les yeux plissés, en cherchant mon épaule de la main. Colleen, c'est vous ?

— Qui est Colleen ?

— Taisez-vous, Frederick ! aboie Lymington. N'est-ce pas évident, ce qui lui est arrivé ? poursuit-il en donnant des coups de canne à ceux qui le gênent pour approcher. Il a été attaqué.

Frederick porte la main à son front, il semble avoir vraiment mal.

— Par qui ?

Lymington pointe sa canne sur le côté.

— Par lui.

J'entends des murmures, je me retourne et vois Johnny qui a une expression plus sombre que jamais sur le visage.

— Quoi ?

Je sais que c'est faux. J'étais avec lui il y a une minute, et Frederick se portait parfaitement bien au moment où je me suis éclipsée avec le duc. Qu'est-ce que c'est que cette histoire ?

— Prouvez-le, dis-je d'une voix hésitante.

— Si vous insistez. (Lymington se penche avec effort et ramasse par terre quelque chose qu'il brandit ensuite.) Je crois que c'est à vous, dit-il à Johnny, qui met instinctivement la main dans la poche où devrait se trouver son mouchoir.

Puis il baisse les yeux sur sa poche avec étonnement.

Mon Dieu, c'est un coup monté !

— Non, dis-je doucement en me tournant vers Lymington. Ce mouchoir pourrait appartenir à n'importe qui.

Lymington ricane, et d'un air si suffisant qu'il est évident qu'il a un autre atout dans sa manche, il déplie un coin du mouchoir et le montre à la foule. Les initiales J. W., cousues d'or pour répondre aux boutons d'or de sa veste, brillent dans la lumière.

— Il me semble que nous avons désormais la preuve irréfutable que cet homme est un danger pour la société. Il a essayé de tuer Frederick, et il a tué Porter pour faire taire les rumeurs relatives à son agression de Frank Melrose. Il faut le pendre pour ses crimes !

— Emparez-vous de lui ! s'écrie le prince.

Aussitôt, ses hommes s'avancent et encerclent Johnny.

— Non…

Frank m'attire en arrière pour me faire taire.

— Qu'est-ce que tu fais ? Je dois le défendre.

— Eliza, arrête-toi maintenant si tu ne veux pas être arrêtée pour trahison.

— Je m'en fiche ! Johnny n'a pas pu faire de mal à Frederick.

— Et comment peux-tu en être sûre, Eliza ? C'est gros comme le nez au milieu de la figure.

— Je…

Donnez-moi du temps pour faire les choses comme il faut. Du temps… Mais tout part déjà à vau-l'eau !

— Je sais ce que je dis !

Frank me prend par les épaules et m'oblige à fendre la foule tandis que j'éclate en sanglots. Nous retournons dehors et je regarde avec horreur Johnny, escorté par des soldats. Il ne se débat pas, ne proteste pas. Pourquoi ? Pourquoi accepte-t-il ?

Il croise mon regard et l'expression qu'il a me désole. C'est un mélange de colère et de tristesse, et il sourit doucement, comme pour me rassurer. Cela ne suffira pas. Ma douleur est impossible à contenir. Frank m'entraîne plus loin. Je ne survivrai jamais à ce monde sans Johnny. Et maintenant, il disparaît ?

J'ai l'impression que je vais mourir à petit feu.

16

Père a passé toute la soirée enfermé dans son étude, différents hommes sont venus et repartis mais un seul est resté tout du long. Lymington. Je le déteste. Je me suis assise en haut de l'escalier pour écouter leur conversation, mais ils parlent à voix basse. Je ne peux pas me rapprocher davantage, Dalton veillant au grain devant l'étude de Père, soit parce qu'il connaît mon intérêt pour cette affaire, soit parce que mon père le lui a expressément demandé. Frank est installé dans le boudoir, prêt à les rejoindre dans l'étude si Père le convoque. Je ne sais pas si je dois me réjouir ou me méfier du bannissement de mon frère. Bon sang, quelles histoires sont-ils en train d'inventer derrière cette porte ?

Je ne peux pas rester assise là sans prendre la parole. Je ne peux pas les laisser condamner Johnny. Je suis la preuve qu'il n'a pas attaqué Frederick, je dois m'expliquer, quel qu'en soit le coût.

Je me lève, descends l'escalier, et sans doute parce qu'il m'a entendue, Frank sort du salon, l'air aussi épuisé que moi.

— Va te coucher, Eliza, me répète-t-il une nouvelle fois.

— Je ne peux pas laisser faire.

Il lève les yeux en l'air, se frotte le visage et retourne dans le salon.

— D'où te vient ce désir déplacé de prouver à toute force que le duc est innocent ?

— C’est mon devoir d’aider à établir la vérité.

— Ton devoir, c’est de te taire.

Indignée, je marche à grands pas vers Frank et lui donne un coup de poing dans le biceps.

— Ooooh ! s’écrie-t-il en se massant le bras.

— Toi, tais-toi. Ton devoir, c’est de laisser tranquille Lizzy Fallow. Le devoir de Clara, c’est de rester à l’écart du garçon d’écurie. Et mon devoir…

— Le garçon d’écurie ?

Mince, ma maudite langue.

— Le duc est victime d’un coup monté, et je ne supporte pas de voir un innocent être pendu pour un crime qu’il n’a pas commis. Il y a quelque chose de louche là-dedans, Frank, et je compte bien découvrir quoi.

Lui tournant le dos, je me dirige vers l’étude de Père et frappe à la porte.

— Clara et le garçon d’écurie ? répète Frank pour m’agacer.

— Que se passe-t-il avec Clara ?

Je me retourne, Mère vient d’apparaître entre nous.

— Rien, dis-je pour la rassurer au moment où la porte de Père s’ouvre.

— Qu’y a-t-il avec Clara ? demande-t-il à son tour.

Nom d’un chien.

Je regarde Frank comme s’il était fou ou peut-être stupide, ce qui est assez grossier de ma part, j’en conviens.

— Quoi ?

Voilà Clara qui surgit à côté de Mère, et du regard, je tente de lui faire comprendre qu’il vaut mieux ne pas s’en mêler.

— Rien, dis-je.

— Rien, ajoute Frank.

— Alors fiche-moi la paix, grommelle Papa. Florence, pouvez-vous vous brider nos enfants pendant que je traite mes affaires ?

Sa remarque a le don d'ulcérer Mère, dont les narines palpitent dangereusement.

— Seulement si vous bridez le monstre qui se trouve dans votre bureau.

Père blêmit, comme Frank, Clara et moi d'ailleurs.

— Florence.

— Je n'en peux plus de toute cette folie, siffle-t-elle. C'en est assez, je vous le dis, Burt !

Elle nous prend tous les trois dans ses bras, comme si nous étions de nouveau ses tout petits enfants, et elle nous guide vers le salon, laissant Père interloqué sur le seuil de son étude.

— Maman ? dis-je en la voyant s'effondrer dans le fauteuil près de la fenêtre et se prendre la tête à deux mains. Vous allez bien ?

Dalton apparaît avec un verre de vin, qu'il pose sur la table à côté d'elle, et Emma le prend et le place dans la main de Mère.

— Merci, dit-elle avant d'en boire une longue gorgée. Non, je ne vais pas bien. (Elle regarde le plafond, comme pour demander pardon à Dieu ou pour se confesser.) Mes beaux enfants, mes merveilleux enfants.

Je regarde tour à tour Frank et Clara, et nous sommes tous aussi éberlués les uns que les autres.

— Je veux simplement le meilleur pour vous tous, dit-elle en buvant une autre gorgée. J'espère que vous pourrez me pardonner.

— Pour quoi ? Qu'aurions-nous à vous pardonner ?

Je me mets à genoux devant Maman et lui prends la main. Je déteste la voir si mélancolique. Frank fait le tour du fauteuil et lui pose une main rassurante sur l'épaule. Elle nous fait un sourire à tous les deux tandis que Clara s'assied sur le bras du fauteuil.

— Vous nous avez toujours dit que tout se réparait, dit Clara.

— C'est vrai, opine Mère. Je dois y croire, sinon je risque de tous vous perdre pour toujours.

— Qu'est-ce que vous racontez ?

— Votre père et moi nous sommes empêtrés dans une situation épineuse et nous ne savons plus comment nous en sortir.

Je n'aime pas ce que j'entends. Mère me regarde et m'adresse un sourire doux, quoique contraint.

— Vous devez parler à Frederick, ma chérie.

— Pourquoi ?

— Demandez-lui qui est Colleen.

— Colleen ? dis-je en me levant. Et où trouverai-je Frederick ?

— Je l'ai vu il y a peu de temps dans les jardins, il semblait abattu.

Je sors de la maison à la hâte, sans chaperon, et traverse le jardin jusqu'au banc qui se trouve au centre. J'y trouve Frederick, qui a la tête basse. Maman avait raison. Il a l'air abattu.

— Puis-je me joindre à vous ? dis-je timidement.

Il lève péniblement la tête. Comme c'était prévisible, il regarde alentour à la recherche de mon escorte, mais j'ignore son inquiétude évidente et m'assieds près de lui.

— Tout cela est très malheureux. Comment va votre tête ?

— Elle me fait mal.

Je hoche la tête. Il aura sûrement mal au crâne pendant quelques jours. La bosse est énorme.

— Vous rappelez-vous ce qui vous est arrivé ?

Il me fait signe que non, et je le crois.

— J'étais en train de boire une limonade, et tout à coup j'ai reçu un choc à la tête.

Il porte la main à son impressionnant œuf de poule en grimaçant.

— Qui est Colleen, Frederick ?

Il me regarde d'un air surpris, et je souris.

— Vous avez prononcé ce nom plusieurs fois en reprenant conscience.

Il soupire, désespéré.

— C'est l'amour de ma vie, Eliza. Je suis désolé. J'ai l'impression de vous avoir dupée.

Dieu le bénisse. Je prends sa main, la serre dans la mienne, et cette fois il ne s'effraie pas ni ne tente de me repousser. Non, il me serre aussi la main.

— Vous ne m'avez pas dupée, Frederick. C'est votre père qui vous a imposé ce mariage ?

Il se tortille, mal à l'aise, et retire sa main.

— Je vous en ai déjà trop dit.

Il a l'air d'avoir peur. Cela me fait de la peine, d'autant qu'il n'est pas le seul à avoir peur de son père.

— Je comprends, dis-je en me levant. (Il ne m'en a pas vraiment trop dit, mais à quoi bon insister ?) Je suis navrée que nous nous retrouvions tous les deux dans cette situation épouvantable. Vous êtes une belle prise, Frederick. Pour la femme qui vous aimerait en retour.

Il rit, et c'est le genre de rire qu'il devrait toujours avoir, car son visage devient soudain resplendissant.

— Et vous aussi, pour l'homme qui vous aimerait en retour. (Il secoue la tête.) Eliza, je dois vous dire… Si je ne vous épouse pas, mon père détruira la famille de Colleen. Ce sont de simples fermiers. Ils survivent à peine. (Ses yeux m'implorent.) Je vous en prie, Eliza, vous devez m'épouser, sinon elle finira dans le dénuement. Et je ne le supporterais pas.

Mon Dieu, quelle méchanceté il y a chez son père. Frederick et moi avons plus de choses en commun que nous le pensions.

— Ne vous inquiétez pas, Frederick.

Je lui fais un petit sourire avant de vite rentrer à la maison.

Je marche droit vers l'étude et entre sans frapper. Je n'aime pas du tout la scène que je découvre. Lymington est assis confortablement dans le fauteuil près du feu, Père fait les cent pas devant la bibliothèque, et un homme, un journaliste, je suppose, écrit sous leur dictée au bureau. Les informations de demain, certainement.

— Débarrassez-nous d'elle, aboie Lymington à mon père sans même m'accorder un regard.

— Eliza, s'il vous plaît, me demande Père tandis que je jette un regard méprisant à Lymington. Ce n'est pas le moment d'ajouter votre grain de sel.

Il me prend par le bras, et je vois les cernes sous ses yeux. Je sais qu'ils ne viennent pas uniquement de la fatigue, mais aussi de l'inquiétude.

— J'ai une échéance à respecter.

— Mais rien ne vous y oblige, dis-je, espérant lui retirer un peu de son fardeau. Je ne sais pas comment ce mouchoir est arrivé sur la scène du crime (si, je sais tout à fait comment il est arrivé là), mais le duc de Chester n'a pas pu blesser Frederick.

— Eliza, soupire Père en fermant les yeux pour s'armer de patience.

Son épuisement va peut-être jouer en ma faveur, il semble manquer de la force nécessaire pour combattre mon insistance.

— Il a assassiné Porter de sang-froid. Sa famille aussi, pour l'amour de Dieu, et maintenant une tentative de meurtre sur Frederick. Il faut arrêter cet homme et faire éclater la vérité.

Je me méfie de l'air songeur que je lis sur le vieux visage pâle et rabougri de Lymington. Il sait. Il doit savoir, pour

Johnny et moi. Sinon, pourquoi aurait-il organisé ce coup monté ?

Je vous protège de la vérité, Eliza.

— Pourquoi m'avez-vous promise à Frederick ? Que vous a-t-il donné en échange ?

Je pointe du doigt Lymington.

— Eliza… m'avertit gentiment Père.

— J'ai payé les machines, se targue Lymington en se levant avec difficulté, appuyé sur sa canne. J'ai payé les machines qui ont fait du *London Times* le plus grand journal du pays.

Je suis sous le choc.

— Vous nous avez dit que vous aviez utilisé toutes les économies de la famille.

— Nous n'avions pas d'argent, Eliza ! Rien ! Nous étions au bord de la ruine, le journal périclitait.

— Alors vous m'avez vendue ?

— Je nous ai offert une vie meilleure.

— Pour vous ! (Je crie trop fort.) Une vie meilleure pour vous, mais pour moi ?

— Oh, la paix, marmonne Lymington. Vous devriez être honorée. Mon fils vient d'une grande lignée.

— Pourquoi devez-vous payer sa femme, alors ? Laissez-le épouser qui il souhaite.

Par loyauté pour Frederick, je me suis retenue de mentionner le nom de Colleen. Je ne veux pas que son père lui crée encore plus de difficultés.

— J'ai dû payer parce que c'est le seul moyen d'assurer notre avenir. Il lui faut un héritier ! Espérons simplement que le bébé n'héritera pas de l'insolence de sa mère.

— Ni de la cruauté de son grand-père ! Pourquoi détestez-vous tant le duc de Chester ? Vous avez menti à son sujet pour le discréditer, imprimé des nouvelles diffamantes dans le journal, et maintenant vous prétendez qu'il a attaqué Frederick ?

— Eliza ! (Père me secoue par les épaules.) Ça suffit !

La détresse de Papa me déplaît au plus haut point.

— Vous ne pouvez pas laisser faire, Papa. Vous ne pouvez pas continuer à imprimer des mensonges sur le duc.

Son teint devient cireux.

— Je dois beaucoup à Sa Grâce, Eliza.

— C'est grâce à mon argent que vous avez pu acheter une machine et augmenter le tirage.

— Remboursez-le, Papa. Rendez-lui ses sept cents pounds et n'en parlons plus !

— Ce n'était pas notre accord, dit Papa.

Et maintenant, nous avons une dette éternelle.

— Je suis désolé, Eliza.

Jamais la réalité ne m'avait frappée avec une telle rudesse. Nous arrivons au bout. Il n'y aura pas de fin heureuse pour le duc et moi. Je ne peux changer ni mon sort, ni les attentes de la société.

— J'épouserai Frederick sans protester davantage, dis-je en crachant chaque mot comme si c'était du poison qui sortait de ma bouche. Je serai une bonne épouse. Je vous donnerai autant d'héritiers que le duc en désire, garçons et filles. Je vivrai en Cornouailles sans me plaindre. Mais seulement si vous me garantissez la liberté de Johnny Winters et que vous le déclarez innocent. Pas seulement du crime de ce soir, mais de tous ceux dont il a été accusé auparavant.

Papa semble décontenancé.

— Je sais que tu ne veux pas épouser Frederick. Tu me donnes du fil à retordre depuis le début. Alors pourquoi ferais-tu cela pour cet homme ?

— Parce qu'il a tenté de séduire votre fille, répond, acerbe, Lymington. (Il savait donc. Tout cela pour m'imposer ce mariage ? Pour que j'épouse Frederick ?) Et elle est tombée dans ses filets, comme toutes les autres écervelées qu'il a entraînées dans son lit avec son charme.

— Mon Dieu, murmure Père en tombant lourdement dans son fauteuil. Eliza ?

Je ne nie pas, ce serait inutile, et l'écervelée que je suis en a fini pour ce soir.

— Vous laisserez le duc en paix. Vous n'imprimerez plus jamais son nom dans votre journal. Si vous le faites, je m'enfuirai, et Dieu m'accorde des enfants, je les emporterai et vous ne les retrouverez jamais.

Je pourrais crier sur les toits l'innocence du duc que personne ne me croirait. Ni lui non plus, d'ailleurs. Pas contre un respectable homme d'affaires et le *noble* duc de Cornouailles. Alors c'est le seul moyen. Et, d'ailleurs, j'aime trop Johnny pour le soumettre à la cruauté de la société, car avec moi, sa vie empirerait au lieu de s'améliorer.

— Vous agissez avec intégrité, reconnaît Lymington. Mais je m'empresse d'ajouter que c'est en vain.

— Pourquoi ?

— Je ne prends aucun plaisir à vous faire cette révélation, Miss Melrose.

Je ris. Son sourire satisfait me dit le contraire.

— Quelle révélation ?

— Ses assauts de séduction auprès de vous étaient une tentative de vengeance de sa part, voyez-vous, m'explique Lymington en venant se placer devant le feu. Winters et Frederick étaient ensemble à Eton, et Winters était toujours choisi avant mon fils pour le Wall Game[1]. Je connaissais le directeur, alors…

---

1. Le Wall Game est un sport traditionnel de l'Eton College, école de l'élite britannique. Il n'y a qu'un match par an, et le sport en question est un mélange de football et de rugby pratiqué le long d'un mur de 110 mètres construit en 1717.

— Vous l'avez fait renvoyer parce qu'il jouait mieux que Frederick ?

Il secoue la tête comme si ma bêtise l'exaspérait, et je me retiens de ne pas aller lui flanquer une gifle.

— Bien sûr que non ! Je l'ai fait flageller parce qu'il avait causé une grave blessure à Frederick durant un match.

— Cela ne devait pas être si grave. Il est toujours en vie ! Et d'après ce que je sais, ce match est toujours violent, beaucoup de joueurs se blessent pendant la partie !

Lymington fait tournoyer son bâton tendu vers moi.

— Tous les coups de bâton qu'il a reçus étaient mérités.

— Ce n'était qu'un garçon !

— Qu'est-ce que cela peut vous faire ? Vous n'avez toujours pas compris que vous n'étiez qu'un pion dans son plan pour se venger de moi ?

— Quoi ?

Une douleur horrible me saisit, mon esprit ne veut pas accepter cela. Père pose la main sur mon bras et vient se placer devant moi comme pour me protéger de la colère de Lymington.

— Assez, Votre Grâce.

Il l'honore toujours de son titre ;

— Faites preuve de sagesse, Melrose, le prévient Lymington. Winters n'a agi que par revanche, et plus vite votre fille le comprendra, mieux nous nous porterons. Et je veux dire plutôt : mieux vous vous porterez.

Je vois mon père se recroqueviller, vaincu, tandis que mon cœur souffre plus qu'il ne peut le supporter. Johnny s'est servi de moi pour se venger ? C'est presque impossible à appréhender, à croire, et pourtant j'entends résonner les mots que Johnny utilise quand il se réfère aux Lymington. Il les déteste. Je devrais retirer mon exigence de lever sa condamnation, mais à quoi bon ? Que j'aie été un pion ou non, je ne serai pas avec lui, et très franchement, je suis trop épuisée pour continuer à me battre. Pour le duc comme pour moi-même.

— Mes conditions restent les mêmes, donc vous allez devoir décider ce qui est le plus important à vos yeux, Votre Grâce. Condamner un duc déjà disgracié ou perpétuer votre nom de famille. (Je pense soudain à autre chose.) Et je veux que Frank retrouve sa position. (Je vois Papa tiquer.) Bonne soirée.

Je sors de l'étude, passe devant Frank, qui est muet, et Mère, qui n'a jamais eu l'air si malheureuse. Je peux assurer qu'elle n'est pas aussi triste que moi. Depuis le début, j'ai affaire à une force bien supérieure à moi. Cette fois, elle m'a écrasée.

17

Les deux dernières semaines ont été occupées par la foule des détails à régler pour le mariage, sur fond de désespoir persistant. Frederick m'a rendu visite trois fois. La première, pour finaliser le contrat de mariage dans l'étude de Père, après quoi il s'est présenté à moi dans le salon et, maladroitement, car aucun de nous deux ne le désire vraiment, il m'a offert une bague superbe. Elle m'a paru lourde sur mon doigt. Et elle l'est toujours. J'ai souri en serrant les dents, lui ai dit qu'elle était belle et me suis excusée en prétextant un mal de crâne. Puis je me suis plantée devant la fenêtre de ma chambre pour regarder les habitants de Belmore Square vaquer à leurs occupations. Et j'ai vu le duc sortir de chez lui, il commençait sa vie d'homme libre tandis que j'entamais ma vie de prisonnière. Des larmes ont roulé sur mes joues et j'ai refermé les rideaux. Depuis, je ne les ai pas rouverts, cela m'épargne la torture de voir le monde extérieur.

La deuxième fois, Frederick nous a apporté des fleurs, à Mère et à moi. Des tulipes pour elle, des roses pour moi. De belles roses rouges. Je reconnais volontiers qu'il fait des efforts surhumains pour rendre supportable cette situation affreuse. Pourtant ce mariage entre nous est une pure transaction. Un contrat commercial.

J'ai accepté les fleurs, les ai passées à Emma sans même les humer, l'ai remercié et ai quitté la pièce. Après l'avoir raccompagné à la porte, Maman est venue me voir, et j'ai senti son désespoir et son impuissance. Sa culpabilité. Elle se lisait sur son visage. Et ses paroles me sont revenues : *Lorsqu'on a conclu un accord avec Lymington, on ne revient pas dessus.* Il a offert à mes parents fortune et reconnaissance, et en échange, ils ont renoncé au bonheur. Pas seulement pour moi, mais pour nous tous. Frank est morose, Clara nous évite tous, et Papa se soûle tant et si bien, seul dans son étude, qu'il finira par se tuer.

Maintenant, c'est la troisième fois que Frederick me rend visite, et, malheureusement, son père ne quitte pas la pièce, si bien que je ne peux pas m'éclipser.

— Eliza adorerait certainement faire une promenade avec vous, dit Lymington tandis que Dalton tend son manteau et son chapeau à Papa. Je suis sûr que Mrs Melrose vous accompagnera pendant que Mr Melrose et moi discutons affaires à Gladstone.

— Je crains que non, le corrige Mère. Je suis invitée à déjeuner chez Lady Tillsbury.

Je souris devant l'audace de Mère, mais sa tentative admirable, quoique motivée par la culpabilité, est vouée à l'échec.

— Les femmes de votre vie ne connaissent-elles pas leur place, Melrose ? marmonne Lymington.

— Je ferai le chaperon pour ma sœur, propose Frank.

Je remonte dans ma chambre avec Emma et elle m'aide à me préparer. Alors que je suis devant ma coiffeuse à fixer mon bonnet, Emma ouvre les rideaux en grand avant de redescendre s'occuper de Mère. Je déambule dans la chambre, baisse les yeux sur le square, et soudain je le vois, aux abords des jardins, aussi immobile qu'une sculpture, les yeux levés vers la fenêtre de ma chambre. Il a un air déterminé, farouche. J'avale difficilement ma salive.

— Eliza ! m'appelle Frank.

— J'arrive.

Je m'apprête à quitter l'abri sûr de notre maison pour la première fois depuis des semaines. Je lisse les jupons de ma robe, prends une inspiration et me mets en route. Clara m'attend au pied de l'escalier avec Frank.

— Oh, comme c'est charmant, dis-je en descendant. Tous les enfants des Melrose réunis pour une promenade au parc afin de célébrer mon sort funeste.

Clara semble puissamment agacée.

— Notre sort funeste à tous, chère sœur.

— Oh, le garçon d'écurie n'est plus ?

— Demande à ton frère.

Elle s'en va en bousculant Frank, et je le regarde en l'interrogeant du regard.

— Cela signifie que tu n'auras plus de traces suspectes sur les lèvres à l'avenir, je suppose ?

— Tu supposes bien, répond-il en me faisant signe de passer devant. Je ne voulais pas que tu sois la seule à souffrir mille morts.

— Et maintenant ? Tu reprends ta carrière de dépravé ?

Je m'arrête en bas du perron et Frank me rentre dedans, me propulsant en avant. Je viens de voir Lady Dare passer comme une brise sur le pavé dans sa robe de soie bleue, les yeux fermement posés sur mon frère.

— Peut-être, dit-il d'un ton rêveur.

Je n'aime pas la manière dont il regarde cette aventurière. J'ai vu comment il regardait Lizzy Fallow. Ce n'est pas la même chose avec Lady Dare. Et j'anticipe le pire.

— Comme vous êtes charmante, Miss Melrose, me dit Frederick en nous rejoignant, un sourire incertain aux lèvres.

Je lui souris, enfile mes gants et me mets en route.

— Merci, Frederick. Vous aussi.

J'ai remarqué qu'il ne fait plus attention à mon absence de formalités, j'en conclus qu'il souhaite simplement nous rendre toute cette mascarade le plus facile possible. Je l'en remercie. Je laisse mes yeux errer du côté où j'ai aperçu le duc depuis ma fenêtre. J'aurais aimé qu'il me voie dans tous mes attraits.

Nous marchons vers le parc, Frederick et moi devant, Frank et Clara derrière. Je jette un coup d'œil derrière nous pour vérifier que Frank et Clara ne sont pas à portée d'oreille, puis je parle.

— Où est Colleen, Frederick ?

Lui aussi regarde derrière nous, mais il se calme en constatant que notre conversation ne peut pas être épiée.

— En Cornouailles, Miss Melrose. (Il sourit tendrement.) Je l'imagine un peu sale après avoir labouré les champs avec son père aujourd'hui.

— Retrouvez-la et fuyez en Écosse.

Si Frederick s'enfuit, le contrat ne tiendra plus, non ?

Il me regarde d'un air éberlué, mais se reprend vite.

— Je ne suis pas sûr de comprendre, Eliza.

— Oh si, vous comprenez, Frederick. Et je suis plus que certaine que vous y avez songé bien des fois.

Comme la grille dorée du parc apparaît au loin, une cavalcade se fait entendre et le sol se met à vibrer sous mes pieds. C'est un bruit familier, qui me rappelle la campagne, et ce galop est bien trop effréné pour venir d'un gentleman de la bonne société faisant sa sortie matinale.

Je lève les yeux et les vois. Trois chevaux, deux noirs, un blanc, qui viennent dans notre direction. Des bandits de grand chemin. Pour la première fois depuis des jours, un peu d'excitation anime mon esprit. S'ensuit le chaos. Les gens hurlent, courent, tandis que je reste là, à encourager ces créatures majestueuses et fascinantes qui foncent vers moi.

— Mon Dieu ! s'écrie Frank en attirant Clara contre lui.

— Je suis très bien où je suis.

Je regarde les chevaux, qui se rapprochent de plus en plus. La promesse d'avoir quelque chose d'intéressant à écrire monopolise soudain mon cerveau.

— Eliza ! crie Frank au moment où quelqu'un m'attrape de côté.

Je tourne la tête et découvre Johnny qui me fusille du regard.

— Quel est votre problème avec les chevaux ? (Il se tourne vers Frank :) Restez sur le côté du chemin, vous devriez être en sécurité. Maintenant, excusez-moi, je vous emprunte votre sœur. Je demanderais volontiers l'autorisation à son *fiancé*, mais il semble avoir pris la poudre d'escampette.

Frank regarde autour de lui en cherchant Frederick et Clara glousse tandis que je suis tirée de force dans une allée voisine, sans tenir compte d'éventuels spectateurs. Peu importe que les gens soient tous distraits par les bandits. Il a vraiment la mauvaise habitude de me brutaliser, et je ne peux pas dire que j'apprécie.

— Lâchez-moi, espèce d'ours.

— Oui, je suis un ours, et cela ne me dérange pas de le rester pour vous, mais taisez-vous un moment et écoutez-moi.

Il prend ma mâchoire dans sa main et me tient tandis que son corps, son corps glorieux, puissant, familier et chaud, me plaque contre le mur. Sa bouche s'approche de la mienne. Son regard passe de mes yeux à mes lèvres, et ainsi de suite, comme s'il n'arrivait pas à savoir sur quoi il veut se concentrer. Il se fixe enfin sur mes yeux. Les siens se plissent. Les miens aussi.

— Promettez-moi que vous allez m'écouter jusqu'au bout.

— Je ne promets rien à un homme qui m'a attirée dans son lit par de fausses promesses de…

— De quoi, Eliza ? Je ne vous ai rien promis. Au contraire, poursuit-il, je crois bien vous avoir explicitement informée de mon désir de ne rien vous promettre.

— Peut-être, mais je me rappelle parfaitement vous avoir entendu me dire que vous m'aimiez. C'était cruel, Votre Grâce.

— Ce n'était pas cruel puisque c'était vrai. Et cessez de m'appeler Votre Grâce.

— Très bien. Il est exact qu'il n'y a rien de gracieux chez vous, n'est-ce pas, Votre Grâce ?

— Vous me rendez fou. (Il m'embrasse.) Mais je n'arrive pas à résister à votre charme, Miss Melrose. (Ni moi au sien, on dirait.) Maintenant, écoutez-moi bien.

— Sinon, quoi ?

— Ne me cherchez pas.

— Vous avez du culot.

— Oui, je n'en manque pas.

Il s'écarte de moi et remet sa veste en place.

— Avez-vous cherché à gagner mon affection pour vous venger de Frederick ?

La mâchoire crispée, le front creusé d'une ride, il réfléchit un moment. Je ne vois pas pourquoi, sauf bien sûr s'il hésite à mentir.

— Oui.

— Alors je dois partir, malheureusement.

Suis-je vraiment obligée de rester polie alors que je bouillonne à l'intérieur ? Oui, je ne veux pas qu'il voie mon tumulte. Ma douleur, mon angoisse. J'ai déjà donné mon innocence à ce monstre. Je refuse de perdre mon amour-propre en sus. Ou ce qu'il en reste.

— Excusez-moi.

J'essaye de me dégager sans le toucher, car je crains ce que le moindre contact pourrait déclencher.

— Eliza, attendez.

Continue à marcher, me dis-je.

— Eliza, vous n'avez pas le droit de vous échapper comme cela !

— Je fais ce qui me plaît !

Je me suis retournée pour lui hurler cette phrase soudaine, pleine de colère.

— Cela est peut-être un simple petit jeu pour vous, mais j'ai perdu le peu de liberté qui me restait en échange de *votre* liberté, tout cela pour quoi ? Pour apprendre que vous avez profité de moi. Que vous m'avez dupée. Et en plus, je suis forcée d'épouser un homme que je n'aime pas.

— Alors ne l'épousez pas.

— Je ne suis pas la seule à être prise au piège, Votre Grâce. D'ailleurs, si je ne l'épouse pas, vous irez croupir en prison, et même après tout ce que vous m'avez fait, en bonne conscience je ne peux pas l'autoriser.

Je le laisse là et repars en tâchant de tenir en respect mes émotions, ne serait-ce que pour m'éviter des questions embarrassantes de Frank.

— Je ne renoncerai pas, Eliza, hurle-t-il dans mon dos sans s'inquiéter qu'on l'entende. Pour tout ce qui vous concerne, je ne connais pas de limites !

Il n'a jamais eu aucune limite. Pas de raison qu'il en aille différemment ici. Il n'est pas question d'éviter la prison à Johnny, mais aussi la banqueroute à mon père.

Je retourne sur la promenade et vois deux cavaliers tournant en cercle autour de gentlemen qui tendent leur bourse d'une main tremblante, l'air assez terrifiés. Mais où est passé le troisième ?

En cherchant, j'aperçois Frank, aussi immobile qu'une statue, nez à nez avec un sublime étalon blanc monté par un cavalier. Il a presque l'air perdu dans une rêverie, et j'attends en retenant mon souffle que la situation se précipite. Soudain, le cheval se dresse sur ses pattes arrière et renverse Frank.

Je fronce le sourcil en entendant le cavalier rire, et je me précipite pour aider Frank à se relever avant de faire face au cheval et à son cavalier.

— Bonjour, Miss…

Bien que je ne voie que ses yeux, un tissu et un chapeau lui couvrant le reste du visage, je distingue parfaitement ses cils, qui sont beaucoup plus longs que ceux d'un homme. Et lorsque ses yeux se mettent à scintiller, je comprends qu'elle sourit. Elle éperonne son cheval et part au galop, suivie par les deux étalons noirs.

— En plein jour au milieu de Park Lane ! s'égosille Frank.

— Osé, en effet, dis-je.

Une femme. Une femme bandit de grand chemin. Quelle histoire cela ferait. Johnny émerge de l'allée où il m'a entraînée et il semble toujours aussi furieux. Je ne lui accorde pas assez de mon temps.

— Où est Frederick ?

— Il est parti par là, dit Clara en pointant l'index vers Belmore Square. Je pense qu'il a souillé sa culotte.

Je devrais la gronder. Il manque des qualités à Frederick, en tout cas pour me plaire, mais je ne peux pas lui en vouloir d'avoir eu une peur bleue ici. Même Frank semble terrifié.

— Je crois que c'est assez d'événements pour la journée, dis-je en regardant les bandits disparaître au loin.

— En effet, répond Frank d'une voix songeuse en les regardant lui aussi. As-tu remarqué quelque chose d'étonnant chez ce cavalier ?

— Comme le fait que c'était une femme ?

Il ouvre de grands yeux ronds.

— Mon Dieu, mais oui, tu as raison ! (Il a l'air presque ravi.) Il faut que je rentre à la maison et que j'écrive un article pour l'édition de demain.

— Non, non ! dis-je en lui attrapant le bras. J'ai déjà écrit l'article en entier dans ma tête. (Alors que je vais continuer à plaider ma cause, je prends conscience d'une chose : il est excité. Je ne peux pas lui enlever ce sujet.) D'accord, j'ai hâte de te lire.

Il sourit, me prend le visage entre ses deux mains et me dépose un gros baiser au milieu du front.

— Viens, Eliza, on a du travail qui nous attend.

Frank s'en va déjà. Je me tourne vers Clara, qui lève les yeux au ciel.

— Amusez-vous bien tous les deux, dit-elle, et elle part comme une furie, profitant de la distraction de Frank.

— Clara, reviens !

Mais il est trop tard. On croirait un lévrier. Et j'ai bien peur de savoir exactement où elle va.

Je jette un coup d'œil par-dessus mon épaule. Le duc a disparu.

18

Frank a passé le reste de la journée à rédiger son article, à le reprendre, à me demander de le relire avec lui. Je ne l'ai jamais vu aussi investi dans son travail. Et enthousiaste. Captivé, même. Je ne sais pas trop si c'est une bonne chose ou pas. Le temps le dira. En tout cas, tant qu'il est obnubilé par une histoire qui l'oblige à faire preuve de créativité, il ne pense ni à Lizzy Fallow, ni à Lady Dare.

Le matin de mon mariage, je me réveille avec des maux d'estomac violents et la tête lourde. Cela doit être le poids de mes pensées. L'espace d'un instant, je me demande, en l'espérant même un peu, si Frederick aura le culot de se présenter à notre mariage après m'avoir laissée à la merci de bandits de grand chemin, mais je connais Frederick, et malheureusement, il a autant à perdre que moi. Jamais il ne défiera son père. J'aimerais croire que c'est uniquement par respect. Hélas, ce n'est pas le cas. Non. C'est la peur qui le retient. Mon Dieu, comme j'aimerais qu'il écoute ma folle suggestion et qu'il s'enfuie en Écosse pour épouser Colleen. Qu'il nous sauve tous les deux de cette condamnation à vie.

Je me contemple dans le miroir. Mes yeux sont vides. J'arrive à peine à esquisser un sourire tandis qu'Emma fixe les fleurs dans mes cheveux. Mère s'affaire autour de moi pour éviter de me regarder dans les yeux. Je ne l'ai jamais vue flotter ainsi. De même que je n'ai jamais vu mon père si fatigué. Et que je ne me suis jamais sentie si désespérée.

Clara tournoie en chantant dans la chambre, oublieuse de tout, et cela me donne envie de lui enfoncer un doigt dans l'œil. Si elle est dans cet état, je suppose que cela a un rapport avec l'endroit où elle s'est rendue après notre rencontre avec les bandits. J'aimerais qu'elle ouvre les yeux et qu'elle se rende compte de l'impossibilité des rêves qu'elle nourrit.

— Avez-vous vu Frank ?

— Il s'habille, répond Maman, qui porte sa plus belle robe de mousseline, serrée sur la poitrine, avec des inserts de dentelle. Le fiacre est arrivé.

— Alors nous devrions y aller, j'imagine.

Je vais à la porte d'un pas déterminé et ouvre. Frank sort de sa chambre et m'examine des pieds à la tête avant de détourner rapidement les yeux, incapable d'affronter les miens.

— Tu es magnifique, murmure-t-il, tête basse.

— Merci.

Tous ces efforts sont vains, je le sais, car l'homme auquel ils s'adressent ne les appréciera pas. Non parce qu'il serait méchant, bien sûr, mais parce qu'il ne m'aime pas. Il est sans doute idiot d'être aigrie, mais je ne peux pas m'en empêcher. Je m'en veux d'avoir de telles pensées, car je n'ai jamais voulu être aimée par un homme. Mais maintenant ? Maintenant, je suis en colère contre moi-même de m'être laissée aller à éprouver des sentiments et à rêver de lubies irréalistes. J'ai touché au paradis, et cela rend la réalité encore plus difficile à supporter. Coucher avec un homme parce que je le désire et non parce que c'est mon devoir. Cette pensée me ramène aussitôt à ma situation présente. À ma journée de noces. Et à la fin de cette journée, il y aura la nuit. Je n'ai reçu aucun conseil de Mère sur ce qu'on attend de moi pour cette occasion. Parce qu'elle sait que j'ai déjà commis l'acte, Père lui ayant évidemment raconté ce qu'il a appris. Disons qu'elle feint d'ignorer mes transgressions. Personne dans cette maison n'ose me regarder dans les yeux. Sauf Clara, mais c'est une idiote amoureuse d'un garçon d'écurie.

C'est déplorable, mais, comme moi, elle devra faire face à l'horreur de la réalité lorsqu'on la lancera en société.

Je passe devant Papa, planté sur le seuil de son étude, quitte la maison, le regard au loin pour ne pas voir les hordes d'habitants de Belmore Square qui sont sortis voir la mariée.

— Vous êtes superbe, Eliza, me dit Père en me rejoignant.

— Merci, Papa.

Je le vois tressaillir devant la faiblesse de ma voix.

— Eliza, je ne sais pas comment…

— Inutile. (Cette fois, ma voix est forte. Je ne veux pas entendre ce qu'il a à dire.) Finissons-en.

M'armant de courage, je monte dans le fiacre avant de prendre mes jambes à mon cou et de gâcher la vie de tous ceux que j'aime, mon père, ma mère, Frank, Clara… et le duc. Je grimace et pose le pied sur la marche de la voiture.

— Eliza !

Mes cheveux se dressent.

— Eliza, attendez !

Je lève la tête et vois Johnny arriver en courant à travers les jardins. Que…

— Descendez de voiture, m'ordonne-t-il, à bout de souffle. Maintenant, Eliza, je l'exige.

Il arrive devant moi, m'attrape la main et me fait descendre.

— Vous n'allez pas vous marier aujourd'hui.

Je sens tous les regards tournés vers nous.

— Que croyez-vous faire, au nom de Dieu ?

C'est tout à fait galant mais, Seigneur, veut-il notre ruine à tous ? Alors que Johnny ouvre la bouche pour parler, une voiture roulant à une vitesse périlleuse arrive au coin du square, dangereusement penchée sur deux roues.

Je reconnais immédiatement ce fiacre à la décoration élégante, comme Père, que je m'attendrais à voir inquiet mais qui semble juste fatigué de voir apparaître Lymington.

— Pourquoi avez-vous mis autant de temps ? demande Papa à Johnny.

— Que se passe-t-il ?

Je fronce les sourcils, voyant Johnny soudain se redresser et son torse, déjà impressionnant en temps normal, se gonfler. Les yeux plissés, il regarde Lymington lutter pour descendre de voiture, suivi par Frederick.

— Il m'a fallu plus de temps que prévu pour retrouver la femme de Porter, explique Johnny.

— Trouvez-moi le constable ! commande Lymington à personne en particulier en désignant Johnny de sa canne. Qu'on arrête cet homme !

— Attendez ! dis-je en m'interposant. Cela n'était pas dans notre accord !

— Restez en retrait, Eliza, me demande Johnny en venant se placer devant moi. Je vais m'en occuper.

— Vous occuper de quoi ?

Les deux hommes se font face maintenant, et on dirait deux lions affamés se tournant autour, prêts à bondir.

— Voulez-vous vous expliquer ? propose Johnny à Lymington. Ou préférez-vous me laisser cet honneur ?

— Expliquer quoi ?

— Ceci, dit Frederick en levant en l'air un journal, qu'il brandit bien haut pour que tout le monde le voie, avant de marcher jusqu'à moi. Je crois que je vais suivre votre conseil, Eliza.

— Quel conseil ?

Frederick me sourit tandis que mon frère ferme la porte de la voiture de Lymington.

— Je préférerais écouter ce que le duc de Chester a à dire, déclare Frank.

— Que se passe-t-il ? vitupère Lymington.

C'est une sacrée bonne question, et je serais heureuse qu'on m'éclaire, moi aussi.

— Je crois que notre destin va se sceller, me glisse Frank avec fatalisme.

— Je suis totalement perdue.

— J'étais dans le même état que vous, me dit Frederick. Jusqu'à ce que Winters m'explique.

— Mais qu'il vous explique quoi, à la fin ?

— Je pense que c'est à lui de l'expliquer à tout le monde, répond Frederick en croisant les bras, comme s'il s'attendait à un spectacle de toute beauté.

À bout de patience, et sentant mon espoir remonter en flèche, je marche vers Johnny.

— J'exige des réponses.

— Gardez vos exigences pour la chambre à coucher, me susurre-t-il juste assez fort pour que je sois la seule à l'entendre.

Mon Dieu, est-il fou ? Je regarde mon père qui a l'air… heureux ? Et ma mère, qui se tourne vers lui avec un regard interrogateur. Père lui prend la main avec un sourire confiant.

— Arrêtez-le ! s'époumone Lymington.

— Oh, taisez-vous, lui rétorque Johnny en ouvrant le journal et en commençant à arpenter la chaussée en long et en large.

— Il a tué toute sa famille ! Il les brûlés vifs !

— Oui, c'est exactement ce que dit cet article, Lymington. Celui écrit par Porter il y a quelques mois. Vous vous en souvenez ?

— Je… Je…

— Vous… Vous… Vous devez vous en souvenir puisque c'est vous qui avez expliqué les faits à Porter. De manière, disons… assez libre. (Johnny, un rictus aux lèvres, approche de Lymington, qui recule, effrayé.) Avez-vous peur, Lymington ? Parce que vous devriez. Vous avez assassiné ma famille.

— Quoi ? dis-je.

— Enfin, au moins mon père, reprend le duc, la mâchoire serrée.

— Billevesées ! proteste Lymington.

— Ah, vraiment ? (Johnny libère un instant Lymington de son regard accusateur, le temps de sortir une feuille de sa poche de pantalon et de la produire à la vue de tous.) Une lettre écrite par Porter à Burt Melrose. Lymington, ici présent, a assassiné Porter à son retour d'une visite à un ami à York. L'ami a confirmé que Lymington était au bord de la faillite il y a peu. (Johnny brandit la lettre.) Sa femme a trouvé cette lettre adressée à Melrose sur son bureau. Il y donne tous les détails.

— Arrêtez cet homme, ordonne Père avec fermeté en désignant Lymington. Il a tué le duc de Chester de sang-froid.

J'entends bien, mais nous ne savons toujours pas pourquoi.

— J'aurais dû tous vous faire bannir ! s'égosille Lymington. À quoi tout cela rime-t-il ?

— Vous saviez, dit Johnny d'un ton accusateur, que mon père allait révolutionner l'imprimerie avec son invention. Vous y avez vu une opportunité, alors vous lui avez volé son idée et vous l'avez tué. Ensuite, vous avez vendu son invention aux Allemands en affirmant qu'elle était de vous. Seulement, vous ne vouliez pas qu'on vous en crédite, car cela aurait éveillé les soupçons. Alors en échange, vous avez pris une machine, que vous avez donnée à Melrose dans le cadre d'un accord douteux, et votre compte en banque vide s'est retrouvé à déborder d'argent. Et en bonus, vous avez obtenu le contrôle de la presse. Pour déverser vos mensonges sur ma famille et vous assurer que les Winters ne puissent jamais revenir et réclamer leur dû.

— Mon Dieu, dis-je dans un souffle tandis que le constable approche et s'empare de Lymington.

— Frederick, faites quelque chose ! hurle-t-il.

Mais Frederick se contente de secouer la tête, de déception, je suppose.

— Frederick ?

— Adieu, Père.

Se tournant vers moi, un petit sourire au coin des lèvres, Frederick me salue d'un hochement de tête, et je sais où il va. Je le salue moi aussi et, en mon for intérieur, lui envoie ma bénédiction pour le reste de sa vie.

— Ah, enfin, ils arrivent ! s'exclame Johnny alors que des chevaux font entendre leur bruit de sabot dans le square.

— Quoi ? Qui ?

Je me retourne, comme tout le monde, et vois deux étalons noirs tirant une voiture dans la rue. La voiture s'arrête et chacun retient son souffle, anxieux de savoir qui va en sortir.

La porte s'ouvre avec fracas et un homme apparaît. Un homme, c'est l'évidence, qui ne peut être nul autre que le frère de Johnny.

— Mon Dieu, quel plaisir d'être de retour, déclare-t-il en descendant, un grand sourire sur son beau visage.

— Frère, murmure Johnny en allant vers lui.

Ils se serrent chaleureusement dans leurs bras.

— Tu dois être fatigué après tes voyages.

Il sourit, donne une tape sur l'épaule de Johnny.

— Oui, en effet, épuisé.

Il n'a pas l'air le moins du monde épuisé.

Je le regarde, sous le choc, alors même que je savais que les rumeurs étaient fausses. Ils n'ont pas été assassinés, mais ce n'est pas la question à cet instant. Peu importent les conclusions auxquelles j'étais parvenue, je peine à m'imaginer ce que ressentent tous les habitants de Belmore Square en voyant resurgir un membre de la famille Winters qu'ils croyaient mort. Mort ! Je regarde autour de moi et je ne vois qu'un mot pour décrire ce sentiment : l'ahurissement.

— Permets-moi de te présenter Miss Eliza Belmore, dit Johnny en m'attirant à lui. Eliza, je vous présente mon petit frère, Lord Sampson Winters.

— Aussi connu comme le plus beau des deux frères, ajoute celui-ci en effectuant une courbette exagérée. Enchanté, Miss Melrose. Mon frère m'a beaucoup parlé de vous.

— Oh, vraiment ?

— Oui, énormément, précise-t-il, et mes joues s'empourprent.

Johnny sourit, approche de la voiture, tend la main à l'intérieur et une main gantée apparaît bientôt dans la sienne.

— Mère, dit-il, et elle apparaît, l'illustre, la belle Wisteria Winters.

Elle est à couper le souffle. Des cheveux noirs, des yeux verts qui répondent parfaitement à ceux de Johnny, et un visage sculptural qui pourrait rendre jalouse n'importe quelle femme. Mon Dieu, elle est tout simplement divine.

Souriant avec modestie, elle descend de la voiture et caresse affectueusement la joue de Johnny avant d'observer la foule silencieuse d'un regard quelque peu acerbe. Et derrière elle, une autre femme fait son apparition, une jeune femme, qui doit avoir à peu près mon âge.

— Mère, Taya, je vous présente Eliza Melrose, dit Johnny. Eliza, voici ma mère, Lady Wisteria Winters, et ma sœur, Lady Taya Winters.

— Ainsi, c'est vous qui m'avez forcée à revenir à Londres, me dit Wisteria Winters avec un sourire désarmant.

— Je…

— C'est la vérité qui vous y a obligée, Mère, dit Johnny, et elle lui sourit tendrement.

Puis elle fait quelques pas vers Lymington, qui se tient tranquille désormais, maintenant qu'il est maintenu par le constable. Il semble sonné. Elle le regarde de bas en haut comme nulle femme ne devrait regarder un homme.

— Je ne souhaite même pas à mon pire ennemi de subir les misères que nous ont infligées les Lymington.

Mon regard passe de l'un à l'autre tandis que ma main se referme sur celle de Johnny. Sampson et Taya s'approchent à leur tour de Lymington, une expression glaciale sur le visage. Le clan Winters. Sampson ne dégage pas la même aura que son frère aîné, plus sombre. Il semble plus jovial, effronté, mais il est aussi beau, quoique plus jeune. Et la sœur ? Elle est belle comme la mère, et féroce comme les frères. Mon Dieu, quelle force !

— Ce sont des barbares ! s'écrire Lymington, qui semble perdu, sa canne tremblant dans sa main. N'écoutez pas les âneries qu'ils profèrent.

— Non, cher monsieur, dit Sampson en se penchant pour lui parler à l'oreille. Nous sommes de la noblesse, et vos mensonges et vos tromperies ne nous chasseront plus.

— Doux Jésus…

— C'est que j'ai dit aussi, me dit Frank, à côté de moi.

— Tu étais au courant de tout ?

— Je n'ai pas eu d'autre option que d'écouter, dit-il en désignant Johnny d'un geste. C'est quelqu'un d'assez déterminé, au cas où tu ne le saurais pas.

— Oh si, je sais.

Je suis son regard et m'aperçois qu'il est déjà concentré sur la sœur de Johnny, Taya.

— Attention à toi, cher frère, l'avertis-je, imaginant mal Johnny prendre à la légère une union entre Frank et sa sœur, ou plutôt, tout semblant de batifolage.

— Venez, me dit Johnny en commençant déjà à m'entraîner. (Mais il nous arrête lorsque Papa tousse pour se signaler.) Mince, murmure-t-il en levant les yeux au ciel.

— Quoi ?

— Nous ne pouvons pas partir ?

— Et pourquoi donc ?

— Parce que l'accord que j'ai conclu avec votre père incluait une cour traditionnelle.

— Merveilleux. Donc je suis encore la monnaie d'échange dans un accord.

— Ne faites pas comme si cela vous dérangeait. En l'espèce, je sais que ce n'est pas le cas.

— Peut-être êtes-vous trop confiant.

Je souris et Johnny me ramène vers mon père.

— Mr Melrose, dit-il poliment en me rendant presque à mon père. (Quelle est encore cette folie ?) Si vous me le permettez, j'aimerais rendre visite à votre fille demain.

— Demain ?

Je suis scandalisée. Comment survivrai-je d'ici là ?

— J'en serai heureux, répond mon père en m'ignorant. Ma fille a du travail qui l'attend aujourd'hui.

— Du travail ?

— Oui. Il me semble qu'il y a une histoire intéressante sur deux familles en conflit qui mérite d'être racontée.

J'en reste bouche bée.

— Quoi ?

— Cela faisait aussi partie de notre accord, dit Johnny.

— C'était la partie facile, précise Père, et mon cœur déborde de joie et d'amour pour Papa et pour Johnny, mais…

— Il y a donc eu une partie difficile ?

— Oui, une partie extrêmement difficile. (Il regarde Johnny et j'entends Maman soupirer d'aise.) Nous en parlerons plus tard.

Il peut en être sûr, mais pour l'heure…

— Vous savez, si je dois écrire cette histoire avec précision, dis-je, mon esprit sournois faisant preuve d'à-propos, je dois faire des recherches.

— Des recherches ? répète Papa, amusé.

— Oui, je pense qu'il faut que je parle un moment avec Sa Grâce pour prendre des notes.

Johnny se tourne vers Papa en haussant les épaules.

— Elle n'a pas tort.

— Comme souvent, répond Papa avec un petit rire.

Il passe un bras sur les épaules de Maman, l'autre sur celles de Clara, et il les reconduit à la maison.

— Frank jouera le chaperon.

Johnny et moi tentons de masquer notre dépit. Frank, lui, affiche un grand sourire railleur.

Mais c'est toujours mieux que demain.

19

Quand nous arrivons à la maison des Winters, Wisteria monte à l'étage avec Sampson, qui porte ses bagages, tandis que Taya s'installe dans le boudoir.

— Vous pouvez attendre ma sœur ici, propose Johnny à Frank en lui désignant un fauteuil.

Étonnamment, Frank ne proteste pas, ce qui a de quoi me rendre méfiante. Je le vois prendre place face à Taya, qui l'examine avec attention.

Alors que je vais lui faire part de mon inquiétude, Johnny me conduit dans son étude et ferme la porte avant de me guider jusqu'à un fauteuil et de m'y faire asseoir. Puis il dépose un baiser sur mon visage, nous sert deux verres de vin et prend place face à moi.

— Par où voulez-vous commencer ? demande-t-il d'un ton très professionnel en croisant les jambes.

— Par le commencement, je suppose.

Je bois une gorgée de vin. Quelque chose me dit que j'ai intérêt à me préparer à la suite. Quelle pensée ridicule. En présence du duc, je dois toujours être prête à tout. Je réfléchis un instant avant de poursuivre :

— Mais d'abord, j'ai une question.

— Tout ce que vous voulez. Je vous promets la vérité.

— J'espère bien, dis-je en fronçant les sourcils, et il sourit. Il vous faudra une vie entière pour vous racheter de la détresse dans laquelle vous m'avez plongée.

— Quelle chance que nous ayons toute la vie devant nous, n'est-ce pas ?

Je peine à dissimuler ma surprise et mon ravissement.

— À supposer que je vous offre l'opportunité de regagner mon affection.

— Oh, Eliza, dit-il en se renversant dans son fauteuil et en me fixant avec intensité. Comme vous aimez le frisson de la poursuite.

Je fais la moue en buvant une gorgée.

— Ce qui me conduit à ma question : vous avez planifié ma séduction.

Il esquisse un sourire.

— Cela a été beaucoup plus difficile que prévu. Je pensais en avoir fini dès notre première rencontre. Hélas, j'ai fini par m'éprendre d'une langue bien pendue.

Cette franchise me déconcerte.

— Ma foi, pardon de vous avoir déçu.

— Vous ne pouvez pas me décevoir, Eliza. Sauf si vous me rejetiez encore.

— J'en suis capable.

Il hoche doucement la tête sans me quitter des yeux, puis se lève de toute sa taille majestueuse et avance tranquillement vers moi. Il fait le tour de mon fauteuil, et sa proximité suffit à tendre tout mon corps. Puis je sens sa bouche derrière mon oreille, je ferme les yeux.

— En êtes-vous certaine ? murmure-t-il avant de me lécher l'oreille d'un coup de langue vicieux.

Je gémis, déjà prête à abandonner l'article, mon désir de lui sauter dessus surpassant mon besoin de connaître tous les détails.

Mais il s'écarte abruptement, me laissant pantelante. Par sa faute, quelques gouttes de vin sont tombées sur le bras du fauteuil.

— Bien, commençons par le commencement, reprend-il avec satisfaction en se rasseyant. Êtes-vous prête, Eliza ?

— Je le suis, dis-je en m'efforçant de reprendre contenance.

Le suis-je vraiment ?

Il garde le silence une seconde, comme pour prendre son élan, puis il se lance.

— Il était une fois… deux ducs. L'un de Cornouailles, l'autre de Chester. (Son père. Lymington.) La fourberie du premier était aussi connue que le grand cœur du second. Leurs familles étaient rivales depuis des temps immémoriaux, et cette rivalité s'aggrava encore lorsque les deux ducs tombèrent amoureux de la même femme. (Le sourire qui naît sur ses lèvres ne vient pas de la tendresse pour des souvenirs chéris.) Le problème, c'est que la femme était promise au fourbe.

— Lymington.

Il confirme d'un hochement de tête.

— Mais elle aimait votre père, dis-je comme si le fait tombait sous le coup de l'évidence.

Il confirme encore, puis se lève et commence à arpenter la pièce. Je suis sûre qu'il essaye de contenir sa colère.

— Lymington a provoqué mon père en duel, et mon père a accepté. Lymington ne se doutait pas que mon père était un tireur doué, et il a gagné à la loyale, sans le tuer. Lymington s'en est tiré avec une balle dans le genou. Depuis ce jour, il a besoin d'une canne pour marcher.

— Mon Dieu…

— Oui.

Sa mâchoire se serre.

— Leur rivalité est devenue obsessionnelle chez Lymington. Passons sur bien des années et d'innombrables affaires, et venons au moment où Lymington s'est retrouvé au bord de la faillite. Mon père, en amateur de sciences…

(son sourire est tendre maintenant, avec une pointe de tristesse) avait déjà inventé bien des choses, mais voilà qu'il a mis au point une pièce qui allait à coup sûr révolutionner l'imprimerie. Nous étions invités à un dîner chez le duc de Tillsbury. Tous. (Il fronce les sourcils.) Sauf Papa. Il n'aimait pas les relations sociales.

— Annabella Tillsbury, dis-je dans un murmure.

— Son mari. Lymington a vu une opportunité et il l'a saisie.

— Non.

Il avale sa salive.

— Mère ne se sentait pas très bien, elle a décidé de rester à la maison elle aussi, et Taya et Sampson ont insisté pour veiller sur elle. Moi, en revanche… (La douleur que je lis sur son visage est palpable. Le noceur. Le rebelle. Je vois de la culpabilité.) Je suis rentré juste à temps pour sauver ma mère, mon frère et ma sœur, mais mon père… (Il secoue la tête, et jamais il n'a eu l'air si impossible à consoler.) J'ai emmené ma famille dans notre domaine à Cambridge afin qu'ils se remettent. Je soupçonnais Lymington d'y être pour quelque chose, mais sans en avoir la preuve. J'ai décidé de rester à l'écart de Londres pour assurer la sécurité de ma mère, mon frère et ma sœur. Quelques mois plus tard, j'ai appris que Lymington avait investi dans un journal. Le voile a commencé à se lever devant mes yeux. L'invention de Père. La presse à vapeur. Puis un article est sorti, qui affirmait que nous étions tous morts et que j'étais le responsable de l'incendie. (Un éclair de haine traverse ses yeux.) J'ai eu la certitude qu'il était le responsable. Mais je ne voyais pas comment le prouver. Depuis lors, je prépare ma vengeance.

Je me frotte le front, commençant à avoir mal à la tête.

— Et je faisais partie de votre plan.

— Oui, Eliza. Mais plus maintenant.

— Vous avez traversé tant de choses.

— Toutes ces horreurs m'ont conduit jusqu'à vous, ma chère lady.

Il vient vers moi, pose ses mains sur mes épaules et se penche pour placer son visage devant le mien.

— Je ne regretterai jamais que le destin m'ait fait ce bonheur.

Je souris, m'avance et l'embrasse doucement.

— Je vous aime.

— Je sais que vous m'aimez, dit-il en me laissant lui mordiller les lèvres. Mais me pardonnez-vous ?

— Je vous pardonne.

— Bien. Je suis content que nous soyons de nouveaux amis.

Il se relève, va jusqu'à son antique bureau d'acajou, tire la chaise et appuie ses deux mains sur le dossier.

— Je crois que vous avez désormais tous les détails dont vous avez besoin pour raconter la vérité.

Je me lève et vais m'asseoir sur la chaise. Il prend la plume, la plonge dans l'encre et la place entre mes doigts en mettant une feuille devant moi.

— Écrivez, m'ordonne-t-il gentiment en m'embrassant dans le cou et en enfonçant doucement ses dents dans ma chair. Quand vous aurez fini, je vous montrerai comment se termine l'histoire.

Je frémis et, d'une main tremblante, je commence par noter la date tandis qu'il me baise la nuque, la gorge, les joues.

— Je crains de devoir connaître la fin avant de pouvoir commencer à écrire cette histoire.

Sa bouche s'arrête sur ma joue, ses mains descendent, et soudain il me soulève et me jette sur son bureau. La plume quitte ma main, l'encre vole, et une pile de papiers va s'écraser par terre.

— Je ne sais pas bien encore ce que je vais faire de vous, me dit-il en passant la main sous mes reins pour m'attirer contre lui.

— Vous le savez parfaitement, réponds-je en passant la main dans ses cheveux.

Il sourit et plonge sur moi, m'embrassant le moindre bout de peau du visage, puis les lèvres, avant de descendre.

— Il me faudra peut-être plus qu'une nuit.

Ses mains disparaissent sous ma robe et je me mets à trembler, envahie par les frissons.

— Êtes-vous prête pour la fin ? demande-t-il en relevant ma robe et en baissant son pantalon.

— Oui, je suis prête.

Il me pénètre en grognant et je pousse un cri aigu en le serrant fort contre moi. Mes ongles s'enfoncent dans son dos, j'enfouis mon visage dans le creux de son cou.

Et je souris en pensant à toutes les nuits qu'il me reste à passer avec le duc.

Mon duc.

REMERCIEMENTS

Comme toujours, je remercie mes éditeurs, Orion et Grand Central, qui accueillent mes histoires dans leur maison. *Une nuit avec le duc* a parfois été très stressant à écrire – qui eût cru que le mot « stress » n'était même pas employé à l'époque, ce qui est quand même ironique vu le stress qu'ont vécu mes personnages, et moi par la même occasion ! Mais la joie et le plaisir que j'ai pris à créer ce monde surpassent de loin ces moments où je m'arrachais les cheveux. J'espère que vous avez aimé ce livre. Il est un peu différent de ce que j'écris habituellement, mais j'espère que vous y avez retrouvé ce que vous aimez dans mon écriture.

Merci de m'avoir lue.

JEM

Achevé d'imprimer en mars 2023
sur les presses de la Nouvelle Imprimerie Laballery
58500 Clamecy
Numéro d'impression : 302592

Imprimé en France

La Nouvelle Imprimerie Laballery est titulaire de la marque Imprim'Vert®